A Rosa Branca

A Rosa Branca

Amy Ewing

Tradução
Débora Isidoro

Copyright © 2015 by Amy Ewing
Tradução para a Língua Portuguesa © 2016 Leya Editora, Débora Isidoro

Todos os direitos reservados e protegidos pela Lei 9.610, de 19.2.1998.
É proibida a reprodução total ou parcial sem a expressa anuência da editora.

Este livro foi revisado segundo o Novo Acordo Ortográfico da Língua Portuguesa.

Título original: *The White Rose*

Preparação de texto: André Marinho e Mariana Bard

Revisão: Juliana Pitanga

Diagramação: Filigrana

Capa original: Heather Daughtery

Dados Internacionais de Catalogação na Publicação (CIP)
Angélica Ilacqua CRB-8/7057

Ewing, Amy
   A Rosa Branca / Amy Ewing; tradução de Débora Isidoro. - São
Paulo: LeYa, 2016.
   320 p. (A Cidade Solitária; 2)

ISBN 978- 85–441–0441–5
Título original: *The White Rose*

1. Literatura infantojuvenil 2. Fantasia I. Título II. Isidoro, Débora

16-0533   CDD 028.5

Índices para catálogo sistemático:
1. Literatura infantojuvenil

Todos os direitos reservados à
Casa dos Mundos Produção Editorial LTDA
Rua Avanhandava, 133 | cj 21
01306-001 – Bela Vista – São Paulo – SP

Para meu pai e minha mãe,
que sempre acreditaram.

1

A ARCANA ESTÁ SILENCIOSA. Olho para o pequeno diapasão de prata aninhado entre as joias espalhadas sobre a penteadeira. As palavras de Garnet ecoam em meus ouvidos.

"Vamos tirar você daí."

Obrigo minha cabeça a funcionar, sufoco o terror e tento encaixar as peças. Estou trancada em meu quarto no Palácio do Lago. Como Garnet, filho da Duquesa do Lago, tem uma arcana? Ele trabalha com Lucien, dama de companhia da Eleitora e meu amigo secreto e salvador? Mas por que Lucien não me contaria?

"Lucien também não contou que dar à luz mata substitutas. Não contou nada além do que acha que você precisa saber."

O pânico me domina quando penso em Ash preso nas masmorras, sangrando. Ash, acompanhante das filhas da realeza, que pôs em risco a própria vida por me amar. Ash, única pessoa neste palácio que entende o que é ser tratado como propriedade.

Balanço a cabeça. Quanto tempo passei olhando para a arcana? Dez minutos? Vinte?

Alguma coisa tem de acontecer. Depois que a Duquesa nos pegou juntos no quarto dele, Ash foi espancado e jogado na masmorra. E ninguém foi salvá-lo. Se ficar lá, ele vai morrer.

O terror reaparece, sobe por minha garganta e posso sentir o gosto amargo da bile. Fecho os olhos com força e tudo que vejo são os guardas invadindo o quarto dele. Arrancando-o da cama. O sangue respingando pelo cobertor quando um soldado bateu com a pistola no rosto de Ash várias vezes, diante do olhar da Duquesa.

E Carnelian. A horrível e maldosa sobrinha da Duquesa. *Ela* também estava lá. Ela nos traiu.

Mordo o lábio e me encolho. Olho para o meu reflexo no espelho. Cabelos despenteados, olhos vermelhos e inchados. O lábio inferior está cortado no canto, e um hematoma começa a se formar em um lado do rosto. Toco a área dolorida e me lembro da sensação da mão da Duquesa me acertando.

Balanço a cabeça de novo. Muita coisa aconteceu desde o Leilão. Segredos, alianças, morte. Fui comprada para gerar o bebê da Duquesa. Ainda consigo ver a fúria nos olhos dela quando me encontrou com Ash no mesmo quarto, na mesma cama. "Meretriz", foi assim que ela me chamou depois que os guardas levaram Ash. Não me incomodo com os insultos. Só me importa o que acontece agora.

Lucien me deu um soro que devo tomar esta noite. Ele me faria parecer morta, e assim poderia me tirar da Joia e levar para um lugar seguro, onde meu corpo não seria usado para propósitos da realeza. Mas não tomei o soro. Eu o dispensei – dei-o para Raven.

Em algum lugar no palácio vizinho, o Palácio da Pedra, está minha melhor amiga, Raven. Sua senhora tem propósitos mais escusos para ela. Raven não só está grávida de um filho da Pedra, mas também é torturada de maneiras que nem consigo imaginar. Ela é só a casca da garota que um dia conheci. E eu não podia deixá-la naquele lugar. Não podia deixá-la morrer assim.

Então, dei a ela o soro.

Lucien vai ficar aborrecido quando descobrir, mas não tive escolha. Ele vai ter de entender. Com dedos trêmulos, pego a arcana e sento na beirada da cama.

– Garnet? – sussurro para ela. – Lucien?

Nenhuma resposta.

– Garnet? – repito. – Se estiver me ouvindo, por favor... Fale comigo.

Nada.

Como vão me resgatar com soldados protegendo a porta? Como Ash será libertado?

Minha cabeça lateja. Pensar dói. Eu me encolho na cama com o diapasão de prata comprimido entre os dedos, tentando convencê-lo a vibrar, a fazer alguém falar comigo.

– Por favor – sussurro. – Não o deixe morrer.

Eu, pelo menos, posso ter alguma coisa que a Duquesa quer. Meu corpo pode ser suficiente para me manter viva. Mas Ash não tem sequer isso.

Tento imaginar como é morrer. A garota enlouquecida aparece na minha cabeça, a substituta que tentou fugir da realeza e se escondeu. A que vi ser executada nas muralhas da frente do Portão Sul, minha instalação de contenção. Lembro-me de sua expressão estranhamente tranquila quando o fim chegou. Sua coragem. Será que eu seria tão forte se tivesse a cabeça no cepo? "Digam a Cobalt que eu o amo", ela havia declarado. Pelo menos isso consegui entender. O nome de Ash seria uma das últimas palavras pronunciadas por meus lábios. Queria saber quem era Cobalt. Parecia que ela o amava muito.

Ouço um barulho e dou um pulo, um movimento tão rápido que o quarto parece girar. Só penso que preciso esconder a arcana em algum lugar, agora. Ela é minha única conexão com as pessoas que querem me ajudar. Mas não tenho bolsos na camisola, e não quero correr o risco de escondê-la no quarto, caso a Duquesa decida me mudar de lugar.

Então me lembro do Baile do Executor, quando Lucien deu a arcana para mim. Garnet arruinou meu penteado e Lucien me salvou, escondendo o diapasão entre meus cachos escuros e abundantes.

Garnet trabalhava com Lucien? Ele me despenteou de propósito?

Mas não há tempo para pensar sobre isso agora. Corro até a penteadeira e abro a gaveta onde Annabelle, minha dama de companhia pessoal e amiga mais próxima no palácio da Duquesa, guarda meus grampos e fitas. Faço um coque grosso e desalinhado na altura da nuca e prendo o diapasão dentro dele com grampos.

Corro de volta para a cama e deito antes que a porta se abra.

– Levante – ordena a Duquesa.

Ela é acompanhada por dois guardas. Sua aparência é exatamente a mesma de quando a vi pela última vez no quarto de Ash, há uma hora, com o mesmo vestido dourado e os cabelos negros soltos sobre os ombros. Não sei por que isso me surpreende.

O rosto da Duquesa é frio e impassível quando ela se aproxima de mim. Lembro-me da primeira vez que a vi. Espero que me examine com seu olhar crítico, atento, e me esbofeteie novamente.

Em vez disso, ela para perto de mim, e sua expressão passa do gelo ao fogo.

– Quanto tempo? – pergunta.

– O quê?

Os olhos da Duquesa se estreitam.

– Não banque a idiota comigo, Violet. Há quanto tempo está dormindo com o acompanhante?

É perturbador ouvi-la me chamar pelo nome.

– Eu... Eu não estava dormindo com ele.

Não deixa de ser verdade, em parte. No momento em que fomos encontrados, não estávamos dormindo juntos.

– Não minta para mim.

– Não estou mentindo.

As narinas da Duquesa inflam.

– Pois bem. – Ela olha para os guardas. – Amarrem-na. E tragam o outro aqui.

Os guardas me seguram antes que eu tenha tempo para reagir, puxam meus braços para trás e os amarram com uma corda grossa. Eu grito e me debato, mas os nós são apertados. A corda machuca minha pele, a madeira da cabeceira da cama pressiona minhas costas quando eles me prendem a ela. Então, uma pessoa pequenina e magra é conduzida para dentro do quarto.

Os olhos de Annabelle transbordam medo. Como as minhas, as mãos dela estão amarradas às costas, de modo que ela não vai conseguir usar a lousa. Annabelle nasceu muda e só se comunica escrevendo. Os cabelos cor de cobre estão soltos, o coque habitual desfeito e o rosto está tão pálido que as sardas aparecem claramente. Minha boca seca.

– Saiam – a ordena Duquesa, e os guardas se retiram e fecham a porta.

– Ela... não sabe de nada – protesto, com a voz fraca.

– É difícil acreditar nisso – responde a Duquesa.

– Não sabe! – insisto com mais veemência, lutando contra as amarras porque não posso deixar nada acontecer com Annabelle. – Juro sobre o túmulo de meu pai, ela não sabia!

A Duquesa me observa com um sorriso cruel.

– Não – diz. – Ainda não acredito em você. – A mão atinge o rosto de Annabelle com um estalo horrível.

– Por favor! – grito, e Annabelle cambaleia para trás, desequilibrada. – Não bata nela!

– Ah, eu não *quero* bater, Violet. A culpa é *sua*. Ela para de sofrer quando você disser a verdade.

Meus pulsos estão machucados, a corda cortou a pele enquanto eu me debatia. De repente, a Duquesa se aproxima de mim, segura meu rosto e enterra as unhas no hematoma na bochecha.

– Há quanto tempo está dormindo com ele?

Tento responder, mas não consigo abrir a boca. A Duquesa me solta.

– Quanto tempo? – repete ela.

– Uma vez – falo, ofegante. – Foi só uma vez.

– Quando?

– Na noite anterior – digo. – Antes da segunda tentativa do médico...

Ela me encara furiosa.

– Esteve burlando intencionalmente as tentativas de inseminação?

Sinto meu rosto se tornar uma máscara inexpressiva.

– Eu... Não. Como poderia?

– Ah, não sei, Violet. É evidente que tem muitos recursos. Tenho certeza de que encontraria um jeito.

– Não – insisto.

A mão da Duquesa bate no rosto de Annabelle novamente.

– Por favor – imploro. – Estou dizendo a verdade.

Um dos ombros de Annabelle se ergueu, como se tentasse apoiar a face inchada. Nossos olhos se encontram, e tudo que vejo é medo. Confusão. As sobrancelhas dela se unem, e sei que Annabelle tenta me perguntar alguma coisa, mas não consigo nem imaginar o que seja.

– Vou contar o meu dilema, Violet – diz a Duquesa, enquanto anda de um lado para o outro na minha frente. – Você é um bem muito valioso. Por mais que eu queira matá-la pelo que fez, não seria uma boa escolha para os negócios. É claro, sua vida neste palácio será diferente de agora em diante. Nada mais de bailes, de violoncelo, de... Bom, mais nada, eu acho. Se for necessário, vai ficar amarrada ao leito médico enquanto durar sua estadia. Mandei uma petição de emergência ao Executor para que o acompanhante seja morto em menos de uma hora. Isso vai servir de castigo. Porém, eu me pergunto se isso é o suficiente.

Tento engolir o soluço que brota do meu peito, mas a Duquesa escuta e sorri.

– Um desperdício, realmente... Ele é muito bonito. E bem habilidoso, pelo que ouvi dizer. A Senhora do Riacho ficou *maluca* por ele na festa de noivado de Garnet. Pena eu não ter tido a chance de experimentar esses talentos.

Uma sensação gelada brota dentro de mim. O sorriso da Duquesa se torna mais largo.

– Por favor, diga – continua ela –, o que achou que aconteceria com ele? Imaginou que fugiriam juntos ao pôr do sol? Sabe com quantas mulheres ele dormiu? É repugnante. Pensei que tivesse mais bom gosto. Se vai se apaixonar neste palácio, por que não por Garnet? Ele pode ter maneiras horríveis, mas é bonito. E descende de uma excelente linhagem.

Não consigo evitar uma risada rouca, amarga.

– Linhagem? Acredita mesmo que alguém nesta cidade, além da realeza, se importe com isso? Vocês nem precisariam de substitutas se não se importassem tanto com essa idiotice de "excelente" linhagem!

A Duquesa espera paciente até eu terminar.

– Devia escolher as palavras com mais cuidado.

Desta vez, quando bate em Annabelle, a pele embaixo do olho direito dela se rompe, fazendo lágrimas correrem pelo seu rosto.

– Você precisa entender – continua a Duquesa. – É minha propriedade. O médico não vai parar até meu bebê crescer dentro de você. Não terei mais nenhuma consideração por sua dor, seu desconforto ou estado de espírito. Para mim, você será como uma peça da mobília. Fui clara?

– Farei o que quiser que eu faça – digo. – Mas, por favor, não bata mais nela.

A Duquesa para. Sua expressão suaviza, e ela suspira.

– Está bem – responde.

Ela se aproxima de Annabelle, que está curvada para a frente. Com um movimento firme, ela a puxa para cima e a segura pelo cabelo.

– Sabe, Violet, eu gostava de você. Gostava de verdade.

– A Duquesa parece sinceramente triste quando me encara.

– Por que fez isso comigo?

Não vejo a faca na mão dela, só o brilho prateado da lâmina cortando a garganta de Annabelle. Os olhos de minha amiga se arregalam, mais pela surpresa do que de dor, quando o rio vermelho surge em seu pescoço.

– NÃO!!! – grito.

Annabelle olha para mim com aquele rosto adorável e frágil, e consigo ver a pergunta agora em sua expressão, clara o bastante para ela não ter de escrever. "Por quê?" O sangue cobre seu peito, mancha a camisola de um vermelho brilhante. O corpo cai no chão.

Um grito selvagem, gutural, ecoa pelo quarto, e levo um segundo para perceber que fui eu quem gritou. Luto contra as amarras, porque, se puder me aproximar de Annabelle, consigo ajeitar tudo isso; se puder ampará-la em meus braços, consigo trazê-la de volta. Deve haver um jeito de trazê-la de volta, porque ela não pode estar morta, não pode...

Os olhos de Annabelle estão abertos, vazios, fixos em mim enquanto o sangue jorra do corte em sua garganta, se espalha pelo tapete como se viesse em minha direção.

– Você tinha de ser punida pelo que fez – comenta a Duquesa, enquanto limpa o sangue da faca na manga do vestido. – E ela também.

Como se nada daquilo tivesse importância, ela passa por cima do corpo de Annabelle e abre a porta. Vejo de relance minha saleta de chá e os dois guardas que me vigiam antes de a porta se fechar e eu ficar sozinha com o cadáver da menina que foi minha primeira amiga neste palácio.

2

CAIO DE JOELHOS.

Meus ombros protestam enquanto meus braços amarrados me prendem em uma posição desconfortável, mas não me importo. As pernas não conseguem me sustentar agora. O corpo de Annabelle não tem mais sangue para verter. Olho para seu rosto belo, confiante, afetuoso, e tudo que vejo é a garota que ficou comigo naquela primeira noite, mesmo quando não devia ter ficado; a garota que me amparou nos braços sobre uma pilha de vestidos arruinados depois do funeral de Dahlia, que quase sempre ganhou de mim no Halma, que escovava meu cabelo todas as noites e soube meu nome antes de todas as outras pessoas.

Eu a amava. E agora a matei.

– Desculpa – sussurro, e as lágrimas que havia conseguido segurar até aquele momento correm como pequenos rios por meu rosto. – Sinto muito, Annabelle!

A certeza da morte me engole, uma enorme e infinita caverna de luto. As lágrimas se transformam em soluços que rasgam meu peito, e eu choro até a garganta arder e os pulmões doerem, até não restar nada dentro de mim além de um vazio onde Annabelle costumava estar.

O TEMPO PASSA.

Em algum momento, percebo que meus ombros doem, um ardor surdo que me distrai do sofrimento da morte. Mas não tenho energia para me mover.

Tenho a impressão de ouvir um ruído do outro lado da porta, um estalo baixo, depois duas batidas. Talvez a Duquesa tenha voltado. Quem ela vai matar na minha frente agora? A porta abre e um guarda entra. Ele está sozinho, o que acho estranho, e fecha a porta depois de entrar. Por um momento carregado de terror, ele olha para o corpo da minha amiga, depois se aproxima de mim correndo.

– Você está bem? – pergunta. Nunca ouvi um dos guardas da Duquesa falar antes, mas esse tem uma voz muito familiar. Nem penso em responder.

Ele tira alguma coisa do cinto, e de repente meus braços estão livres. Eu caio no chão, nem tento evitar o tombo, não me importo o bastante para isso. O guarda me segura.

– Violet – sussurra. – Está machucada?

Como um guarda sabe meu nome? Ele me sacode um pouco, e seu rosto fica mais nítido.

– Garnet? – Tento falar, mas minha garganta está seca.

– Venha, temos de tirar você daqui. Não temos tempo.

Ele me põe em pé. Dou alguns passos cambaleando e caio de joelhos na frente do corpo de Annabelle. O tapete ainda está molhado de sangue, posso senti-lo encharcando minha camisola. Prendo uma mecha de cabelo atrás da orelha dela.

– Desculpa – sussurro de novo.

E, com toda gentileza, fecho seus olhos com a ponta dos dedos.

– Violet – diz Garnet –, temos de ir.

Beijo um lado de sua cabeça, bem em cima da orelha. Seu cheiro me lembra lírios.

– Adeus, Annabelle – murmuro.

Depois, faço um esforço para ficar de pé. Garnet tem razão. Temos de ir. Ash está vivo. Ainda posso salvá-lo.

Garnet abre a porta e vejo os dois soldados caídos no chão. Penso se estão inconscientes ou mortos, mas logo percebo que não me importo.

Corremos pela sala de estar e saímos dos meus aposentos. O corredor de flores está deserto, mas Garnet vira à direita, segue em direção a uma escada pouco usada no fundo do palácio.

– Lucien mandou você vir? – sussurro.

– Lucien ainda não sabe. Não consegui falar com ele.

– Aonde vamos?

– Pare de fazer perguntas!

Chegamos à escada e descemos correndo. Uma tábua range sob meus pés.

O piso térreo é dominado por um silêncio sinistro. As portas do salão de baile estão abertas, são longas frestas de luar tentando nos tocar através do assoalho de tacos. Lembro a primeira vez que passei por aqui à noite para ir visitar Ash no quarto dele.

– Onde fica a masmorra? – pergunto, em voz baixa. Garnet nem olha para mim. Seguro seu braço. – Garnet, onde fica a masmorra? Precisamos encontrar Ash.

– Dá para calar a boca? Temos de tirar você daqui.

Um cheiro conhecido invade meu nariz e, sem pensar, abro a sala onde o Duque se recolhe para fumar e puxo Garnet para dentro.

– O que está fazendo? – pergunta ele, por entre os dentes.

– Não vamos deixá-lo aqui – respondo.

– Ele não faz parte do trato.

– Se o deixarmos aqui, ele morre.

– E daí?

– Acabei de ver Annabelle ser assassinada, sangrar até a morte. – Meu peito fica apertado. – Ela era uma das pessoas mais bondosas, mais doces que conheci, e morreu por minha causa. E se ela estivesse naquela masmorra? Você a deixaria lá para ser executada? Vi vocês juntos. Você era bom com ela. Ela gostava de você. A vida de Annabelle não tem importância para você?

Garnet se move com desconforto.

– Escute, isso não faz parte da minha função. Não estou aqui para reunir trágicos amantes.

– Não é esse o ponto. Estamos falando da vida de alguém. O que veio fazer aqui, então?

– Tenho uma dívida com Lucien. Prometi que ajudaria você.

– Então me ajude!

– Não entendo. Ele é só um acompanhante, há centenas deles!

– E Annabelle era só uma criada. E eu sou só uma substituta – disparo. – E você está falando como sua mãe.

Garnet para.

– Olhe para isso – continuo, mostrando minha camisola suja de sangue. – É o sangue dela. Sua mãe fez isso. Quando vai acabar? Quantos inocentes ainda terão de morrer por causa dela?

– Tudo bem, eu vou ajudar. Mas não espere que eu caia, se formos pegos.

– Eu nem pensaria nisso – resmungo.

Saímos da sala, voltamos pelo corredor e passamos pela biblioteca. Há uma porta larga à esquerda dela, com uma maçaneta sólida.

– Segure isto. – Garnet me entrega o que parece ser um pedaço de mármore negro, mais ou menos do tamanho de um ovo. A superfície é muito lisa.

– O que é isto? – pergunto.

– É para derrubar os guardas. Não me pergunte como. Lucien criou essa coisa. Foi assim que tirei você do quarto sem aqueles guardas me verem.

Garnet pega uma argola cheia de chaves e introduz uma delas, grande e de ferro, na fechadura. A porta abre com um gemido abafado. Ele vira para mim e pega a pedra de volta.

– Eu diria "primeiro as damas", mas, nesta situação, acho melhor dispensar as cortesias tradicionais.

O corredor me lembra a passagem secreta para o quarto de Ash. Paredes e chão de pedra, o piso frio sob meus pés, globos de luz iluminando o caminho. Uma escada comprida aparece na minha frente e eu desço os degraus mais devagar do que deveria, atenta a qualquer ruído além dos meus próprios passos e os de Garnet. Quando chegamos ao fim da escada, estou tremendo com o ar gelado e estagnado. Uma porta de madeira com uma grade de ferro no alto está encostada à nossa frente.

Garnet franze a testa.

– Que é? – sussurro.

Quando empurro a porta para abri-la, esqueço completamente a necessidade de sigilo e discrição.

– Oh! – grito.

Ash está caído na pequena cela. Corro e caio de joelhos no chão, agarrada às frias barras de aço.

– Ash! – chamo.

O sangue coagulou sobre seu rosto e cabelos. A face está muito machucada e tem um corte na testa. Ele veste apenas uma calça de pijama, tem o peito nu e os pés descalços. Deve estar morrendo de frio. Ou estaria, se estivesse consciente.

– Ash – chamo mais alto. – Ash, acorde! – Passo um braço por entre as barras, mas ele está mais longe do que posso alcançar. – Garnet, cadê a chave?

Ele aparece ao meu lado.

– Não sei – responde. – A chave da cela não está nesta argola.

Uma onda de desespero me invade e ameaça me destruir, mas ranjo os dentes e me controlo. Não tenho tempo para perder a esperança. Deve haver alguma coisa que possamos fazer. As chaves devem estar por aqui, em algum lugar.

– Ash! – Puxo as barras em um esforço inútil. – Acorda, por favor!

– Procurando alguma coisa?

Tudo em mim paralisa quando Carnelian surge das sombras atrás da porta de madeira. Ela segura uma chavinha dourada em uma das mãos.

– Carnelian, *o que você fez*? – Garnet pergunta com os olhos muito abertos, mas sem realmente focá-los nela. Sigo seu olhar para os dois guardas caídos atrás da porta ao lado de uma cela vazia.

Carnelian levanta a outra mão e mostra uma seringa.

– Sabe, é engraçado quanta coisa dá para fazer quando ninguém se importa com você. Os lugares aonde podemos ir. As pessoas que podemos manipular. Uma vez o médico me mostrou algumas coisas, quando fingi me interessar por medicina. – Ela olha para a agulha com ternura. – Não estão mortos – explica. – Só paralisados. E inconscientes. Eles também me subestimaram. Vi nos olhos deles. Coitadinha da Carnelian. Coitada da feia e burra Carnelian.

– Minha mãe vai matá-la por causa disso – avisa Garnet.

– Vai matar você também. O que faz aqui com ela?

– Abra a cela – ordeno.

Os olhos dela brilham.

– Não devia estar com ele. Ele devia ser meu. Por que o tirou de mim?

– Não tirei nada de você. Ele não é um bichinho de estimação, nem uma joia. É um ser humano.

– Eu sei quem ele é. E o conheço melhor que você.

– Duvido.

– Ele me disse coisas que nunca tinha dito a ninguém antes! Ele mesmo falou. E eu... Eu... – Manchas vermelhas surgem em seu rosto. – Confiei meus segredos. Ele ia ficar comigo para sempre.

– Carnelian, ele não ficaria. Teria partido de qualquer jeito, depois do seu noivado.

– Eu estava pensando em um plano. Ia encontrar um jeito.

– Bom, nada disso importa agora, porque, se não abrir essa porta, ele será executado. – Olho para a chave na mão dela. – É isso que quer?

– Não quero que ele fique com você.

– Prefere que ele morra?

Um gemido dentro da cela de Ash nos silencia.

– Ash – chamo, e viro para pressionar o rosto contra as grades. Suas pálpebras tremem uma vez, duas, depois se abrem. Ele me vê, e um sorriso ilumina o rosto machucado.

– Violet? Onde estamos? – Ash inclina a cabeça para trás examinando o ambiente. – Ah, certo.

– Tudo bem, estou aqui para salvar você.

Não soo confiante como gostaria.

– Que bom – suspira ele. Os olhos perdem o foco por um segundo, depois me encontram novamente. – O que aconteceu com seu rosto?

– Está tudo bem.

Ele se levanta atordoado, geme e leva a mão ao rosto inchado.

– Então – diz, se arrastando até a porta da cela –, como passo para o outro lado destas barras?

Olho para trás, e Ash parece notar pela primeira vez que temos companhia. Ele franze a testa ao ver Garnet, depois Carnelian, que abaixa a seringa.

– Carnelian tem a chave – informo.

Contrariando todos os meus instintos, levanto e me afasto da porta. Não posso convencer Carnelian a abri-la, mas Ash pode.

Ela se aproxima lentamente, os olhos fixos no rosto de Ash. Quando chega perto da cela, ela se ajoelha exatamente onde eu estava alguns segundos antes.

– Sinto muito – cochicha ela, segurando a mão dele sobre a barra de metal. – Pensei que ficaríamos juntos, se eu a tirasse do caminho.

Ash sorri.

– Eu sei.

– Pensei... Tínhamos um plano...

– Eu sei – repete ele. – Mas não teria dado certo.

Carnelian assente.

– Porque, seja como for, você não pode ficar comigo.

– Não – confirma ele, com tom suave. – Não posso.

– Posso perguntar uma coisa?

A chave se aproxima da fechadura.

– É claro.

– Alguma coisa do que aconteceu entre nós foi... real?

Ash aproxima tanto o rosto do dela que sinto vontade de gritar. Ele sussurra alguma coisa que não escuto, e todo o rosto de Carnelian se ilumina. Depois de um momento, ela se afasta, gira a chave na fechadura e abre a porta. Eu me aproximo imediatamente de Ash e o ajudo a ficar em pé. Carnelian olha feio para mim.

– Não vou falar nada pelo bem dele – diz. – Não é por você. Não tenho tempo para responder, porque Garnet interfere.

– Bom, tudo isso foi mesmo uma encenação bizarra, mas temos de ir.

– Você está bem? – pergunto para Ash.

Sinto o peito dele gelado na minha fina camisola de seda, mas os braços são fortes quando me envolvem.

– Vamos sair daqui – responde ele, no mesmo tom.

– Anime-se, prima – diz Garnet. Carnelian olha para Ash e para mim com uma expressão que mistura fúria e tristeza.

– Pense na cara que minha mãe vai fazer quando descobrir que os dois fugiram.

Um canto da boca de Carnelian se contrai.

Garnet move a cabeça para cima e para baixo.

– Obrigado pela ajuda – diz ele, com um aceno. E vira para nós. – *Vamos embora.*

3

Subimos a escada correndo e saímos da masmorra tão rápidos e silenciosos quanto possível.

Os corredores estão vazios. Ash mantém um braço sobre as costelas do lado esquerdo. A mão livre segura a minha.

– Tudo bem? – pergunta ele, movendo a cabeça em direção à minha camisola. O sangue de Annabelle está quase seco. Ele ainda mancha meus joelhos e as canelas. Um nó se forma em minha garganta.

– O sangue não é meu – digo em voz baixa.

Ash arregala os olhos.

– Quem...?

Balanço a cabeça com veemência. Não consigo falar sobre isso agora.

Passamos pela sala de jantar e saímos na área envidraçada que é a ligação com a ala leste, onde ficam os aposentos de Ash. É como se a noite se repetisse, mas do fim para o começo. E agora Ash está comigo. Afago a mão dele para me lembrar disso.

– Qual é a história dele? – cochicha Ash no meu ouvido, os olhos voltados para Garnet.

Dou de ombros.

– A história é que ele está tentando tirar vocês dois daqui sem acabar morto – responde Garnet. – Portanto, fiquem quietos e continuem perto de mim.

– Aonde vamos? – pergunto.

– Precisamos de um transporte – responde Garnet.

– Certo. E qual é o plano?

– Sério, Violet? – diz ele, e para por um momento. – Parece que estou seguindo um manual de instruções? Estou decidindo os passos na medida em que progredimos. Se tiver uma ideia melhor...

– Não, não – respondo depressa. – Você sabe o que é melhor.

– Ele sabe seu nome – murmura Ash quando seguimos em frente.

– Lucien... – explico.

Ash resmunga alguma coisa que não escuto.

Passamos pelo antigo quarto de Ash, viramos à esquerda, à direita, à esquerda novamente, seguimos pela ala leste por locais onde nunca estive.

– Por que conhece tão bem a ala dos criados? – pergunta Ash a Garnet.

Garnet levanta uma sobrancelha e sorri.

– Eu circulo.

Penso em todas as criadas que ele pode ter seduzido e faço uma careta de desgosto, mas Ash não se abala.

– Não, não circula – replica.

Garnet bufa.

– Como sabe?

– Eu saberia. E sei.

Garnet não esconde a irritação quando chegamos a uma porta no fim de um corredor. Ele desabotoa o paletó de guarda e o joga para mim.

– Vai precisar disso – diz.

Visto o paletó. As mangas escondem minhas mãos e, em uma reação inexplicável, lembro do robe de minha mãe, de como ele era grande quando eu o vestia em nossa casa no Pântano, quando a coisa mais assustadora que eu conseguia imaginar era sair de lá para ir morar na Instalação de Contenção do Portão Sul.

Garnet abre a porta, e sou atingida por um sopro de ar gelado. Meus dentes começam a bater antes de sairmos. Ameaço entregar o paletó a Ash, que está sem camisa, mas ele segura o casaco junto ao meu corpo. A grama congelada range sob meus pés descalços, e em segundos meus dedos adormecem. A noite agora é nublada, sem lua ou estrelas para iluminar o caminho, mas Garnet parece estar seguro de por onde seguir. Uma sombra negra, uma estrutura baixa e quadrada aparece na escuridão. Quando nos aproximamos, ouço o barulho das chaves na mão de Garnet.

Um estalo da fechadura, e passamos do ar gelado para o interior frio e silencioso.

Quando entro, a porta é fechada e uma luz se acende. Uma fileira de carros reluzentes ocupa o espaço amplo. Vejo o automóvel branco que a Duquesa e eu usamos para ir ao funeral de Dahlia no palácio do Executor, e o preto que me levou a todos os bailes, mas também tem um vermelho, um prateado, um azul-claro e um amarelo.

Garnet se aproxima do carro vermelho e abre o porta-malas.

– Entrem – diz ele.

Nunca imaginei que aceitaria, embora com pouco entusiasmo, entrar no porta-malas de um carro.

– Não acha que alguém vai perceber que um automóvel desapareceu? – resmunga Ash, enquanto se acomoda ao meu lado. Eu chego para o lado para abrir espaço.

Garnet sorri.

– O carro é meu. Não vai ser a primeira vez que saio para aproveitar uma noitada.

Em seguida, ele fecha o porta-malas.

O pânico me invade com uma ferocidade que me deixa sem ar. A escuridão me cerca, confina. Bato com as mãos na tampa do compartimento até as mãos frias de Ash encontrarem meu rosto.

– Tudo bem, Violet – sussurra ele. – Respire.

Meus pulmões se expandem e o peso de tudo me oprime. Uma torrente de lágrimas transborda dos meus olhos quando escondo o rosto em seu peito. O motor do carro é ligado, e sinto a vibração percorrendo meu corpo. Ouço os ruídos abafados da porta da garagem abrindo e fechando, e depois sou jogada contra Ash quando Garnet põe o carro em movimento. O automóvel descreve uma curva circular vertiginosa, e bato com as costas do outro lado do porta-malas. O corpo de Ash esmaga o meu.

– Acho que ele está se divertindo com isso – comenta Ash.

E então, repentinamente, assim como as lágrimas, começo a rir muito, gargalhadas histéricas que fazem meu estômago doer, e Ash também ri, mas a risada dele se transforma em um ataque de tosse.

– Tudo bem? – pergunto, beijando cada parte dele.

– Tudo... Ai – geme, quando meus lábios encontram um ferimento em seu rosto. – O que aconteceu? A última coisa de que me lembro é da Duquesa entrando no meu quarto.

Conto sobre a arcana com a voz de Garnet do outro lado, a Duquesa me amarrando e Annabelle...

– Eu a deixei lá – digo. – Sozinha.

– Não havia outro jeito. Violet, você não podia fazer nada. Ficamos quietos por um momento. A culpa e o sofrimento que consegui sufocar enquanto fugíamos do palácio agora crescem dentro de mim. Vejo o rosto dela na escuridão, sinto o cheiro de lírio de seus cabelos.

– A culpa é minha – murmuro. – Se eu não tivesse... Se nós...

– Não. – A palavra soa alta e autoritária no espaço apertado. – A Duquesa matou Annabelle, Violet. Não foi você. Não fui eu.

Apoio a cabeça em seu ombro e faço a mim mesma uma promessa silenciosa. Não esquecê-la nunca. Mantê-la viva da única maneira possível.

– Sabe para onde estamos indo? – pergunta ele.

– Não. – Agora que estamos na estrada, a viagem é bem suave. Tiro o paletó com esforço e jogo sobre Ash.

– Violet, eu não...

– Vamos usá-lo juntos – insisto, me aproximando dele tanto quanto posso. Sua pele parece estar congelando.

Ash afaga meu cabelo. A vibração do motor do carro é relaxante, entorpecedora.

– Você salvou minha vida – sussurra ele, o hálito morno em minha têmpora.

– Eu não ia deixar você lá.

Ele ri baixinho.

– Muito obrigado.

– Teria feito o mesmo por mim.

Tenho a sensação de que viajamos durante horas antes de o carro parar de repente e o porta-malas abrir. A lua deve ter aparecido de novo, porque a silhueta de Garnet é recortada contra a luz prateada.

– Fizeram boa viagem? – pergunta ele, sorrindo.

Ash sai do porta-malas e me ajuda, joga o casaco sobre meus ombros.

– Onde estamos?

Olho em volta. É uma alameda escura ladeada por dois edifícios comuns, retangulares.

– No necrotério – responde Garnet.

Estremeço.

Ele nos leva a uma porta de ferro pintada de branco para combinar com o exterior do prédio.

– Não está trancada? – pergunto.

– Este é o necrotério para criados e substitutas – explica ele.

– Certo – resmungo.

O interior do prédio é gelado e estéril. Garnet tira do bolso uma lanterna pequena e ilumina vários corredores compridos, verdes e com cheiro de antisséptico. Meus pés grudam no chão encerado.

– Aonde vamos? – sussurro.

Ele aponta a lanterna para a esquerda, depois para a direita.

– Boa pergunta. Lucien não disse onde deveria encontrá-lo?

– Eu devia estar morta – respondo.

– Ah, é verdade.

– Podemos seguir as setas. – Ash está em pé no local onde dois corredores se encontram, olhando atentamente para a parede. – Garnet, traga a luz.

Garnet aponta a lanterna para a parede, onde há uma placa:

SUBSTITUTAS →

DAMAS DE COMPANHIA ←

CRIADOS ↑

Seguimos pelo corredor da direita, passamos por várias portas duplas e chegamos a outro corredor. Ash vira a maçaneta de uma porta na nossa frente.

– Trancada – diz.

– Esta aqui não está – anuncia Garnet ao abrir a porta. Ele aponta a lanterna para o interior, e compartimentos prateados brilham nas paredes, fileiras e mais fileiras de gavetas quadradas. Tudo limpo, impecável.

– São para os... – Não consigo pronunciar a palavra "corpos".

– Sim – confirma Ash.

– Estão todas... cheias?

Pensar em tantas substitutas mortas me faz sentir mais frio que já sentia. O sangue de Annabelle parece pinicar a pele dos meus joelhos.

– Espero que não – responde ele.

– Acha que Raven já está aqui? – pergunto. Quando dei a ela o soro no almoço da Duquesa hoje à tarde, Raven estava praticamente catatônica. Mas despertou ao ouvir minha voz. Preciso acreditar que ela entendeu o que eu disse.

Ash engole a saliva.

– Só tem um jeito de descobrir.

– Quem é Raven? – quer saber Garnet.

– Minha melhor amiga – respondo. Minhas pernas começam a tremer quando me aproximo de um dos compartimentos. – Substituta da Condessa da Pedra. Dei a ela o soro de Lucien.

– Você *o quê*? – Garnet balança a cabeça. – Se Lucien não estivesse tão determinado a salvar sua vida, acho que ele poderia matar você.

Ignoro o comentário, e meus dedos tremem quando seguro a maçaneta e puxo a gaveta.

Vazia.

Solto o ar que estava segurando.

– Menos uma – diz Ash ao parar do meu lado. – Faltam só algumas dúzias.

De maneira metódica, Ash e eu começamos a abrir todas as gavetas. Garnet nos observa com ar divertido. Abrimos sete câmaras vazias antes de Ash murmurar:

– Violet.

Eu me aproximo dele e olho para o saco preto que ocupa o espaço retangular e comprido. Juntos, puxamos a folha de metal sobre a qual ele repousa. Ash estende a mão para o zíper do saco plástico.

– Não – protesto. – Eu faço isso.

Com toda suavidade, puxo o zíper até revelar um rosto pálido, petrificado pela morte. O ar fica preso na minha garganta.

– Não é a Raven – diz Ash.

Balanço a cabeça, e lágrimas inundam meus olhos.

– Você conhecia?

– Não – digo –, mas a encontrei uma vez.

É a garota do funeral de Dahlia, a que estava procurando a irmã. Toco sua testa gelada. Ela parece tão jovem!

Sou tomada de assalto pela injustiça de toda essa situação. O que me torna especial? Por que mereço ser salva, e essa garota, não? Por que não a leoa ou Dahlia? Sinto uma repentina raiva de Lucien por me forçar a reconhecer a horrível verdade, mas não me dar um meio de fazer alguma coisa para mudá-la.

"Você salvou Raven", uma voz sussurra no fundo da minha cabeça.

"Ainda não", penso. "E não é suficiente."

Fecho o saco e devolvo a menina cujo nome jamais saberei para sua tumba de metal.

– Vamos continuar olhando – digo a Ash.

Encontramos mais quatro meninas, mas não reconheço nenhuma delas.

– E se ela não tiver tomado o soro? – pergunto.

O pânico começa a se manifestar.

– Tomou – garante Ash, mas suas palavras não têm significado, e é evidente que ele sabe disso. Não há como saber se Raven me entendeu ou não.

– Provavelmente ainda não a encontraram – diz Garnet.

Ele está encostado na parede meio descontraído, as mãos nos bolsos, como se passasse um tempo em necrotérios todos os dias.

– Por que ainda está aqui? – pergunta Ash.

Garnet dá de ombros.

– Quero ver o que vai acontecer quando Lucien descobrir que você está aqui. Além do mais, não me divirto tanto há muito tempo. Ser da realeza é muito chato. Nunca perco uma chance de esfregar isso na cara da minha mãe. Roubar a substituta bem debaixo do nariz dela? Da casa dela? É bom demais para perder.

– Por que a odeia tanto? – pergunto.

– Puxa, Violet, você morou com ela por dois meses – responde Garnet. – O que sente por ela?

Ele tem razão.

– Agora multiplique esse sentimento por uma vida inteira. – Garnet coça a nuca. – É um milagre eu ser tão bem ajustado.

O estrondo de uma pesada porta de ferro nos paralisa.

– A luz! – sussurra Ash.

Garnet leva a mão à parede e somos tragados pela escuridão. Por vários segundos, não há nada além do silêncio. Depois, os sons inconfundíveis de passos e vozes flutuam pelo corredor.

– Precisamos de um esconderijo – diz Garnet.

– Onde? – pergunto. – Não enxergo nada.

Um estalo à minha esquerda precede o instante em que a lanterna de Garnet acende. O raio de luz incide sobre Ash. Ele está abaixado ao lado de um dos compartimentos, o mais baixo no canto à esquerda. A porta está aberta, e os olhos dele encontram os meus.

– Não – sussurro.

– Tem uma ideia melhor? – pergunta Garnet, segurando meu braço e me puxando na direção de Ash, mantendo a lanterna apontada para baixo.

Eu me abaixo ao lado do buraco quadrado e escuro onde tantas substitutas mortas foram deixadas, meu estômago fervendo com uma mistura mais forte que repulsa e mais intensa que o medo. O absurdo de me esconder aqui faz minhas pernas adormecerem, perderam a força.

– Não temos escolha – diz Ash.

Abro a gaveta ao lado do compartimento dele e forço minhas pernas a se mexerem, meu corpo a se curvar e escorregar até eu estar deitada de bruços na mesa fria de metal. As vozes estão tão próximas que quase posso ouvir cada palavra, além de um ruído baixo que parece um guincho.

Respiro fundo e me fecho no compartimento.

4

A ESCURIDÃO NO INTERIOR DA TUMBA DE METAL É MUITO, muito pior que a do porta-malas do carro de Garnet.

Pressiono a testa contra o metal frio e tento fingir que estou em outro lugar, ou que Ash está comigo, ou que isso tudo é um sonho e vou acordar novamente no Pântano.

A luz da sala é acesa. O brilho fraco e amarelado penetra no meu esconderijo. Não tem maçaneta do lado de dentro da porta, por isso a deixei encostada. As duas vozes masculinas são abafadas.

– ... não queria que ninguém percebesse, acho.

– Não sei por que alguém se importaria. Quantas substitutas ela já teve? Vinte?

– Não é da sua conta, rapaz. Cumprimos ordens. – A primeira voz é definitivamente mais velha que a segunda, com uma nota áspera, madura. – Se eles dizem que é para ir buscar na Casa da Pedra à meia-noite, isso é o que fazemos.

Casa da Pedra! Eles trouxeram Raven! Quase choro de alívio.

Ouço novamente aquele guincho estranho, depois uma gaveta sendo aberta. Em seguida, o ruído de plástico sendo manuseado.

– Não é muito pesada – comenta a voz mais jovem.

– Nenhuma delas é, rapaz. Você vai ver.

Plástico em contato com metal. A gaveta é fechada.

– Agora voltamos para a cama – diz o homem mais velho, com tom rabugento –, e vamos torcer para não ter mais nenhum chamado esta noite.

Os sapatos fazem barulho como se grudassem no piso a cada passo. A luz se apaga.

Continuo quieta, quase nem respiro, esperando para ver se vão voltar. Finalmente, não suporto mais. Minhas unhas arranham a gaveta quando a empurram. Saio do compartimento o mais depressa que posso e caio no chão polido quando Ash e Garnet abrem suas respectivas gavetas. Fico em pé e levanto os braços dentro das mangas do paletó da Guarda, deslizando as mãos pela parede até encontrar o interruptor de luz.

A claridade é dolorosa, depois de tanta escuridão. O rosto de Ash está pálido, e ele fica em pé lentamente. Garnet continua no chão, apoiado nas gavetas enquanto ajeita o cabelo loiro, mais abalado do que jamais o vi.

– Ela está aqui – digo a Ash.

– Eu sei – responde ele.

Um sorriso ilumina meu rosto, e começo a abrir as gavetas com uma ferocidade determinada, empurrando Garnet para fora do meu caminho até encontrar um compartimento que antes estava vazio.

Puxo o leito de metal e o corpo de Raven passa pela gaveta, escondido por uma grossa camada de plástico preto. Ash e Garnet juntam-se a mim quando deslizo o zíper e abro o saco.

O rosto de Raven é tão frio e sem vida quanto os de todas as outras meninas neste lugar, e, por um momento paralisante, temo que ela esteja realmente morta. A pele linda e cor de caramelo agora é cinzenta; os cabelos negros, antes brilhantes, estão embaraçados e sem vida. Ela está nua. Tiro rapidamente o casaco da Guarda e a cubro com ele, mas não antes de ver como Raven está dolorosamente, patologicamente magra. Cada costela é visível, e os ossos da bacia saltam da pele como pontas afiadas de cada lado do ventre.

Todo seu rosto. A pele é fria como gelo.

– Raven – chamo com voz trêmula.

Tento identificar um tremor nas pálpebras ou um movimento dos lábios, mas não há nada. Minha melhor amiga está mortalmente imóvel.

– Raven, sou eu – insisto. – Violet. – Engolir é doloroso.
– Por favor, acorde. Eu salvei você. Volte para mim, por favor.

O silêncio é esmagador. Pedaços de mim se partem sob esse peso.

– Talvez ela esteja realmente... – começa Garnet, mas viro e bato as mãos em seu peito, empurrando-o para trás.

– Ela não está morta! – sibilo. Viro novamente para Raven e a sacudo. A cabeça dela balança sobre a prancha de metal. – Acorde, Raven! Vai, você tomou o soro, você sabe disso, então, por favor, ACORDE!

Dou uma bofetada forte em seu rosto.

Nada acontece.

Sinto a mão de Ash em meu ombro.

– Sinto muito.

Empurro a mão dele. Não quero a piedade de ninguém nesse momento.

– Ela...

De repente, Raven abre os olhos. O corpo dela arqueia, os olhos se arregalam, ela vira de lado e vomita no chão.

Ash e Garnet saltam para trás quando o corpo dela convulsiona, e ela tosse e vomita, mas eu me jogo em cima dela, encosto a testa em seu ombro e aliso seu cabelo com uma das mãos, grata por senti-la respirando, se movendo e viva. Ela deita de costas, ofegante. Os olhos giram descontrolados, até que me encontram.

– Violet? – Raven geme. Lágrimas correm por seu rosto, mas não me dou ao trabalho de secá-las.

– Estou aqui – respondo. – Agora você está segura.

Ela olha para o teto.

– Vi minha mãe – conta. – Ela afagava meu cabelo. Depois eles arrancaram toda a pele dela.

– Quê? Sua mãe está viva no Pântano.

– Eles arrancaram sua pele – repete Raven. – E me mostraram seus ossos.

Os olhos perdem o foco e o corpo relaxa. Ela fica parada, imóvel.

– Raven? – sussurro. Toco seu rosto. Ela respira, mas é como se uma luz se apagasse dentro de seu corpo.

– O que fizeram com ela? – murmura Ash.

– Eu... Não sei. – Passo a mão na cabeça de Raven e sinto uma pequena cicatriz, talvez três centímetros de comprimento, no couro cabeludo. Depois outra. E outra.

– Bom – manifesta-se Garnet, unindo as mãos com um barulho –, foi uma grande noite, uma noite digna de registro nos livros, e por mais que eu queira ficar e ver Lucien surtar com tudo isso, acho que é hora de ir embora.

– É claro que é – resmunga Ash.

– Ei, salvei sua vida, o que mais quer de mim?

– Absolutamente nada.

– Certo – diz Garnet. – Boa sorte com a fuga e o resto.

– Obrigada – respondo.

– Por nada – diz Garnet, a mão na maçaneta quando Raven se senta. O movimento é tão inesperado e abrupto que quase não tenho tempo para evitar que o casaco caia de cima de seus ombros.

– Você é um covarde – diz ela, olhando para Garnet. Seus olhos têm um aspecto confuso, como se focassem duas coisas ao mesmo tempo.

Todos nós olhamos para ela em um silêncio que refletia o nosso choque.

– Raven? – chamo-a, hesitante.

– Ele é um covarde – insiste minha amiga. – Desrespeita todas as regras erradas. As fáceis. Ele tem medo. – O rosto perde o tônus, os olhos voltam ao normal. – Estou cansada. Ainda não é hora do médico.

Raven se deita e resmunga alguma coisa para si mesma. Não consigo entender o que ela diz, mas ouço seu nome uma ou duas vezes.

Garnet a observa por um segundo, depois balança a cabeça.

– Tanto faz. Ela é problema seu.

Com um aceno desanimado, ele sai. Toco a testa de Raven, mas ela voltou para aquele lugar vazio, os olhos fixos no teto.

– E agora? – pergunta Ash.

– Agora vamos esperar Lucien – respondo. – Ele virá.

Horas passam.

Ou eu tenho essa impressão. Não há como saber que horas são dentro dessa sala. Apagamos as luzes por segurança. Ash e eu nos sentamos no chão encostados à parede, bem juntos para espantar o frio. Raven não se moveu ou falou desde que Garnet saiu.

O que vai acontecer quando a Duquesa descobrir que desapareci? Que Ash desapareceu? Garnet vai conseguir impedir Carnelian de falar? Garnet vai contar alguma coisa? Ele não é leal a nenhum de nós, e não acho que seja confiável. Não consigo entender por que Lucien o escolheu para nos ajudar. Com relação a Carnelian, podemos ter certeza, pelo menos, de que ela não vai fazer nada que possa pôr em risco a vida de Ash.

Eu me lembro da conversa entre eles na masmorra.

– O que disse a ela? – pergunto.

Faz tempo que nenhum de nós diz nada, e minha voz soa mais alta e áspera do que deveria. O rosto de Ash descansa sobre minha cabeça.

– Hum? – murmura ele.

– Quando Carnelian perguntou se alguma coisa foi real, o que você disse?

Não esperava que ele hesitasse. Ash levanta a cabeça e vira o rosto para o outro lado.

– Esse assunto é pessoal, Violet.

– Vai ter segredos comigo?

– Quantos segredos escondeu de mim? – pergunta ele.

Mordo o lábio.

– Não é a mesma coisa. Eu não podia contar. Fiz uma promessa a Lucien.

– E as promessas que eu fiz?

– Você foi contratado para fazer essas promessas a ela. Não é a mesma coisa, o que temos é diferente.

– Eu sei. – O perfil de Ash é negro na escuridão, mas sei que ele olha para o teto. – Mas devo trair a confiança de Carnelian porque você não gosta dela?

Não sei o que dizer. Acho que sempre presumi que Ash odiava Carnelian tanto quanto eu.

Ele suspira.

– Não tem a ver com esconder coisas de você. Carnealian é... extremamente triste. E essa tristeza se transformou em amargura e raiva. Não quero ser mais um na longa fila de pessoas que a desapontaram, mesmo que ela nunca saiba disso.

Entrelaço os dedos nos dele.

– Não precisa ser tão nobre.

– De jeito nenhum. Eu... a entendo um pouco.

– Bom, um dia vai ter de me explicar sobre Carnelian.

Ouço passos do lado de fora. Ash e eu ficamos em pé, mas não temos tempo para nos esconder de novo antes de a luz ser acesa.

Lucien entra na sala. Ele usa o habitual traje branco com a gola alta de renda, os cabelos castanhos presos em um coque perfeito no topo da cabeça, indicação de sua posição de dama de companhia. E significa mais para ele do que para uma mulher dama de companhia. Os homens nessa função são eunucos, castrados para que sejam considerados "seguros", uma vez que vão trabalhar bem próximos das mulheres da realeza.

Ele tem uma grande bolsa pendurada no ombro. Seus olhos passam de mim para Ash, para Raven, e de volta para mim. Ele não parece surpreso por ver duas pessoas além do que esperava. Deve ter falado com Garnet.

Lucien fecha a porta e deixa a bolsa no chão. Com passos medidos, se aproxima de Ash, o segura pelo pescoço e bate sua cabeça contra a parede.

– Lucien! – grito.

– É verdade? – grunhe ele.

Ash parece atordoado. Seguro o braço livre de Lucien e puxo.

– Pare com isso!

Lucien olha para mim.

– Sabe o que estão falando? – diz ele, por entre os dentes. – Estão dizendo que esta porcaria de ser humano estuprou você.

– Quê?! – grito.

Ash recupera a razão. Com um movimento rápido, ele agarra o pulso de Lucien e o torce. Lucien grita de dor, e Ash torce seu braço e o leva às costas do eunuco, o que o obriga a se dobrar para a frente.

– O que foi que disse? – rosna Ash. Nunca o vi usar a força física desse jeito antes.

– Solte – dispara Lucien.

– Ash! – grito.

– Ele acredita nisso. Não percebe, Violet? Ele acredita nisso. – E torce um pouco mais o braço de Lucien.

– E por que não acreditaria? – questiona Lucien. – Sei o que você faz, o que realmente faz. Todos vocês, acompanhantes, com seus sorrisos encantadores e suas mentes imundas. Não devia ter deixado você chegar perto dela.

Ash puxa o braço dele outra vez.

– Não sabe nada sobre mim.

– Sei que dorme com mais mulheres em um ano do que a maioria dos homens a vida inteira.

– E acha que gosto disso? Ou está com inveja porque posso?

Lucien deixa escapar um grito estrangulado e puxa o braço com violência, soltando-se da mão de Ash. Mas Ash é rápido. Em um segundo, ele empurra Lucien contra a parede e aperta o seu pescoço com um braço.

– Ash, está machucando Lucien – digo. Ele vira a cabeça para olhar para mim. – Por favor, pare. Solte-o!

Relutante, Ash remove o braço e recua. Lucien fica apoiado à parede, massageando o ombro.

– Ash nunca me tocaria se eu não quisesse, Lucien – informo.

– Bom, prefiro pensar que não é idiota o bastante para querer.

– Quando vai parar?

Ash dá um passo para frente. Seu rosto está vermelho, o que faz seu hematoma parecer ainda mais escuro na face. Eu me coloco entre os dois como uma barreira física.

– Não é pai dela. Não vai censurá-la pelas escolhas que faz.

– Acho que sei um pouco mais que um acompanhante sobre o que é melhor para ela – retruca Lucien.

– Caso não tenha notado, não sou mais um acompanhante.

– Chega – decido, empurrando Lucien para longe de Ash. – Podem continuar brigando quando estivermos fora desse lugar horrível, mas, agora, temos coisas mais importantes para discutir. Qual é o plano?

Lucien se solta das minhas mãos, pega a bolsa e a joga para mim.

– Aí dentro há roupas para todos vocês. Vistam-se, depressa. Íamos pegar o trem, mas agora não é mais possível.

Abro o zíper da bolsa e encontro três calças de lã marrom, três suéteres e três pares de sapatos. Também tem água, uma lanterna, curativos e pomada antisséptica. Uso um pouco da água para lavar o sangue de Annabelle das minhas pernas, e cuido dos ferimentos na testa e no rosto de Ash. O olho dele ainda está inchado, e passo pomada em volta do edema.

– Você também – diz ele, espalhando pomada sobre meu lábio cortado. Arde um pouco.

Terminamos de nos vestir, e eu me volto para Raven. Ela continua olhando para o teto.

– Devíamos... – começa Ash.

– Não, eu faço isso – interrompo. Olho para ele, depois para Lucien. – Virem-se, por favor.

Raven pode não ter consciência do que está acontecendo, mas eu sei que ela não gostaria de ser vista nua por homens estranhos. Visto-a com a calça. Ela é magra, leve, mas o suéter oferece mais dificuldade.

– Raven, pode sentar? – murmuro sem muita esperança, e por isso fico chocada quando ela atende ao pedido.

– Violet?

Os olhos de Raven são brilhantes como antes.

– Vista isso – digo, e seguro o suéter.

– Nunca estive nessa sala antes – comenta Raven, olhando em volta enquanto calço os sapatos em seus pés e a ajudo a descer do leito de metal. – É muito brilhante.

– Essa é a amiga sobre a qual perguntou, imagino – Lucien deduz. – A substituta da Condessa da Pedra?

– Raven – apresento.

– Eu sou Raven – repete ela.

– E deu a ela o soro que era para você.

Endireito as costas.

– Dei.

Ele ergue os olhos.

– De todas as substitutas naquele Leilão – resmunga. – Deixe o casaco aqui, eu volto para pegá-lo. Vou ter de limpar tudo. – E balança a cabeça olhando para o vômito de Raven no chão. – Tudo teria sido muito mais fácil se você me ouvisse.

Ash enfia nossas roupas na bolsa e atravessa a alça sobre o peito. Lucien nos leva para fora da sala e pelo corredor até outra porta marcada com as palavras PERIGO: RESTRITO. A porta não está trancada, o que acho estranho, e Lucien a abre com facilidade.

Imediatamente, sou tomada de assalto por uma onda de calor intenso e pelo cheiro de alguma coisa queimando. A sala está vazia, com exceção do trambolho de ferro forjado com uma grande porta bem no centro do espaço.

– Vou contar o que está acontecendo – diz Lucien. – A ausência de vocês foi descoberta. Por motivos que, presumo, têm a ver com autopreservação, a Duquesa não revelou que você, Violet, sumiu. Ela o acusou – e inclina a cabeça na direção de Ash – de estupro. Um acompanhante dormindo com uma mulher não esterilizada é crime, e se a mulher em questão é uma substituta... Bom, a realeza quer sangue. Todo o serviço de trens que entram e saem da Joia foi interrompido. Todos os Guardas estão varrendo as ruas procurando por ele. Em poucas horas, a fotografia dele será publicada em todos os círculos dessa cidade.

Eu me sinto esvaziada.

– O que vamos fazer?

Lucien move a maçaneta da porta de ferro para abri-la. Uma parede de fogo amarelo brilhante queima lá dentro, aquecendo ainda mais a sala.

– O incinerador leva diretamente ao sistema de esgoto. Você pode chegar até o Banco pelos túneis. Os esgotos para os círculos mais baixos não estão conectados a esta rede. Tem um mapa na bolsa. Tracei seu caminho em vermelho. Vou mandar uma pessoa esperar vocês no Banco, e seguiremos de lá.

– Como vou saber quem é a pessoa?

– Peça para ver a chave.

– Que chave?

– Você saberá quando a vir. – Ele faz uma pausa. – Não trouxe a arcana com você por algum milagre, trouxe?

– Trouxe! – exclamo, e levo a mão ao coque. – No meu cabelo.

Lucien sorri, um sorriso verdadeiro e real.

– Boa menina. Posso rastrear seu progresso com ele.

– Mas... – Olho para as chamas. – Como vamos descer?

O sorriso dele desaparece.

– Vai ter de usar os Presságios para apagar o fogo.

– Quê? – Olho para ele torcendo para ser brincadeira. – Como?

– Não sei. Mas você consegue.

– Lucien, não é isso que fazem os Presságios. Eu nem saberia por onde começar!

– Escute. – Ele põe as duas mãos sobre meus ombros. – É possível. Já foi feito antes.

Meu queixo cai.

– O quê? Quem fez?

– Isso agora não interessa. Você vai ter de fazer. Caso contrário... – Ele olha para o outro lado, para Raven e, finalmente, para Ash. – Caso contrário, todos vocês vão morrer.

5

Eu me aproximo do incinerador, sinto as ondas de calor acariciando meu rosto. Gotas de suor começam a se formar na raiz dos meus cabelos, e estou suando nas axilas. Sinto a pressão suave no pulso.

– Espera – Ash diz. Ele olha para Raven, depois para mim de novo. – Esses Preságios... são as coisas que deixaram Raven doente?

Respondo com um movimento afirmativo de cabeça, lembrando como Raven vomitou sangue e acabou com o almoço da Duquesa.

– Vai ficar doente por causa disso? – pergunta ele.

Hesito.

– Provavelmente. – É inútil mentir. – Sim.

Ash parece que vai protestar, mas levanto a mão para silenciá-lo. Preciso pensar.

Qual dos três Preságios devo usar? Cor, Forma ou Crescimento? Cor não, certamente. Não vejo como mudar a cor do incinerador vai ajudar em alguma coisa. Forma? Devo mudar a forma do incinerador? Não, o verdadeiro problema são as chamas. Penso no Dr. Blythe, meu médico no palácio, e no carvalho no jardim da Duquesa. Ele me conduzia até lá para testar meus Presságios. Insistia para eu fazer o carvalho crescer, e nunca pensei que eu seria capaz disso, porque era uma árvore muito grande e velha. Mas consegui.

Dou mais um passo adiante, e o calor faz meu rosto arder. Não posso tocar as chamas, mas tocar o incinerador pode ser o suficiente. A superfície de metal é quente, mas não é um calor insuportável. O ferro é áspero sob minha mão.

Um: ver o objeto como é. Dois: ver o objeto em sua mente. Três: submetê-lo à sua vontade.

Mas não tenho imagem à qual relacionar esse fogo. Imagino um espaço negro, vazio e frio, mas nada acontece. Não sinto nem o início de um Presságio.

– Não consigo... – Minha garganta aperta. – Não sei o que fazer.

A mão gelada envolve a minha. Raven está ao meu lado, seu rosto quase vivo de novo.

– Ele tem de morrer, Violet – diz Raven para mim. Segurando minha mão, ela toca o incinerador com a outra. – Não é Crescimento. É Morte.

Então eu vejo, e é tão claro quanto se fosse real. As chamas ficando mais fracas, menores, como se um enorme travesseiro as sufocasse, as privasse do ar. Sinto a resistência do fogo lutando pela vida, mas o travesseiro invisível é mais forte, e as chamas finalmente se tornam mais mansas e frágeis, até serem apenas patéticas colunas de fumaça.

Gotas de sangue pingam do meu nariz. Minha cabeça lateja de um jeito estranho, mas não doloroso, não necessariamente. O lugar onde minha pele toca a de Raven está quente.

– Fizemos isso juntas? – pergunto.

Raven vomita, o sangue respinga no incinerador e escorre por seu queixo.

– Ash, dê minha camisola! – grito. Mantenho um braço em torno da cintura dela, praticamente a amparando enquanto ela se dobra ao meio e cospe mais sangue. Com a outra mão eu toco o incinerador. Tenho a horrível sensação de que, se me afastar, o fogo voltará.

– Sinto muito, sinto muito – repito várias vezes.

Viro e vejo Ash olhando para o incinerador apagado com uma expressão de total incredulidade.

– Ash – repito, e ele se assusta.

– Como vocês...

– A camisola, por favor.

– Está sangrando – diz ele, e se aproxima correndo com a bolsa.

– Estou bem. Já está diminuindo, o sangramento vai parar sozinho – respondo, limpando o sangue com a manga do suéter. – Não foi tão ruim. Ajude a Raven.

– É pior que isso? – Ele me olha como se nunca tivesse me visto antes.

Raven parou de vomitar e tossir. Ash limpa o rosto dela com a camisola.

– Muito sangue – murmura ela. – Sempre muito sangue.

– Vocês têm de continuar – avisa Lucien. – Agora.

Ele tenta soar autoritário, mas seus olhos estão arregalados, e a voz, trêmula.

– Já vi você antes – comenta Raven. – Mas não consigo lembrar se é real...

Ela aperta os olhos com as mãos.

– Por que tem sempre tanto sangue?

Agora que o fogo apagou, vejo um túnel retangular que desce para a escuridão.

– Ash, vá e leve Raven – digo. – Eu vou em seguida.

– Não vou a lugar nenhum sem você – responde ele.

– Por favor. Não posso tirar a mão daqui, acho, ou o fogo volta. Vocês têm de descer com segurança. Não deixe nada acontecer com ela.

Olho para a barriga de Raven, a pequena saliência escondida embaixo do suéter.

Os dedos de Ash tocam um lado do meu rosto. Em seguida, ele entra no incinerador e ajuda Raven a entrar também.

– Ash vai cuidar de você – digo a ela.

Raven olha para ele, depois para mim, mas não fala nada. Eles descem pelo túnel, que esfriou consideravelmente desde que o fogo apagou, e desaparecem.

Olho para Lucien. Sinto o fogo morto como o pulsar de um coração esperando para recomeçar.

– Quando vou vê-lo de novo? – sussurro.

– Logo – responde ele. – Prometo.

– Não sei como agradecer.

Ele sorri.

– Ficando viva.

Dou risada, mas o som é de um soluço.

– Certo.

Ele beija minha testa.

– Vá.

Entro no incinerador com cuidado, sem afastar a mão dele. Meu sapato escorrega e derrapa na superfície lisa, e agarro a beirada de ferro com a outra mão. Olho para Lucien pela última vez.

Depois desço para a escuridão.

O TÚNEL É BEM INCLINADO.

Não consigo ver para onde vou, mas escorrego muito depressa. O ar quente sopra mechas de cabelo em torno do meu rosto. Consigo me sentar ereta e manter uma das mãos em contato com a superfície lisa, apesar da fricção queimar minha pele. Penso em gritar o nome de Ash, mas tenho medo de vomitar, se abrir a boca.

Em algum ponto da descida, ganho mais velocidade. Meu coração dispara. Vejo um lampejo de luz adiante. Depois despenco.

Por um segundo, é como se eu não tivesse peso, fico suspensa no ar e desorientada. Assim que meus dedos se afastam da parede do incinerador, as chamas explodem dentro dele, uma explosão brilhante de calor e luz.

Caio no chão, e todo ar deixa meu corpo. Minhas costas arqueiam, cada célula do meu corpo clamando por oxigênio, depois meus pulmões se expandem e eu sufoco e engasgo na ânsia de respirar.

– Violet? – Os braços de Ash envolvem meus ombros, o peito ampara minhas costas. Ele segura a lanterna em uma das mãos, e vejo os pés de Raven iluminados pelo raio de luz.

Paro de tossir.

– Tudo bem – anuncio, arfante.

Ele me ajuda a ficar em pé e olhamos para o espaço lá em cima, um buraco cheio de fogo.

– Lucien disse que tem um mapa aí dentro – informo, apontando a bolsa. Ash vasculha o conteúdo, pega um papel dobrado e me entrega. Estudo as linhas azuis que se cruzam e se entrelaçam, criando um labirinto de túneis.

– Já vi isso antes – digo. É a planta que Lucien estava analisando na sala fechada da biblioteca da Duquesa. Foi no dia em que ele me disse que podia me ajudar a sair da Joia.

– Ele devia saber o tempo todo... Devia suspeitar...

– Do quê? – pergunta Ash.

– Que talvez precisássemos de um plano de fuga diferente. Mas como ele sabia sobre o incinerador? E que o cano terminava nesses túneis?

– No momento, acho que isso não tem importância.

– Não gosto desse lugar – diz Raven.

– Nem eu. – Há uma linha vermelha na planta criando uma trilha através dos túneis. Viro o papel até encontrar nossa localização. – Temos de ir... por ali – decido, apontando para a esquerda.

Ash aponta a lanterna para o túnel e seguimos em frente. Mas demos poucos passos quando escuto um estalo horrível embaixo do meu pé.

– O que foi isso? – sussurro.

Ash segura meu braço. O raio de luz incide sobre uma gaiola de aparência estranha que parece brotar do chão. As grades são curvas, escuras e queimadas, e não há nenhuma porta visível.

– Por que alguém jogaria uma gaiola aqui embaixo? – sussurro.

– Violet – fala Ash devagar –, acho que não é uma gaiola. Olho para o objeto, e a imagem faz sentido. São costelas.

Raven puxa meu braço, e dou um pulo.

– Todo mundo está morto – diz ela.

– Nós não estamos – respondo. – Estamos vivos.

Raven me encara como se nunca tivesse pensando nisso. O que a Condessa fez com ela? Quem é essa concha, essa sombra da amiga que conheci? Não quero pensar no motivo de tantas cicatrizes em sua cabeça. Tenho que levá-la para um lugar seguro. É só isso que importa.

Então, lembro que ela está grávida. Existe algum lugar seguro para Raven?

Ela segura minha mão, e afasto esses pensamentos. Aqui, neste momento, ela está viva. E precisa de mim, como eu precisei dela no Portão Sul. Lembro o dia em que ela me ajudou a aprender o primeiro Presságio, como se recusou a sair do meu lado até eu conseguir transformar aquela porcaria de bloco de azul em amarelo. Não vou sair de perto dela agora.

Ash fica ao meu lado, e nós três descemos pelo túnel. Mordo o lábio inferior e me encolho cada vez que escuto o estalo de um osso embaixo dos meus pés. É aqui que incineram os corpos das substitutas depois da fria estadia naqueles horríveis compartimentos de metal? Posso estar pisando nos restos da substituta da Lady do Vidro. Posso estar andando sobre Dahlia.

Parece levar uma eternidade, mas finalmente chegamos a um ponto de onde saem vários outros túneis. O ar é frio e úmido e tem cheiro de comida estragada, mas é bom pisar sobre uma superfície sólida outra vez.

– Para onde? – pergunta Ash.

Minhas mãos tremem enquanto estudo o mapa.

– Esquerda – digo, mantendo os olhos fixos no que vem pela frente. Agarro a mão de Raven com firmeza.

Começamos a andar por um túnel coberto por dois ou três centímetros do que imagino ser a água mais imunda da Joia. O raio de luz ilumina a superfície turva da água. Ninguém fala. De vez em quando, escuto o ruído de ratos correndo e guinchando. Ash aponta a lanterna para o mapa ocasionalmente para ter certeza de que caminhamos na direção certa, mas, infelizmente, não há muitas sinalizações ao longo da linha vermelha de Lucien, então me pego pensando se é "essa" esquerda ou "aquela" esquerda, ou que bifurcação seguir. Seguimos pelo caminho errado duas vezes, encontramos becos sem saída e precisamos voltar.

– Acha que o caminho é este? – pergunto, depois de estudar o mapa pela sexta vez e escolher um túnel diferente.

Não consigo ver a expressão de Ash na escuridão.

– Não sei.

– Estão sentindo esse cheiro? – pergunta Raven.

– Do esgoto?

– Não – responde, com um ar de impaciência quase normal para ela. – A "luz".

Olho para o rosto de Ash que, imagino, expressa incredulidade.

– A luz? – repito, hesitante.

– Violet, não me diz que não consegue sentir o cheiro – fala ela. – É tão limpo! Por favor.

Não faço ideia do que ela está falando. Quem sente cheiro de luz? Mas ela puxa minha mão e começa a nos levar por um túnel diferente, e demonstra mais entusiasmo do que mostrou desde que acordou. Quase não tenho tempo de olhar o mapa antes de ela virar à esquerda, e acabarmos em outro beco sem saída.

– Ah, Raven – suspiro. – Caminho errado.

– Não seja ridícula – responde Raven, e me surpreendo outra vez com quanto ela parece com como era antes. – Agora vamos subir.

A luz da lanterna se move pela parede, onde uma série de anéis de metal formam uma escada que sobe para a escuridão e além do alcance dos olhos. Bem acima de onde estamos, uma pequena luz pisca como uma estrela solitária.

Sem esperar para ouvir o que temos a dizer, Raven começa a subir.

– Espere! – falo, e a seguro pelos tornozelos. – Tem certeza?

– É claro que tenho certeza. Quer sair daqui, não quer?

– Sim, mas... como você sabe?

– Eu sei. Simplesmente sei.

Ash levanta a lanterna, e consigo ver o rosto dele. A boca forma uma linha reta, os olhos são determinados. Ele assente uma vez.

Guardo o mapa na bolsa e sigo Raven escada acima. Ash vem atrás de mim, ainda segurando a lanterna.

Os anéis de metal são intermináveis. Meus braços começam a doer, os músculos das coxas queimam e meu estômago ronca de fome, mas eu me obrigo a continuar e tento não pensar a que distância estou do chão, no tamanho do tombo, progressivamente maior na medida em que subimos.

Ninguém fala. Aos poucos, a estrelinha sobre nós vai ficando mais brilhante. E maior. Parece uma flor cujas pétalas de luz brotam de um raio circular no centro.

Raven para, e eu bato a cabeça na sola de seu sapato.

– É isso – anuncia ela.

– O quê? – pergunto, massageando o topo da cabeça.

– O fim – ela diz.

Com cuidado, me inclino para um lado agarrando os degraus de ferro com força, e vejo um círculo de metal com frestas cortadas. Raven encaixa os dedos em um dos buracos em forma de pétala.

– Como vamos abrir? – pergunta ela.

Tento controlar a respiração, porque pensar em descer a escada de volta ao esgoto é inaceitável.

– Tem de ter um jeito – respondo.

Os dedos de Raven ainda se movem na abertura, quando todo o círculo de metal se desloca para a esquerda.

– Ah! – grita ela, e seu pé escorrega do degrau.

Seguro seu sapato com uma das mãos, sinto meu coração bater acelerado na garganta.

A peça de metal é levantada, e um círculo brilhante de luz do sol invade o túnel. Por um momento, fico completamente ofuscada pela luminosidade. Meus olhos lacrimejam, as retinas parecem queimar, e tudo que vejo é branco. Então, uma sombra aparece olhando para baixo, para nós. Pisco, e o rosto ganha foco.

– Conseguiram – anuncia Garnet, sorrindo. – Bem-vindos ao Banco.

6

– O QUE ESTÁ FAZENDO AQUI? – PERGUNTO, ENQUANTO Garnet segura o braço de Raven e a puxa para fora do esgoto.

– Vou levar vocês para a casa segura. – Garnet está vestido com o uniforme da Guarda. Deve ter conseguido um paletó novo. Saio do buraco, e Ash sai logo atrás de mim.

Estamos em outra viela, mas essa não é assustadora como a do necrotério. Fica espremida entre dois edifícios de pedras avermelhadas. O ar é frio, mas o sol brilha forte no céu azul e limpo. A cerca de quinze metros, a viela acaba em uma rua movimentada. Vejo uma carruagem elétrica passar.

– Pensei que tinha encerrado seu assunto com a gente – diz Ash.

Garnet dá de ombros.

– Decidi que ainda posso ser útil. – Ele olha para Raven.
– E não pense que isso significa que está certa – diz, como se esperasse ser chamado de covarde outra vez.

Raven franze a testa.

– Quem é você?

– Ele está ajudando a gente – explico, desejando desesperadamente poder consertar o que está errado na cabeça dela. Essa não é a Raven. Raven se lembraria dele.

– Entrem lá – orienta-nos Garnet, apontando para uma alcova ampla em um dos prédios, um vão cheio de latas de metal, latas de lixo vazias. – Vão ter de trocar de roupa de novo.

Ao lado das latas, vejo uma bolsa de lona maior que aquela que carregávamos. Abro a bolsa e pego dois vestidos de tecido marrom e simples. Entrego um a Raven, cujos olhos estão vazios de novo. Ela pega o vestido e olha para a parede com uma expressão distante. Troco de roupa antes de ajudá-la a se vestir.

– É hora do médico? – murmura Raven. Parece aterrorizada.

– Não. Não tem mais médico – respondo, afastando o cabelo de seu rosto. – Aqui, vista isso.

Ash troca o suéter por uma camisa de colarinho e paletó de tweed com chapéu de aba curta. O vergão no rosto não desaparece à sombra do chapéu, mas o olho está menos inchado, pelo menos. Um hematoma escuro apareceu embaixo dele, uma mancha preta arroxeada.

– Pegue isto aqui – Garnet diz, entregando a ele uma pilha de jornais.

Ash os apoia sobre um ombro, e os jornais escondem seu rosto. Ele agora é um jornaleiro comum.

– Não podemos ficar juntos. Eu me ofereci para ajudar a procurá-lo no Banco – explica Garnet, inclinando a cabeça na direção de Ash. – Foi assim que consegui vir encontrá-los. Minha mãe quase morreu com o choque.

– Eles sabem como eu escapei? – pergunta Ash.

– Não sei o que Carnelian deu aos guardas, mas foi alguma coisa que limpou completamente a memória deles. Não lembram nem de ter trancado você na cela. Ela é bem esperta, sabe? Se tivesse sangue puro, seria uma incrível Duquesa do Lago.

– Que bom – respondo, aflita para encerrar o assunto Carnelian e tratar de questões mais urgentes. – Mas para onde vamos?

– Para um lugar não muito longe daqui. Só tenho um endereço, não sei quem vai encontrá-los, nem o que vai acontecer depois.

– O objetivo de tudo isso não é chegar à Fazenda?

Foi isso que Lucien disse. Que ia me levar para um lugar seguro. Há segurança na Fazenda, o quarto e maior círculo da Cidade Solitária. Mas, agora, é como se a Fazenda estivesse em outro planeta.

– Não sei qual é o objetivo, Violet. Acha que Lucien me conta tudo? Tenho um endereço, você pode vir comigo ou pensar em outra solução. E, a essa altura, já devia saber que Lucien gosta de fazer mistério – conclui Garnet.

– É, eu sei – resmungo.

– Então, eu vou na frente. Depois o acompanhante me segue.

– O nome dele é Ash – corrijo.

Garnet me ignora.

– E depois, vocês duas o seguem. Ah, não esqueçam de pôr o chapéu.

Abro a bolsa e encontro nela duas toucas brancas com um babado de renda.

Garnet dá alguns passos, mas Ash o segura pelo braço.

– Espere – diz ele. – Em que quadrante estamos?

– Leste – responde Garnet. – Perto da fronteira ao sul.

Ash resmunga um palavrão.

– Que foi? – pergunto.

– Estamos perto da minha casa de acompanhante – explica ele. – Alguém pode me reconhecer.

A casa de acompanhante é como o Portão Sul, o lugar onde Ash foi treinado para acompanhar as jovens damas da Joia.

– Ninguém vai reconhecer você – Garnet diz. – Seu rosto está desfigurado. Pelo menos sabe onde está. O endereço é 46 22 da rua Plentham. Caso a gente se separe, você as leva para lá.

Andamos bem perto da parede, progredindo pela viela até chegarmos perto da rua. Garnet levanta uma das mãos para nos fazer parar.

– Espere cinco segundos – diz ele a Ash –, depois venha atrás de mim. Vocês duas esperam mais cinco segundos e vão atrás dele. Entenderam?

Respondo que sim com a cabeça quando Garnet sai da viela, vira à direita e desaparece na rua. Conto até cinco mentalmente. Ainda estou no três quando sinto o braço de Ash em torno da minha cintura, os lábios suaves, mas firmes, sobre os meus. O gesto me surpreende, mas me conforta.

Antes que eu possa dizer alguma coisa, ele se afasta.

Esqueço de começar a contar.

– Aquele garoto beijou você – diz Raven.

– Sim. Venha, fique perto de mim, está bem?

Ela sorri, brincalhona.

– Onde mais eu ficaria?

Respiro fundo, e começamos a andar pelas ruas do Banco.

Depois de morar no centro da Joia por quase três meses, o Banco não devia ser tão impressionante. Este é o segundo círculo da cidade, onde vive a classe dos comerciantes, e é o mais rico depois da Joia.

Mas não convivia com tantas pessoas ao mesmo tempo, e fico perturbada com a multidão. Por um momento, esqueço que devo seguir Ash e Garnet, esqueço de manter a cabeça baixa e tentar passar despercebida, porque há pessoas em todos os lugares, saindo dos prédios estreitos, andando de braços dados pelas calçadas cheias. Muitas mulheres são acompanhadas por jovens de vestidos marrons, que andam alguns passos atrás de suas senhoras carregando muitos pacotes, ou caixas de chapéu, ou conduzindo cães bem-cuidados pela coleira. Uma mulher, que usa um chapéu de rosas naturais e leva um macaquinho no colo, passa por mim dizendo à amiga:

– Espero que o encontrem logo. Finalmente consegui um convite para o Teatro Real no fim de semana, e se a Joia ainda estiver fechada, não vou poder ir!

Procuro Ash nas ruas e o encontro alguns metros à nossa frente, com a pilha de jornais se movendo a cada passo. Há Guardas em todos os lugares, lampejos de vermelho brilhante no meio da multidão. Não consigo encontrar Garnet entre eles, por isso mantenho o olhar fixo em Ash. Meus nervos estão tensos, toda a exaustão que senti depois de subir do esgoto levada por uma nova descarga de adrenalina. Estamos muito expostos. Ando depressa, com os braços tensos e colados ao corpo, esperando sentir a mão em meu ombro e ouvir o grito de "aqui está ela".

Digo a mim mesma que não estavam me procurando, mas o lembrete não me faz sentir melhor.

A pilha de jornais atravessa a rua e vira à esquerda em uma esquina. Raven quase é atropelada por um bonde elétrico quando vamos atrás dele; seguro sua mão e a tiro do caminho, enquanto o condutor grita para olharmos por onde andamos.

A rua por onde Ash segue é cheia de lojas, vitrines de vidro onde é vendido de tudo, da última moda em roupas femininas a pinturas de frutas e bailarinas em molduras douradas. Anéis de diamante cintilam em leitos de veludo azul. Filhotes latem e brincam na vitrine de uma loja de animais. Uma espreguiçadeira de cetim vermelho ocupa uma vitrine inteira embaixo de uma placa que anuncia LIQUIDAÇÃO.

Em cada vitrine, em cada porta e poste de iluminação, vejo cartazes com o rosto de Ash e as letras maiúsculas: PROCURADO. FUGITIVO.

Tenho a sensação de estar caindo novamente no poço do incinerador. O ar em meus pulmões é insuficiente, e minha cabeça começa a girar. Na fotografia, ele deve ter dois anos a menos do que tem agora, o cabelo está repartido de lado, mas a semelhança é evidente.

De repente, todo o plano parece uma loucura, uma bobagem. O que vai acontecer se o pegarem?

Por um momento angustiante, penso que Lucien pode ter organizado tudo isso de propósito. Para tirar Ash do caminho, e ainda me salvar.

Então, me lembro do que ele disse sobre a chave. Eu nem pensei em perguntar a Ash. E se for uma armadilha? E se Garnet não estiver trabalhando para Lucien, afinal?

– Tudo bem, senhoras?

Um Guarda para na nossa frente. Ele tem mais ou menos a idade de Garnet, é muito alto e tem cabelos escuros, encaracolados. Os olhos passeiam por meu corpo de um jeito que me faz desejar vestir mais dez camadas de roupa.

Não sei o que dizer, então me curvo em reverência. Isso sempre funcionou na Joia.

O Guarda parece satisfeito.

– Vi que quase foram atropeladas. Deviam ter mais cuidado – ele nota o hematoma em meu rosto. – Não vai querer mais marcas como essa. – O homem estende a mão como se fosse me tocar, e eu recuo. Ele ri. – Não vou machucá-la. Estou aqui para protegê-la. – Seu peito infla um pouco. – Sabe sobre o tal acompanhante, não sabe?

Movo a cabeça em uma resposta afirmativa, um movimento curto e tenso.

– Sujeito perigoso. Mas não se preocupe, logo o encontraremos. – Ele pisca para mim. – Alguém já disse que você tem olhos lindíssimos?

Finalmente, recupero a voz.

– Temos de ir para casa – digo. – Nossa senhora já deve estar estranhando a demora.

– Será um prazer acompanhá-las...

– Não, obrigada – respondo, passando por ele e puxando Raven. Ela resmunga alguma coisa, mas continuo andando sem olhar para trás. Caminhamos por entre as pessoas e estou tão compenetrada em fugir do Guarda que demoro alguns momentos para perceber que perdi Ash de vista. Reduzo a velocidade dos passos enquanto procuro desesperada a pilha de jornais. A multidão é cada vez maior, e a rua se abre em uma grande praça. Outras ruas partem dali em todas as direções.

A praça abriga um mercado aberto; há muitas barracas. Muitas exibem grandes cestos de vime cheios de todo tipo de vegetais. Ramos de cenouras, réstias de cebolas, brócolis, batatas, couve, beterrabas, abóboras. O cheiro de pão fresco envolve uma barraca de padeiro. Um homem barrigudo grita os preços das grandes jarras de cidra.

– Não consigo encontrá-lo – sussurro. – Raven, você o vê?

Não podemos ficar paradas. Tenho medo de que o Guarda nos siga, e a melhor maneira de achar Ash é continuar em movimento. Tento achar Garnet, mas há muitos Guardas, e todos parecem iguais. Raven e eu andamos devagar entre as barracas. Ouço trechos de conversas, a maioria sobre Ash. Há em todas uma nota de choque e ultraje, mas sinto que as pessoas no Banco estão adorando essa história. Um acompanhante e uma substituta, a fofoca é suculenta. Será que alguém ali o conhece pessoalmente? Ele tem amigos no mercado, ou, me arrepio, ex-clientes?

– Por favor – resmungo. – Cadê você?

De repente, Raven para de andar. Seu rosto empalideceu, os olhos são invadidos por aquela expressão estranha, sem foco, como se ela visse algo que eu não vejo.

– Que foi? – pergunto.

– Ela o conhece.

– Quê?

Sem dizer mais nada, Raven corre.

– Raven! – grito, e tento agarrar seu braço, mas é tarde demais. Corro atrás dela, me espremo por entre as pessoas e tropeço em um cesto de repolho. Caio no chão e esfolo as mãos, e bolas de folhas verdes rolam à minha volta.

– Tudo bem, moça? – pergunta o dono da barraca, mas eu me levanto depressa e corro, porque não posso perder os dois. Não posso ficar sem Raven e Ash.

Então, eu o vejo. O tempo para um momento e o mundo gira mais devagar quando Ash aparece em um canto do mercado. Raven está a poucos metros dele. Não imagino como ela soube onde encontrá-lo. Eu a vejo olhar para o lado esquerdo. Sigo seu olhar e noto uma mulher conversando com um Guarda, apontando na direção de Ash.

É como se um vento forte soprasse dentro de mim, como se um grande túnel de ar se abrisse em meu peito. As palavras de Raven ecoam em minha cabeça.

"Ela o conhece."

Raven alcança Ash no mesmo instante em que ouço o apito.

– Lá está ele! – grita alguém.

O mercado é tomado pelo caos.

Guardas em todos os lugares. Pessoas empurrando e correndo, barracas caindo, mais apitos... Sou derrubada novamente e, quando levanto, não vejo mais Raven ou Ash. Não encontro Garnet no mar de uniformes vermelhos.

Estou sozinha.

Abro caminho até a beirada da praça lutando contra o mar de gente que parece incapaz de decidir em que direção seguir.

– Você o viu?

– Ele está *aqui*?

– Eles o pegaram?

– Bem aqui, no Landing's Market, *imagina*!

Finalmente, consigo passar pela última barraca e chegar a uma das ruas menores, e o pânico me domina de tal forma que atropelo uma garota pequenina e loira.

– Ai! – grito quando nós duas caímos no chão.

– Desculpa, eu... – A menina pisca e olha para mim. – Violet? – pergunta ela, chocada.

É Lily.

7

Assim que ficamos em pé, Lily me abraça.

A última vez que a vi foi no trem do Portão Sul para o Leilão. Eu me lembro dela cantando aquela canção do Pântano com sua voz doce, suplicante. Lily estava muito animada para começar a vida de substituta.

– O que faz aqui? – pergunta ela. – Por que está vestida como uma criada? O que aconteceu *com seu rosto*?

Lily veste um casaco verde simples e usa um lindo chapéu roxo com uma fita amarela. Parece bem-cuidada. E saudável. Quero abraçá-la e nunca mais soltá-la. Quero ter certeza de que ela é de verdade.

Mas não posso ficar aqui.

– Preciso de ajuda – sussurro.

– É claro. Está perdida? Precisa de ajuda para encontrar sua senhora? Ai, Violet, pensei que nunca mais fosse ver você! Mora na Joia, não é? Só pode ser, eu sabia que alguém da realeza se interessaria por você. Sua senhora a leva para fazer compras? Já viu Raven? Ela também está na Joia? Ah, ouviu alguma coisa sobre aquele acompanhante?

Esqueci como Lily fala. Uma sensação estranha borbulha em meu peito, uma mistura de felicidade e irritação.

– Lily – interrompo, antes que ela possa continuar. – Preciso de um lugar para me esconder.

Ela franze a testa.

– Do quê?

Alguns Guardas passam correndo por nós, e um deles grita:

– Vasculhem os becos!

Eu me encolho contra a parede.

– Deles – respondo.

Lily olha para os Guardas que se afastam, depois para mim novamente. Vejo alguma coisa mudar em sua expressão. No momento seguinte, ela segura minha mão.

– Venha comigo – diz.

Corremos por ruas estreitas que se confundem, pedras rosadas, cinzentas e vermelhas, janelas de vidro brilhante, árvores com galhos bem aparados, folhas sem nenhuma, agora que o inverno chegou. As casas ficam menores e mais simples na medida em que nos afastamos do mercado. Finalmente, Lily para na frente de uma casa amarela espremida entre outras duas, uma vermelha e uma cinza. São só dois andares, e a porta de um azul vivo é enfeitada por uma guirlanda de folhas.

– Depressa – fala ela, subindo a escada enquanto pega uma chave.

Passamos pela porta para o cômodo que é uma mistura de hall de entrada e sala de estar. Uma coleção de sofás e poltronas descoordenadas cercam uma mesinha baixa de madeira à minha esquerda. Tem uma escada bem à minha frente.

– Por aqui.

Lily me leva ao segundo andar. Para o corredor forrado por um carpete vermelho e gasto. Todas as portas estão fechadas. Lily levanta uma das mãos, um gesto que não faz sentido até eu ver a corda balançando no ar, depois o alçapão que se abre e a escada que desce do teto.

– Suba, suba, suba!

Eu subo para a penumbra esperando que Lily me siga. Em vez disso, viro e a vejo empurrando a escada para cima.

– Volto à noite – avisa ela, e fecha o alçapão antes que eu tenha tempo para agradecer, fazer perguntas ou pensar se tem alguma coisa para comer aqui.

Estou fechada no sótão de uma casa desconhecida no Banco.

E completamente sozinha.

A EXAUSTÃO ME VENCE, E EU ACABO DORMINDO, APESAR DA dor no estômago e do medo que fecha meus pulmões.

Não lembro a última vez que dormi. Fazia mais de vinte e quatro horas, acho. Suponho que precisava disso. Mas não me sinto melhor.

Quando acordo, fico completamente desorientada. Por um segundo, penso que estou nas masmorras, no Palácio do Lago, mas percebo a superfície irregular do velho sofá em que dormi, meus olhos se adaptam à penumbra, e eu lembro.

O sótão tem cheiro de mofo. A janelinha em forma de meia lua dá para a rua, e percebo pela pouca luminosidade que a noite caiu. Vejo vários tapetes enrolados apoiados a uma parede. Encontro alguns lençóis comidos por traças sobre o encosto do sofá. Um abajur quebrado, algumas caixas de livros e fotografias velhas, uma gaiola vazia e pilhas de jornais amarelados ocupam o espaço apertado. O teto é inclinado, por isso tenho que me abaixar um pouco quando me aproximo da janela.

O som de vozes me faz parar. Primeiro a de um homem, depois a de uma mulher. Cubro a boca com a mão, um reforço físico para garantir que não vou fazer nenhum ruído. Não consigo entender o que dizem. Acho que estão lá embaixo, no andar térreo da casa. As vozes ficam mais abafadas, e finalmente desaparecem em um cômodo mais distante. A mola do sofá range quando eu sento. Meu corpo todo treme. Minha cabeça lateja, e percebo que aperto a boca com tanta força que meus dentes rangem.

A solidão é esmagadora. Onde estão Ash e Raven? Foram pegos? Meu estômago vazio se contrai quando penso em Ash dentro de uma cela outra vez. Ash com a cabeça sobre um cepo. Raven mandada de volta à Casa da Pedra. Ou pior, ao lado de Ash em outro cepo.

Fecho os olhos com força para apagar as imagens. Não sei nada, e pensar no pior não vai me ajudar. Aperto os olhos com as mãos, e nuvens de pontos luminosos surgem atrás das pálpebras.

A base do crânio começa a vibrar.

Por um instante, penso que vou sucumbir ao estresse, mas em seguida me lembro da arcana. Sufoco uma exclamação quando levo a mão ao coque que fiz há tanto tempo, quando Annabelle ainda estava viva e eu morava no palácio da Duquesa.

Finalmente solto o cabelo, quase sem sentir a dor de alguns fios arrancados com o esforço. A arcana flutua no ar a alguns centímetros do meu rosto.

– Lucien? – sussurro.

A voz dele responde imediatamente.

– Onde você está?

– Eu... eu... – Não sei o que dizer, não tenho ideia de onde estou. – No Banco.

– O que aconteceu? Por que não foi com os outros para a casa segura?

– Eu me... Lucien, Ash e Raven estão bem? Eles chegaram lá?

– Sim, mas o que aconteceu com você? – A voz dele revela impaciência.

Raven e Ash estão bem. Seguros. Minhas pernas parecem derreter sobre o sofá.

– Nós nos separamos – explico. – Depois encontrei uma amiga, outra substituta. Alguém que conheci no Portão Sul. Estou escondida no sótão da casa dela. – Quero segurar a arcana, aninhá-la entre as mãos, mas não sei se tocá-la vai interromper a comunicação ou prejudicá-la de algum jeito.

– Como assim? Quem é ela?

– Eu a encontrei na rua, literalmente. Nós tropeçamos uma na outra e caímos. Eu nem sabia que ela morava aqui. Mas é uma boa pessoa, Lucien. Ela me ajudou, é digna da nossa confiança.

– Violet, não sabemos em quem podemos confiar.

– Bom, ela era minha amiga e, nesse momento, é tudo que eu tenho.

– Ela não tem uma chave. Você deve perguntar sempre sobre a chave.

– Garnet não tem uma chave.

– Você perguntou se ele tem?

– ... não.

Há uma longa pausa.

– Qual é o sobrenome da sua amiga?

– Deering. O nome dela é Lily Deering.

– Lily Deering. Vou descobrir onde você está.

Lucien parece aborrecido.

– Fizemos tudo que tínhamos de fazer – insisto. – Alguém o reconheceu.

– É bom saber que está segura.

Sinto que Lucien não diz tudo o que gostaria realmente de dizer e, mais uma vez, penso se ele não ficaria feliz caso Ash tivesse sido preso naquele mercado. Se não era esta sua intenção desde o início.

– Voltamos a nos falar em breve.

– Espere! – Depois de tudo que passei, estou cansada de todo esse mistério. Mereço algumas respostas. – Segui suas ordens. Fiz tudo que me pediu, mas você não me deu nenhum motivo concreto, não explicou o porquê de tudo isso. Para que tanto esforço? Por que tanto trabalho por mim?

Outra longa pausa.

– Está satisfeita com a administração desta cidade, Violet?

– Está falando sobre a realeza? Sabe o que penso deles.

Lucien suspira.

– Não está enxergando o panorama geral das coisas. Não se trata só das substitutas, mas de toda uma população escravizada para servir às necessidades dos poucos. E fica pior a cada ano. Você tem um poder que não pode nem começar a compreender. Estou tentando ajudá-la a perceber esse poder e fazer algo de bom com ele.

– Mas não me diz o que quer, ou que poder é esse, ou como posso ajudar. Lucien, me deixe *ajudar*!

– Acha realmente que os Presságios só servem para produzir bebês reais saudáveis?

Acho que não pensei nisso. Não gosto de usar os Presságios, por isso nunca pensei que pudesse haver outro propósito para eles. Mas consegui apagar aquele fogo. Com a ajuda de Raven, é verdade.

Lucien interpreta meu silêncio como resposta.

– Exatamente. Você tem mais poder do que imagina, mas não sou eu quem pode mostrar a você como usá-lo.

– E quando eu souber como usá-lo, como vai ser?

– Pode me ajudar. Você me ajuda a derrubar aquelas paredes que nos confinam, nos separam. Ajuda a salvar não só as substitutas, mas todos que vivem sob o domínio da realeza. As damas de companhia. Os criados. Os operários que morrem de pulmão negro, os trabalhadores que aram a terra e alimentam os nobres, mas quase não têm o que comer. As crianças que morrem por carências básicas no Pântano. Não sou eu quem pensa que o tempo da realeza está chegando ao fim. Todos nós fomos acorrentados por eles de algum jeito. Todos nós sofremos por causa deles. – Ele fala essa última parte tão baixo, que quase não escuto. – Merecemos a liberdade.

Penso em Annabelle, tão doce e frágil. Vejo o corte fatal em sua garganta e tenho que fechar os olhos por um momento, engolir um soluço. Qual foi seu crime? Nenhum. Ser minha amiga. Annabelle não merecia morrer. E ninguém será punido por sua morte. A Duquesa vai seguir em frente como se nada houvesse acontecido.

Penso em Hazel. Por quanto tempo minha irmãzinha ainda vai poder continuar na escola? Quanto tempo ela tem antes de ser obrigada a se juntar a Ochre, colaborar para a sobrevivência da minha família?

Quanto tempo ainda, antes de ela ser forçada a fazer o exame de sangue das substitutas? Pensar nisso faz meu estômago dar um nó. Imagino Hazel arrancada da minha família, chegando ao Portão Sul sozinha, com medo. Vejo seu nariz sangrando enquanto ela aprende os Presságios, e a vejo em pé sobre aquele X prateado na plataforma da Casa de Leilão. Hazel não pode ser uma substituta.

Mas não sei como ajudá-la. Odeio estar presa neste sótão, sozinha e impotente. Lucien parece sentir minha hesitação.

– Não espero que entenda tudo agora. Mantenha a arcana perto de você. Alguém vai buscar você.

Abro a boca para argumentar, mas descubro que estou muito cansada.

– Tudo bem – concordo.

– Durma um pouco, meu bem. Seu dia foi longo. – Mais uma pausa. – E lembre-se, não confie em ninguém até ver a chave.

A arcana cai em minhas mãos abertas, e eu passo a ter mais perguntas do que tinha no começo da conversa. Suspiro e a prendo novamente no cabelo. Estou naquele estado estranho entre o sono e a vigília quando Lily vem me ver.

É muito tarde. Quase não há luz no sótão, só uma nesga fina de luar no chão, ao lado da janela. Estou deitada no sofá, com o pensamento embaralhado entre túneis escuros e fogos que se apagam, Annabelle e cartazes de "procura-se", e então ouço o alçapão ranger.

Sento depressa, e isso me deixa tonta. Uma luz trêmula ilumina o rosto de Lily quando ele aparece no buraco no chão. Ela sobe com uma bandeja sobre a qual há dois potes pequenos, um copo com água, uma vela branca e grossa e um prato coberto cujo cheiro faz meu estômago roncar.

– Oi – sussurra Lily ao deixar a bandeja no chão. Eu praticamente caio do sofá sobre a comida. Lily trouxe vários pedaços de carne assada com um molho escuro e grosso e batatas cozidas e frias. Quero ignorar os utensílios e enfiar toda a comida na boca com as mãos.

– Quando foi a última vez que comeu? – pergunta ela.

– Não sei – respondo, com a boca cheia de batata.

Lily me deixa comer em silêncio até o prato ficar vazio. Então, suspiro e encosto no sofá.

– Obrigada – murmuro, e bebo um grande gole de água.

Lily empurra a bandeja para o lado.

– Trouxe isto aqui para o rosto – diz ela, abrindo um dos potes de creme. A substância, que Lily espalha sobre minha face, provoca uma sensação agradável e fria que se espalha pelo ferimento. Unguento gelado. Lembro quando Cora, a dama de companhia da Duquesa, usou esse creme em mim quando a Duquesa me bateu pela primeira vez. A segunda pomada tem um cheiro levemente antisséptico, e Lily a espalha sobre o corte no meu lábio. Arde um pouco.

– Pronto – diz ela. – Amanhã o hematoma terá desaparecido.

Ela devolve as tampas aos potes e cobre o prato vazio. Depois se ajoelha e me estuda com seus grandes olhos azuis.

– Então – começa Lily, com aquele tom de voz que conheço bem, uma nota que já ouvi mais vezes do que posso contar, sempre que chegava uma nova edição do *Daily Jewel*, ou os números dos lotes eram distribuídos, ou alguma fofoca mais interessante chegava até nós. – O que aconteceu?

Estou tão cheia de comida e exausta que não suporto mais mentir. Conto tudo a ela... Ou quase. Não menciono o nome de Lucien, só insinuo que alguém dentro da Joia me ajudou a fugir, e não conto a ela para onde vou (não que eu saiba). Falo sobre Raven, e como a ajudei com o soro que deveria ter tomado. Lily quase chora quando revelo que fui comprada pela Duquesa.

– Uma Casa Fundadora? Ai, Violet!

Então, conto a ela sobre Ash.

– Shhh – sibilo, quando ela deixa escapar um grito.

– *Você* é a substituta? – cochicha Lily. – Mas... estão dizendo que ele estuprou você!

– É mentira – afirmo com veemência.

– Mas você... Quero dizer, você não...

Assinto.

Lily geme e leva a mão ao peito.

– Mas é... é... o romance mais proibido que já existiu! É melhor que o Executor e a Eleitora!

Sorrio diante da simplicidade da comparação.

– Eu conto tudo mais tarde – prometo. Depois de tanta comida, é uma luta manter os olhos abertos. – Onde estamos?

– Trinta e Quatro da Baker. Não é a melhor parte do Banco, mas é mais bonito que o Pântano, não é? Algumas pessoas chamam essa área de Ruas Baratas – comenta Lily, com um suspiro indignado. – Mas eu acho bem agradável.

– Com quem você mora? São pessoas boas?

– Ah, são ótimos! Reed e Caliper Haberdash. Caliper é uma senhora maravilhosa. Ela é velha, tem quase 30, e ela e Reed economizaram durante muito tempo para comprar uma substituta. Ela não pode ter filhos. – O rosto de Lily fica sombrio. – Não como a realeza. Ela tem algum problema físico. E fica muito triste com isso. – Ela se anima. – Fui vendida por nove mil e setecentos diamantes. Consegue imaginar? Quanto você custou?

A pergunta me deixa desconfortável.

– Não lembro.

Não quero falar sobre o preço do meu corpo. Não importa muito se custei seis milhões ou seiscentos diamantes. Há algo mais importante que ela precisa saber.

– Lily, você não pode engravidar.

Ela parece ofendida por um momento, depois ri.

– É claro que posso! Que coisa mais boba. É para isso que estamos aqui, não é?

– Não, estou dizendo... – Eu a seguro pelo pulso. – Não deixe que a inseminem.

– Violet, está me machucando. – Lily arranca o braço da minha mão.

– Escuta – começo de novo, assustada por não ter pensado nisso antes, furiosa por ter deixado a fome e o cansaço se sobreporem ao resto. – Se engravidar, você vai morrer. Por isso as substitutas nunca voltam para casa. Morrem no parto!

Ela me encara por um minuto.

– Não. – Lily balança a cabeça. – Não é possível. Caliper não faria isso. Ela cuida de mim. Já me falou que quer que eu fique com eles depois que o bebê nascer.

– É mentira!

Lily fica quieta, e percebo que a magoei.

– Caliper não mentiria para mim. Não sobre algo desse tipo.

– Eu... lamento muito, mas é verdade. Vi o necrotério para onde levam as substitutas mortas. E ouvi essa história de alguém que sabe o que diz.

Alguma coisa surge na expressão de Lily, uma mistura de aceitação e determinação.

– Não importa – responde ela. – Fui ao médico ontem.

– Mas ainda não sabe, certo?

Ela prende uma mecha de cabelo atrás da orelha.

– Você parece exausta. Durma. Eu volto amanhã, depois que todo mundo sair.

– Fale.

Lily morde o lábio e assente.

Lily está grávida, Lily está morta.

– Não – sussurro. – Não, não, não...

– Shhh – murmura ela. – Está tudo bem, Violet. Tudo bem.

– Não! – grito, e abaixo o tom para não acordar ninguém. – Não, não está nada bem. Nada disso está bem. Você não pode... Não pode...

Lily segura minhas mãos e as aperta com força entre as dela.

– Escute. Eu quero tudo isso. Estou feliz.

– Você vai morrer.

– Não tem certeza disso. Mas... – aponta Lily para a escada, para a casa lá embaixo. – Adoro este lugar. Adoro essas pessoas. E eles querem esse bebê. E, diferentemente do que você e Raven podem sentir, eu sempre quis ter um bebê.

– O bebê não é seu.

Lily suspira.

– Não. Não é. Mas essas pessoas se tornaram minha família. Você sabe como era minha vida antes. Como eram meus pais. – Ela afaga minhas mãos. – Não estava dizendo o quanto é importante poder escolher? Como escolheu ficar com o acompanhante, mesmo sendo perigoso? Como ajudou Raven, mesmo pondo em risco a própria segurança? Não posso fazer minhas escolhas? Não posso ter a mesma liberdade que você tem? Escolher o que eu quero: escolher é liberdade, Violet.

Balanço a cabeça.

– Está distorcendo tudo. Não pode escolher morrer.

Mas Lily sorri como se estivesse outra vez no Portão Sul, se preparando para ir para a cama.

– Devia dormir um pouco. Teve um dia longo.

Quero continuar discutindo, mas a comida em meu estômago faz meus olhos se fecharem. Volto ao sofá e apoio a cabeça na almofada gasta.

– Não vai contar a ninguém que estou aqui, vai?

Lily beija minha testa, como eu beijei a de Annabelle antes de deixá-la pela última vez. A perda, que foi suplantada pelo incinerador, o esgoto e o mercado, agora se impõe dolorosa e crua. Abre meu peito e espreme meus pulmões em direção à garganta.

– Não – responde Lily. – Não vou contar a ninguém. É muito bom ver você de novo.

As lágrimas ardem em meus olhos.

– Boa noite, Lily – falo com a voz embargada.

Ela pega a bandeja e desce. O ruído suave da porta do alçapão avisa que estou sozinha.

Acho que continuo chorando mesmo depois de pegar no sono.

8

Passo boa parte do dia seguinte tentando não andar de um lado para o outro no sótão.

É difícil ficar quieta. Ouço vozes abafadas e, em um dado momento, as notas suaves de um violino.

Então, Lily tem permissão para tocar. Que bom. Mas, por melhores que essas pessoas sejam, mesmo que tratem muito bem minha amiga, eles a sentenciaram à morte.

Em algum momento no fim da tarde, as vozes se calam. A casa fica silenciosa. Levanto e olho pela janela em forma de meia lua. Vejo um casal, um homem alto de casaco comprido e uma mulher de chapéu branco saindo do número 34 da rua Baker. O restante da rua está quieta, exceto por um rapaz que passa apressado com seis cachorros. Eles latem muito e embaralham as coleiras. Eu os observo até que desapareçam além da esquina.

Volto ao sofá e toco a arcana, quero garantir que continua bem presa no meu cabelo. Penso na conversa da noite passada. O que Lucien queria dizer quando falava em uma chave? E quem, exatamente, ia me mostrar esse poder que supostamente tenho? Esfrego os olhos. Estou cansada da linguagem cifrada de Lucien, de saber só fragmentos do que vai acontecer. Confiei nele. É hora de Lucien confiar em mim.

Ouço a campainha e sento. Meu coração ecoa nos ouvidos. Tenho a impressão de ouvir a porta abrir, depois a voz de Lily. Em seguida, só o silêncio. E ele parece interminável.

A porta do sótão abre, e eu fico paralisada, segurando com força as almofadas do sofá.

– 197? – A voz não é de Lily. É de um homem. E ele usa o número do meu lote.

Chego perto da abertura no chão e olho pra baixo. O homem parado embaixo da escada tem cabelos grisalhos e usa óculos de aros dourados. Ele olha para mim com curiosidade.

– Quem é você? – pergunto.

– Fui mandado para buscá-la – responde o homem.

A voz de Lucien ecoa em minha cabeça. "Lembre-se da chave."

– Mostre a chave – exijo, satisfeita com o tom confiante, já que nem sei o que esperar.

Eu me sinto ainda menos confiante quando ele abre o paletó de tweed e começa a desabotoar a camisa, depois abre bem o colarinho. No lugar onde a clavícula encontra o ombro, vejo a tatuagem do esqueleto de uma chavinha preta.

– Trabalho para a Sociedade da Chave Negra – explica ele.

– O que é a Chave Negra?

– Não é um objeto. Chave Negra é o nosso líder.

Claro que Lucien usaria um codinome.

– Venha comigo, 197. Não temos muito tempo – diz o homem.

Desço a escada enquanto ele abotoa a camisa.

– Não me chame mais desse jeito – imponho, enquanto nos dirigimos da escada para a porta da frente. – Eu tenho

84

nome. É Violet Lasting. – Cansei de ser chamada de coisas que não sou. – Qual é seu nome?

O homem comprime os lábios.

– Pode me chamar de Sapateiro.

– E há quanto tempo você...Oh!

O corpo de Lily está caído ao pé da escada.

– O que você fez?

Corro até ela, viro sua cabeça e quase choro de alívio quando sinto sua respiração em meu rosto.

– Ela está bem – diz o Sapateiro. Vai acordar em poucos minutos. Temos de ir.

– O que você fez? Ela estava me ajudando.

O Sapateiro dá de ombros.

– Foi uma precaução necessária.

Levanto com o sangue fervendo.

– Não é hora de ficar chorando por causa de uma dose de soro do sono – continua o Sapateiro. – Temos trabalho a fazer. – Ele pega um grande pacote marrom ao lado da porta. – Leve isto. Ande dois passos atrás de mim e mantenha a cabeça baixa.

– Espere.

Estou cansada de receber ordens, nem conheço este homem, e ele certamente não me conhece. Então, vou fazer uma coisa antes de acompanhá-lo. Eu me abaixo e ajeito o corpo de Lily em uma posição mais confortável. Pego a mão dela e a afago.

– Obrigada – digo. Depois levanto, pego o pacote e encaro o Sapateiro. – Tudo bem, podemos ir.

Saímos da casa, e eu sigo as instruções permanecendo alguns passos atrás dele. O ar é mais frio que ontem, e cerro o maxilar com força para não bater os dentes. Devia ter pegado um casaco emprestado com Lily.

Voltamos ao Landing's Market, que hoje está mais tranquilo que ontem. Ainda há algumas lembranças da busca por Ash espalhadas por ali, um cesto quebrado, um repolho pisoteado. Cartazes meio rasgados arrancados dos postes de iluminação, com o rosto de Ash e as palavras PROCURADO. FUGITIVO. Duas meninas pequenas brincam enquanto a mãe negocia o preço das batatas. Quando passamos, ouço uma das garotinhas dizer à outra:

– Ontem eu fui a substituta! Hoje eu quero ser a realeza!

Minha garganta fica seca. É desse tipo de coisa que as crianças brincam no Banco?

Estou tão distraída que quase perco o Sapateiro de vista quando ele vira em uma esquina. Corro para alcançá-lo.

A rua é larga e arejada, muito mais bonita que a de Lily, e começo a entender porque a área onde ela mora é chamada de Ruas Baratas. Embora seja ridículo pensar em alguma coisa barata no Banco. As casas são separadas por espaços amplos, cercas ou muros grossos, mas não como os que cercam os palácios na Joia. Aqui os muros são limpos, bonitos e agradáveis aos olhos, não terminam em estacas ameaçadoras. Muitas casas têm três ou quatro andares, varandas largas e sacadas, e algumas têm até miniaturas de torreões, como se tentassem imitar uma casa real.

As pessoas que andam nas ruas também são mais elegantes. Os homens usam chapéu-coco e sobretudo e empunham bengalas de cabo de prata. As mulheres desfilam vestidos coloridos de veludo ou seda, com estolas de pele em torno do pescoço e requintadas luvas de couro. Criadas vestidas de marrom as seguem. Uma delas carrega uma gaiola com um papagaio verde. Sua senhora vê o Sapateiro e para.

– Estou a caminho de sua loja – anuncia ela. – Preciso de um novo par de sapatos para combinar com o vestido que comprei para a Noite de Gala do Magistrado.

– É claro, Sra. Firestone. Vou fazer uma entrega. Em seguida terei o prazer de atendê-la.

– Vá à minha casa – diz a mulher. – Esta é uma encomenda especial. E não mande seu aprendiz como da última vez. O rapaz é desajeitado.

Os ombros do Sapateiro ficam tensos, mas ele assente.

– Como quiser.

A mulher passa por nós, e a criada a segue apressada.

– Ela deve ser adorável – resmungo.

O Sapateiro olha para mim com uma expressão de extrema frieza.

– É melhor que a maioria.

– Por isso trabalha para... – Paro antes de pronunciar o nome de Lucien. – Ele?

– Não é hora de fazer perguntas.

Agarro a caixa com tanta força que meus dedos perdem a cor. Estou cansada de ouvir a mesma coisa.

Ele volta a andar, e não tenho opção senão segui-lo.

Depois de um tempo, deixamos a rua larga de casas requintadas e seguimos por outras menores. Passamos por um teatro com uma marquise dourada, com o anúncio *THE LONG WAY BACK:* UMA NOVA PEÇA DE FORREST VALE. DUAS ÚNICAS APRESENTAÇÕES!, e um restaurante com grandes janelas de vidro e mesas cobertas por toalhas.

Chegamos a uma rua de pedras rústicas. Os prédios aqui são grandes e angulosos, com toldos de metal e janelas sujas protegidas por barras de ferro. Há uma carroça embaixo de um toldo, e dois homens tiram dela grandes pedaços de carne sob o olhar atento de um açougueiro em seu avental branco sujo de sangue. Ele olha para a prancheta que tem nas mãos.

– Quatro diamantes por libra mais caro que no mês passado – diz a si mesmo. – O que o Executor pretende com tantos novos impostos?

Ele percebe que está pensando alto e olha preocupado para os homens, que estão ocupados demais transportando um enorme corte de costelas para dar atenção a ele.

O Sapateiro para na frente de um pequeno galpão com pintura verde descascada e porta deslizante de ferro.

– Deixo você aqui – diz ele, e pega o pacote das minhas mãos. – Espero que o Chave Negra esteja certo a seu respeito.

– Por que faz isso? – pergunto. – Por que está me ajudando, ajudando... ele?

O Sapateiro desvia o olhar.

– Eles levaram meu filho – diz. – Porque ele era grande e forte. Gostava de fazer sapatos, mas eles o queriam na Guarda. Agora ele pertence a eles. – Seus olhos encontram os meus, e vejo neles anos de raiva e perdas, e também a necessidade desesperada de esperança. – Mas o tempo deles acabou.

Nunca pensei em como os Guardas se tornam o que são. Será que era uma escolha? Alguma coisa nesta cidade é voluntária?

– Sinto muito – digo.

Ele bufa.

– Não lamente. Não preciso da sua piedade. Preciso do meu filho de volta. – Ele abre a porta. – Alguém virá buscá-la. Não confie em ninguém antes de ver a chave.

Sem dizer mais nada, ele vira e volta pelo caminho que acabamos de percorrer.

– Violet? – A voz de Raven me distrai do Sapateiro. Entro no galpão e fecho a porta deslizante.

Raven se joga em meus braços, e sinto as saliências pontudas de suas omoplatas quando a abraço. O ventre levemente saliente parece me empurrar.

– É você mesmo, não é? – sussurra ela no meu ouvido.

– Sim, sou eu – sussurro de volta.

Raven recua.

– Ele disse que era você, que estava aqui e voltaria para nós, mas não acreditei. Ele mentiu para mim tantas vezes! Não quero mais que mintam para mim.

Olho para Ash atrás dela, saudável, vivo e sorrindo para mim. Não quero soltar Raven, por isso estendo a mão para ele. Ash a segura.

– Você conseguiu – diz ele, aliviado.

– Não acreditou em Lucien? – pergunto desconfiada.

– Sobre salvar você? Acreditei completamente. Sobre trazer você para cá? De jeito nenhum.

– Quem é Lucien? – pergunta Raven. Seu rosto é uma máscara de concentração. – Ele... É ele... – E olha para Ash.

– Eu sou Ash – lembra ele, com tom gentil. Tenho a impressão de que não é a primeira vez que Raven pergunta.

– Lucien é uma dama de companhia. Você o conheceu no... – Ia dizer necrotério, mas acho que não é a melhor palavra para usar agora. – Na sala onde havia o fogo – concluo.

Raven pisca.

– Sim. Eu me lembro do fogo. Nós o apagamos juntas – Seu rosto empalidece. – Mas as chamas o queimaram. Ele queimou vivo. – E segura a cabeça com as duas mãos. – Não, não, não...

– Raven – chamo, e tento abraçá-la de novo, mas ela se esquiva e se encolhe junto à parede. Abraçando os joelhos, ela volta a resmungar a mesma coisa que a ouvi murmurar no necrotério, porém agora consigo entender as palavras.

– Sou Raven Stirling – diz ela. – Estou sentada e encostada em uma parede. Eu sou real. Sou mais forte que isso. – Ela bate a articulação do polegar direito na testa três vezes e repete o mantra.

Tento me aproximar dela, mas Ash passa um braço em torno da minha cintura.

– Tudo bem – diz ele. – Ela faz isso de vez em quando. Melhor deixá-la em paz, por enquanto.

Meu corpo parece derreter junto ao dele, e desvio o olhar do rosto de minha amiga para encará-lo realmente. Deslizo a ponta dos dedos pela área onde antes havia uma cicatriz.

– Garnet me curou – diz ele. E toca o canto de minha boca com o polegar. – Parece que alguém também cuidou dos seus ferimentos.

Respondo que sim movendo a cabeça.

– Cadê o Garnet?

Ash dá de ombros.

– Imagino que tenha voltado à Joia. Vai ser uma surpresa se voltarmos a vê-lo.

– Como conseguiu escapar? Eram muitos Guardas...

Ele olha para Raven.

– Ela nos salvou. Não sei como. Foi como no esgoto, quando ela achou a saída. Às vezes ela... simplesmente sabe. Sente as coisas. No mesmo instante que alguém tocou o apito, ela me puxou para dentro do beco onde havia uma porta no chão. A porta se abria para um túnel subterrâneo que conectava várias lojas diferentes. Tinha muita tralha lá dentro. E ela sabia exatamente para onde ir, e quando parar, e onde se esconder. Ficamos escondidos no túnel até escurecer, então ela achou uma saída que nos levou a cerca de quarenta metros do Landing's Market. Daí eu achei o caminho para cá, para o endereço que Garnet deu para nós. Acho que foi sorte eu conhecer a área. – Ele sorri. – Garnet ficou muito impressionado por termos conseguido. Não que ele tenha ajudado em alguma coisa.

– O que aquela mulher fez com ela? – murmuro. Consigo me lembrar claramente dos braços gordos e dos olhos cruéis da Condessa da Pedra.

– Não sei, mas seja o que for... – Ash assume uma expressão dura. – Às vezes ela viaja. Acha que está em outro lugar. E nesse lugar acontecem coisas ruins com ela. Tem alguém chamado Crow, acho que é irmão dela... Ele queima vivo muitas vezes. E as pessoas perdem os olhos. Isso foi horrível de ouvir. E acho que a mãe dela foi esfolada. – Ele estremece. – É muito real para ela.

Não sei quais são os planos de Lucien, mas preciso ter certeza de que eles incluem uma punição certa para a Condessa da Pedra.

A porta deslizante de ferro se abre. Fico paralisada quando vejo o Guarda na soleira, mas relaxo quando reconheço Garnet.

– Ah, bom, você chegou – diz ele para mim enquanto entra e fecha a porta. – Temos um problema.

– Grande novidade – retruca Ash.

– O que foi? – pergunto.

– Nada de novo – Garnet diz. Ele me entrega um cantil, e bebo com avidez antes de passá-lo para Ash. – Os trens continuam parados. Cada centímetro do Banco é varrido pelos Guardas. Acho que é a primeira vez na vida que Lucien não sabe o que fazer.

– E daí, temos de ficar aqui? Esperar neste galpão?

Garnet dá de ombros.

– Não vejo alternativa.

– Mas não é seguro. Se estão vasculhando cada centímetro do Banco, vão acabar nos encontrando.

– Não sou Lucien – retruca ele. – Não tenho planos e mais planos.

– O que veio fazer aqui, então? – irrito-me. – Se não quer ajudar, vá embora!

Não pretendia gritar, descontar minha frustração em Garnet. Mas quero chegar ao lugar para onde estamos indo, e quero chegar lá agora. O rosto dele fica vermelho.

– Acha que não quero ajudar? O que pensa que estive fazendo esse tempo todo? Tirando você de lá. Ajudando seu namorado a fugir. Mentindo para minha mãe. Lidando com Carnelian. Por causa do Executor, deixei um dos seguidores de Lucien me tatuar! – Ele abre a camisa e mostra a chave negra, como a que vi tatuada no Sapateiro, em seu peito, logo acima do coração.

Fico muito surpresa.

– E se sua mãe vir a tatuagem?

Garnet parece constrangido.

– Ela não vai ver. E mesmo que visse, pensaria que é só uma brincadeira idiota, ou o resultado de uma aposta. Não levaria a sério.

– Eu me enganei sobre você – Raven diz. Não percebi que ela estava ouvindo. Ela olha para Garnet com uma ferocidade obstinada. – Não é covarde. – Seus olhos ficam vidrados. Desfocados, como passei a chamá-los nesses momentos. – Você nunca teve amigos de verdade. Só precisava de alguma coisa pela qual lutar.

Pela primeira vez na vida, talvez, Garnet parece constrangido com um elogio.

– Certo – diz ele. – Você que sabe.

Raven continua olhando para ele.

– Se admitir que precisa das pessoas, poderá perdê-las.

– Os olhos recuperam o foco, voltam ao presente. – Mas precisar das pessoas pode salvar sua vida.

– Temos de chegar à Fazenda – falo. Confiei em Lucien até aqui, não tenho motivo nenhum para desconfiar quando ele diz que a Fazenda será um lugar seguro. – Todos nós fazemos parte desse grupo... – Lembro-me das palavras do Sapateiro. – A Sociedade da Chave Negra. Mesmo que não tenhamos a marca.

– Desculpe, a sociedade do quê? – pergunta Ash.

– Eu explico mais tarde, ou Lucien vai explicar tudo. Agora, precisamos pensar. Não podemos ficar aqui.

– Tem alguma ideia? – pergunta Garnet. – Sou todo ouvidos.

– Na verdade – diz Ash antes de mim –, acho que eu tenho uma.

9

— Conheço esse círculo melhor que qualquer um de vocês — continua Ash. — E acho que existe um trem que pode nos levar até lá sem sermos identificados.

— Como? — pergunto. — Todos os trens estão suspensos.

— No trem de Madame Curio — responde ele. — Esse nunca para.

O nome é vagamente familiar, e é evidente que tem algum significado para Garnet, por ele não esconder o espanto.

— Ficou maluco?

— Quem é Madame Curio? — pergunto.

— A dona da minha casa de acompanhantes — explica Ash. — Ela é... bom, era minha senhora. Já falei sobre ela, lembra? Foi quem me recrutou.

Então eu lembro. Ela encontrou Ash quando ele levou a irmã, Cinder, à clínica gratuita. Quando os médicos descobriram que Cinder tinha pulmão negro, motivo pelo qual Ash se tornou um acompanhante. "Aposto que deixa todas as garotas malucas." Foi o que Madame Curio disse a ele.

— O que ela faz lá?

Garnet bufa com desdém.

95

– Ela administra a casa – responde Ash. – Supervisiona os acompanhantes, nossa educação e treinamento, e nos encaminha para as clientes.

Mas surge em seu pescoço um rubor que me faz pensar que tem algo além disso.

– Todas as casas de acompanhantes têm uma estação de trem particular – continua ele, mudando de assunto. – Os trens não são monitorados como os do serviço público. Se conseguirmos embarcar naquele trem, talvez dê para chegar à Fazenda.

– Então, vamos entrar na sua antiga casa de acompanhantes e pedir para viajar no trem? – pergunta Garnet. – Pensei que vocês fossem educados nesses lugares. Essa é a ideia mais idiota que já ouvi.

Ash o encara sério.

– Existem várias maneiras de entrar na propriedade.

– E não vai haver nenhum Guarda no trem? – questiono.

– Não, provavelmente vai ter – responde ele. – Mas não tem importância.

– Por que não? – Garnet estranha.

– Porque nem todo mundo que trabalha em uma casa de acompanhantes é acompanhante. Muitos não escolhem esse caminho.

– Está dizendo que são raptados? – pergunto. – Por quê?

– Os garotos são tirados de treinos de luta, esgrima, espada, do trabalho braçal, de qualquer trabalho pelo qual Madame se interesse. – A ideia de Ash lutando com uma espada é estranha. – As meninas são tiradas da... – Ash pigarreia, e o rubor sobe do pescoço para o rosto. – Da... prática. – Ele olha para Garnet, evita me encarar.

Garnet levanta as sobrancelhas.

– Espere, então... – começo, mas Ash me interrompe.

– Há compartimentos secretos no trem. É assim que transportam essas pessoas. E é assim que podemos viajar.

Há um longo silêncio depois dessa declaração. Não consigo deixar de pensar em todas as garotas que foram sequestradas e levadas para uma casa de acompanhantes. Mantidas ali contra a vontade. Como eu.

– Então, como vamos pôr vocês no trem? – quer saber Garnet.

– Temos de esperar até hoje à noite – diz Ash. – E vamos precisar de roupas novas...

Ash dá a Garnet uma lista de tudo de que vamos precisar.

Não há nada a fazer além de esperar. Sento ao lado de Raven, que não se afastou da parede. Ash senta sobre um caixote de madeira ao lado da porta da frente, distraído.

– Como você está? – pergunto a Raven.

Ela olha para mim com uma expressão entorpecida.

– Não estou mais no palácio. É meu melhor momento em muito tempo. – Ela pisca. – Já agradeci?

– Por quê?

– Por salvar minha vida.

Sorrio.

– Não pense mais nisso.

Os dedos dela seguram os meus, e são tão magros e frágeis que tenho medo de quebrá-los se os apertar demais.

– Obrigada – diz Raven. Ela olha para o próprio ventre.

– Às vezes esqueço – comenta, tocando a protuberância que quase nem é visível embaixo do vestido. – Antes, eu sentia dor o tempo todo.

– Quando foi?

Raven fecha os olhos.

– Eu... não sei. Emile, minha dama de companhia, me levou para passear pelo jardim uma tarde. Eu queria ver se você tinha mandado outra flor, mas não encontrei nada. Então, fui ao consultório do médico. – Uma lágrima transborda de seu olho. – Eles fizeram crescer muito depressa. A gravidez me devorava de dentro para fora. Meus ossos doíam e encolhiam, e o bebê crescia e crescia, não parava de crescer.

Isso deve ter acontecido há três ou quatro semanas.

– Como? – sussurro.

Ela abre os olhos.

– Eles alguma vez usaram a pistola estimulante em você?

Respondo com um movimento afirmativo de cabeça.

– Uma vez – acrescento.

A pistola estimulante foi criada para provocar os Presságios contra a vontade da substituta. Lembro a agonia que senti quando o médico a usou comigo, a dor que cegava, os galhos verdes e grossos que cobriram a maca e subiram para o teto. As palavras do Dr. Blythe ecoam em minha cabeça, o que ele disse no dia em que fiz aquele carvalho crescer.

"A pistola intensifica suas habilidades, mas a enfraquece fisicamente. Se for usada em excesso, pode ter horríveis efeitos colaterais."

O sorriso de Raven é uma linha fina em seu rosto.

– O médico usava a pistola o tempo todo, principalmente depois que engravidei. Três ou quatro vezes por dia. A Condessa não queria saber quanto sangue eu vomitava, ou quanto eu gritava. Ela só queria resultados. – Raven se encolhe com a lembrança. – Ela conseguiu o queria. O médico falou que eu estava... de doze semanas? Quatorze? Não lembro. Não queria ouvir.

– Ela queria o bebê depressa – deduzo. – Era o que a Duquesa queria de mim também.

– A Condessa gostava de fazer experiências – relata Raven, com frieza. – Ela queria ver o que *podia* fazer. Queria estar no controle, ter poder total sobre minha mente, minhas lembranças, os Presságios, tudo.

– Por isso tem as... – Paro e engulo. – As cicatrizes?

Raven examina a própria cabeça com uma das mãos.

– Ela gostava de me cortar, invadir meus pensamentos. Gostava de me fazer ver coisas que não eram reais. – Alguma coisa cintila nos olhos de Raven, um fragmento de sua velha vontade de criar confusão. – Mas ela não sabia sobre os sussurros. Um dia, eles tentaram uma coisa nova. O médico achava que seria um "experimento interessante". Eles me cortaram em algum lugar diferente, e tiveram a impressão de que nada acontecia. Mas foi então que os sussurros começaram.

Hesito e a observo, sem saber se vou ajudar ou atrapalhar ao pedir mais informações.

– O que dizem as vozes?

– Todo tipo de coisa. Consigo ouvir quando alguém está com medo, ou quando fingem gostar de alguém, mas, na verdade, odeiam a pessoa. Sei quando alguém está mentindo ou secretamente apaixonado. Os sussurros me contam. Eles vêm e vão. A Condessa tem pensamentos muito obscuros. Sobre a mãe dela. O marido. Sobre as substitutas.

Raven esfrega os olhos.

– É como se, sem querer, a Condessa tivesse lhe dado um sentido a mais, ou alguma coisa assim.

– Eu sabia que o rapaz loiro ia voltar – continua ela. – Ele gosta de você. E sente que tem uma ligação com a gente. E... – Ela olha para Ash e franze a testa. – Ash – diz, finalmente. – Ele é Ash, não é?

Assinto.

– Ele se odeia – conclui Raven.

Sinto um nó na garganta. Não sei nada sobre a vida de Ash na casa de acompanhantes. Ele nunca falou sobre isso comigo.

– Não quero ser essa pessoa, Violet. – O rosto de Raven suaviza, e ela inclina a cabeça para trás. – Emile era bom para mim. Às vezes, ele me dava mais comida sem ninguém saber. E me levava sempre ao jardim, me deixava mandar mensagens para você. Mas ele também me dizia coisas. Contou que a Condessa compra uma substituta por ano. Ela não quer ter um herdeiro. O que realmente interessa, para ela, é saber do que somos capazes. Quanto podemos "aguentar". – Agora sua expressão é de pesar. – Emile deve achar que estou morta.

– Tenho certeza de que ele vai ficar bem – respondo.

– Você não entende. Tudo que eu tinha naquele lugar eram ele e você. Eu me agarrei à esperança de que você estava segura, de que a Duquesa não a torturava, mesmo quando me trancaram na jaula, ou quando me espetavam com as armas de Frederic ou usavam a focinheira. Mas foi muito difícil quando começaram a cortar minha cabeça. Ela se apoderava das minhas lembranças e as usava contra mim, e eu não conseguia mais diferenciar o que era verdade do que não era. Emile me ajudou. Ele me fazia lembrar. Às vezes, quando eu começava a esquecer, ele me dizia seu nome. – Uma lágrima corre lentamente por seu rosto. – Ele não podia falar meu nome, mas podia dizer o seu.

– Ela vai pagar por tudo isso, Raven. Prometo.

– Como, Violet? Como podemos fazer alguma coisa? Olhe para mim. – Ela aponta para si mesma, fraca. – Estou destruída. E nunca mais serei como antes. Eles causaram em mim um estrago que não pode ser reparado.

Eu me ajoelho e olho no fundo de seus olhos.

– Escute, você me ajudou no Portão Sul quando eu me apavorei e quando estava fraca. Você me deu coragem. Se acha que não vou fazer exatamente a mesma coisa por você, está enganada. Esteve comigo cada dia que passei naquele palácio. Você foi minha força. Agora me deixe ser a sua. – Toco seu ombro. – Vou ajudar você a melhorar e te proteger.

As mãos de Raven tocam o ventre mais uma vez.

– Pode me proteger disto?

Olho para baixo. O nó na minha garganta é tão grande que é difícil respirar.

Ela apoia o rosto em meus dedos.

– Estou cansada, Violet. Posso dormir agora?

– É claro. – Minha voz é baixa e rouca.

– Não vai embora, vai?

A pergunta tem uma nota de pânico.

– Não. Vou ficar bem aqui.

Estendo as pernas quando ela se deita e a deixo usar minhas coxas como travesseiro. Em minutos, a respiração de Raven fica mais lenta, seu corpo relaxa. Afasto o cabelo de seu rosto. Ela parece minha Raven de antes.

Ela ainda é, digo a mim mesma.

– Ela está bem? – pergunta Ash, em voz baixa, de seu lugar ao lado da porta.

– Não sei – respondo.

Pouco a pouco, a luz desaparece e a noite substitui o dia. O galpão se torna frio e escuro. Cruzo os braços sobre o peito e tento parar de tremer. Ash se aproxima e me abraça. Eu me apoio nele, grata por sua presença e por seu calor.

– Você salvou muita gente recentemente – comenta Ash.

– Ainda não – respondo.

– Está se subestimando.

Não falo nada, porque não me sinto muito orgulhosa ou salvadora no momento.

– Acha que seu plano vai dar certo? – pergunto. – Temos chance de entrar no trem da casa de acompanhantes?

– Não sei, Violet. Mas também não tenho outra ideia. Como você disse, não podemos ficar aqui.

Concordo balançando a cabeça, e ficamos em silêncio. Eu devia dormir, mas minha cabeça não para. Está cheia de coisas sobre as quais não quero pensar. Raven em uma jaula, Lily grávida, Annabelle caída sem vida no chão do meu quarto...

– Como era? – pergunto a Ash depois de algum tempo.

– Na casa de acompanhantes. Você nunca falou sobre isso.

Vejo a tensão em seu corpo, e sei que ele não gosta da pergunta. Mas, depois de um momento, Ash responde:

– Era muito agradável. Eles cuidavam muito bem de nós.

Sorrio.

– Mentira. – Mudo de posição sob seu braço. – Está usando o tom de acompanhante. A gentileza excessiva. Só fala desse jeito quando está mentindo.

Há mais uma longa pausa antes de ele sussurrar:

– Era horrível.

Endireito as costas para poder olhar seu rosto. A penumbra cria sombras em volta de seus olhos. Ele não olha para mim, mas eu insisto em encará-lo. Os segundos passam.

– Não vai gostar de saber – diz Ash. – Acredite em mim.

– Se eu não quisesse saber, não teria perguntado. Está falando sobre meninos raptados e meninas usadas como objetos sexuais, e tenho a sensação de que essa é uma grande parte da sua vida que eu não entendo. O que acontecia naquele lugar?

O corpo todo de Ash parece enrijecer outra vez.

– Quer saber como é a vida em uma casa de acompanhantes? – Agora a voz dele é mais cortante do que jamais ouvi. – Tudo bem. Depois de ter sido subornado para abandonar minha família aos 14 anos, fui treinado durante um ano, tive aulas de arte, história, matemática, música, duelos... No começo foi bom. Então, no meu aniversário de 15 anos, fui chamado ao quarto de Madame Curio, onde ela me ensinou algumas coisas que eu ainda não havia aprendido. Foi minha primeira experiência sexual.

Um arrepio desagradável percorre minhas costas.

– Depois, as aulas mudaram. Levavam garotas para mim. Madame Curio dizia que eu tinha de satisfazê-las. Eu não queria... As meninas tinham muito medo, e eu também. Mas ninguém contraria Madame. Meus professores olhavam tudo. Julgavam e me instruíam. Era humilhante. Então, eles me mandavam encantar as filhas durante o dia e dormir com as mães à noite. Dormi com mulheres que tinham idade para ser minha avó. Tudo porque Madame Curio me viu na frente da clínica e achou que eu era bonito.

Ash se levanta de repente. Ele começa a andar de um lado para o outro, a boca contorcida, as mãos fechadas.

– Entende o ódio que sinto por minha aparência, o quanto *odeio* meu rosto? – pergunta ele, com amargura. – Sabe quantas vezes aproximei uma navalha do meu olho e pensei em usá-la? Mas eu sempre tive Cinder para me manter lúcido. Cinder precisava de mim. Se destruísse meu rosto, eu perderia meu trabalho e, com ele, o dinheiro do remédio para ela. Vi isso acontecer muitas vezes. Sabe qual é o índice de suicídio entre os acompanhantes? Ninguém sabe, porque ninguém fala sobre isso. Quem se importa? Mas conheci seis garotos que se mataram, e esses são só os que conheci pessoalmente. Os que não se matam, cortam o próprio corpo em lugares que ninguém vê, atrás dos joelhos, ou entre os dedos dos pés. Ou se entorpecem com opiáceos, até o vício se tornar notável e eles serem Marcados e jogados nas ruas. Alguns desenvolvem predileções violentas no sexo, abusam das Garotas da Casa ou se associam a prostitutas comuns. E para cada amigo feito, a gente perde três, e não importa como, não importa por que, porque tem sempre garotos novos chegando, e você é só um entre cem, tão descartável quanto a última tendência da moda. – Ele olha para mim com um rancor que nunca vi. – Então, essa era a vida na casa de acompanhantes.

Estou sem fala. Quero compor uma expressão de calma ou compreensão, mas não consigo fazer os músculos funcionarem. Imaginei que a casa de acompanhantes fosse parecida com o Portão Sul. Mas drogas? Sexo violento? Suicídio?

– Você não é nada disso – falo.

– Isso é o que eu sou! – grita Ash. Raven acorda assustada. – Você não quer saber mais sobre isso, Violet.

– Por favor, não briguem – suplica Raven, segurando a cabeça entre as mãos.

– Não estamos brigando – garanto. – Ash e eu estamos... conversando.

A presença de Raven acalma Ash.

– Desculpe – pede ele. – Não queria acordar você.

– Não quer voltar para aquele lugar – fala Raven, esfregando os olhos. – Está com medo.

Há um silêncio perplexo entre nós. Raven olha para mim, mas seus olhos perderam o foco.

– Ele ama você, entende? Ele ama você e se odeia, e nunca será bom o bastante, nem para você, nem para a família dele, nem para ninguém. Foi roubado, levado e corrompido, e tudo que havia de puro nele apodreceu. Ele tem vergonha.

– Raven volta ao presente e olha para Ash. – Todos nós temos coisas de que nos envergonhamos.

Ash tem os lábios entreabertos e os olhos arregalados.

– Como você...

A porta do galpão é aberta, e todos nós reagimos assustados.

– Consegui. – Garnet joga uma grande bolsa de lona no chão e fecha a porta. – Tudo que você pediu está aí dentro.

– Ele examina a área, Raven e eu no chão, Ash parado ao nosso lado com aquela expressão chocada. – Interrompi alguma coisa?

– Não – respondo, enquanto fico em pé.

– Então, troquem de roupa e vamos embora. Contei a Lucien, e ele ficou muito...

A arcana vibra. Eu a tiro do coque, e Lucien começa a falar.

– Não gosto desse plano.

– Eu também não, Lucien, mas não temos outras opções. Quer que eu chegue à Fazenda em segurança? Essa é nossa melhor chance.

– Continuo não gostando.

Levanto as mãos.

– Bom, você faz muitas coisas de que não gosto. Mas confio em você. Vai ter de confiar em mim.

– Eu confio. É nele que não confio.

– Se está falando de Ash, pode confiar nele também.

– Violet, assim que entrar no terreno da casa de acompanhantes, não vou poder ajudá-la. Você estará totalmente sozinha.

Olho para Raven, depois para Ash.

– Não, não estarei.

– Você entendeu o que eu quis dizer.

Suspiro.

– Entendi. E não quero discutir com você, Lucien. Estou tentando fazer o que você queria para mim: sobreviver.

Uma pausa.

– Eu sei, meu bem.

Ele parece cansado.

– O que está acontecendo na Joia? – pergunto. – Alguma coisa de que precisamos saber?

Posso ouvir o riso de Lucien.

– Bom... A Duquesa está vivendo um incomum aumento de popularidade. Parece que seu estupro... e a fuga do acompanhante criaram um panorama muito favorável. Todo mundo quer uma audiência com ela.

– O que aconteceu com... – Sinto o nó na garganta quando me lembro do meu quarto, da última vez que a vi. – Annabelle?

– Não sei. Deve ter sido cremada no necrotério. Nada foi dito sobre isso entre os criados. Exceto para oferecer solidariedade à Cora, é claro.

Franzo a testa.

– Por que Cora?

– Não sabia? Annabelle era filha de Cora.

– Quê? – Nunca pensei na família de Annabelle. Sinto vergonha por nunca ter perguntado. Tento lembrar de Cora tratando Annabelle de um jeito maternal, mas só a vi dando ordens como fazia com todos os outros criados.

Como ela suporta continuar naquele lugar, servir a mulher que matou sua filha?

– Tenho que ir – fala Lucien, de repente.

A arcana fica em silêncio e cai. Estendo a mão a tempo de pegá-la.

Raven está olhando perplexa para o lugar onde ela havia flutuado.

– Isso foi... real? – pergunta ela.

– Sim – respondo com firmeza. – Mas agora temos de trocar de roupa.

Ash já havia examinado o conteúdo da bolsa e agora segura algumas peças.

– Violet... – começa ele, mas balanço a cabeça.

– Está tudo bem – digo.

– Não está. Eu não devia... Não queria gritar.

– Eu sei.

A casa de acompanhantes parece ser cem vezes pior que o Portão Sul. Eu também não ia querer voltar para lá. Mas agora não é hora para discussões ou pedidos de desculpa.

Ash assente e oferece a bolsa de lona.

10

RAVEN E EU VAMOS AO FUNDO DO GALPÃO EM BUSCA DE privacidade. Abro a bolsa de lona, vejo uma variedade de cores fortes e camadas de renda e cetim. Esvazio a bolsa no chão e separo as peças. Acho que não há tecido suficiente. Mas, pensando bem, deve ser essa a intenção.

– Tudo bem – falo para Raven com alegria forçada, segurando dois pares de meias finas. – Que cor vai querer? Vermelha ou rosa?

Ela dá de ombros, e entrego a ela as meias vermelhas. Raven tira o vestido marrom de criada, e vejo na base de sua coluna um vergão do tamanho da minha mão fechada, com veias azuladas radiando dele.

– Ai, Raven!

Ela cobre a área com uma das mãos como se estivesse envergonhada.

– As agulhas eram piores – resmunga, enquanto calça as meias e toca o couro cabeludo com os dedos.

Os vestidos mais parecem roupas íntimas. São saias de renda fina e espartilhos que deixam braços e ombros nus. Raven está tão magra que o espartilho fica largo, mas o meu é muito apertado e revela muito mais pele do que me sinto confortável em mostrar. Queria ter uma echarpe, alguma coisa assim.

Tem um pouco de maquiagem na bolsa, batom vermelho, blush e delineador preto para os olhos. Maquiamos uma a outra, apesar de não termos muito treino ou habilidade nessa área específica.

– Tudo bem, vamos embora – decido, guardando as roupas antigas na bolsa.

O jeito como Ash e Garnet olham para nós quando voltamos à frente do galpão é, ao mesmo tempo, lisonjeiro e desconfortável. Com Ash, pelo menos, sei que não estou mostrando nada que ele já não tenha visto; mas Garnet é outra história. E ele olha para Raven como se nunca a houvesse visto antes. Maquiada, ela não parece tão abatida, e dá para ver indícios de sua antiga beleza. A pele parece mais saudável, e o caramelo contrasta de forma interessante com o cetim cor de marfim do espartilho.

Raven percebe que ele a está encarando.

– Que foi? – pergunta com tom agressivo.

Ele desvia o olhar rapidamente.

– É melhor irem logo – diz para Ash.

Ash também está usando uma roupa parecida com a que vestia na primeira vez que o vi, calça bege e camisa branca de colarinho com um longo sobretudo. Deve ser o uniforme de acompanhante.

– Fiquem perto de mim – sugere Ash. – Está bem frio.

– E não temos casacos – acrescento.

Ash sorri para mim.

– Cobrir-se não faz parte da intenção aqui.

Não estou preocupada comigo, mas Raven está muito exposta...

Ela olha para mim.

– Vou ficar bem – diz.

– Espero que isso dê certo – fala Garnet.

– Eu também – concorda Ash.

Garnet olha para cada um de nós, abre a boca, fecha de novo, passa a mão pelo cabelo.

– É, bom... Boa sorte.

Ele vira e sai do galpão.

– Prontas? – pergunta Ash.

– Espere – digo. – Seu rosto está estampado em todos os lugares desse círculo. E se... – Nunca usei um Presságio em uma pessoa antes, mas não posso me dar ao luxo da dúvida agora. Estendo a mão e seguro um punhado de cabelos dele.

– O que está... – começa a perguntar Ash, mas já estou me concentrando no Presságio.

Um: ver o objeto como é. Dois: ver o objeto em sua mente. Três: submetê-lo à sua vontade.

Raios loiros se espalham a partir dos meus dedos, tingindo o cabelo castanho de Ash de dourado. Minha cabeça lateja.

– Pronto – anuncio, massageando a têmpora esquerda.

– Talvez isso ajude um pouco. Melhor não ser reconhecido de novo.

Ash se despenteia e abre a mão diante dos olhos, como se a cor pudesse ter saído em seus dedos.

– Uau! – reage.

Saímos do galpão e seguimos por ruas secundárias, mais escuras. Recebemos poucos olhares de desaprovação. A maior parte da área está deserta. Deve ser quase meia-noite. O ar é gelado, em poucos segundos começo a bater os dentes. Ash passa um braço sobre meus ombros.

Andamos por cerca de vinte minutos antes de chegarmos à região mais sórdida do Banco que vi até agora, sem dúvida nenhuma. Todos os prédios são velhos e decrépitos, com varandas caindo aos pedaços e janelas fechadas com tábuas pregadas.

– Muito bem – diz Ash. – Só... me abracem. As duas. E seria bom fingirmos que estamos todos bêbados.

Penso que uma taça de vinho, ou duas, ou doze não teriam sido má ideia. Essa rua inteira grita perigo. Raven passa um braço sobre os ombros de Ash, e eu enlaço sua cintura.

Um quarteirão adiante, encontramos a primeira taverna. E outra. E mais uma. O som alto de gaita, banjo e tambores transborda para a rua quando a porta de uma delas é aberta de repente, e dois homens caem no chão agarrados, trocando socos. Isso me lembra muito como meu pai morreu. Abraço Ash com mais força, e andamos mais depressa.

Passamos por três homens visivelmente intoxicados. Eles assobiam para mim e para Raven. Um deles se aproxima de Ash e diz:

– Quer dividir? Também tenho um azul dos bons, se quiser fazer uma festa.

– Saia daqui – reage Ash. – Vá arrumar suas vadias.

– Ash – resmungo quando o homem dá de ombros e se afasta. – Francamente.

Ele ri, mas é um som vazio.

– Bem-vinda ao meu mundo.

Descemos outra rua, e sou tomada de assalto por um cheiro, um forte perfume floral que não esconde completamente o odor de alguma coisa levemente azeda por trás dele.

– Ei, bonitão! – Uma menina muito nova, no máximo de 14 anos, chama da frente de uma casa pintada de rosa e amarelo. Ela usa menos roupas que Raven e eu. – Quer mais companhia?

– Suma! – grito.

Ela dá de ombros e acende um cigarro.

– Bem convincente – murmura Ash perto do meu pescoço.

– Esse lugar é horrível – cochicho de volta.

– Chamam de Fileira. Principal destino do Quadrante Leste para quem procura drogas e sexo.

– Isso é o que chamam de azul?

Ele assente.

– Uma forma de opiáceo. O líquido tem uma coloração azulada, daí o apelido.

Passamos por três bordéis e mais duas tavernas, antes de finalmente chegarmos ao fim da Fileira. A mudança é perturbadoramente súbita. Em um segundo estávamos no meio de casas baratas, sórdidas; no outro, chegamos a um pequeno parque iluminado por lâmpadas a gás. O relógio na torre do outro lado da praça informa que passa da meia-noite. Um casal está sentado em um banco perto de nós, e um homem passeia com o cachorro alguns metros adiante, mas, além disso, as ruas estão desertas.

– Estamos quase chegando – murmura Ash. Atravessamos o parque depressa. O homem com o cachorro nos vê e balança a cabeça, resmunga alguma coisa.

Quando chegamos ao outro lado, Ash segura meu braço.

– Para.

Um muro acompanha todo o comprimento da rua, e vejo estacas sobre ele. A imagem me faz lembrar do Portão Sul, em como era fechado como uma fortaleza no meio do Pântano.

Dois Guardas patrulham o local do lado de fora do muro. Meu coração dispara.

– Violet, me beije – murmura Ash.

Colo minha boca à dele e, pela primeira vez, não penso em seus lábios, em nossos corpos colados, só percebo o coração dele batendo tão depressa quanto o meu. Espero ouvir um grito ou um alarme.

Finalmente, ele se afasta. Viro e vejo as costas dos Guardas um instante antes de eles desaparecem além da esquina.

– Vamos. Depressa.

Raven e eu corremos atrás de Ash, que atravessa a rua deslizando a mão pela pedra áspera. De repente ele para.

– Aqui – diz.

Só vejo mais muro. Ash segura alguma coisa e puxa, e um pedaço de pedra se move para revelar uma grande fechadura de combinação preta.

– Sabe qual é a combinação? – sussurro.

Ash está olhando para a fechadura. Vários segundos passam. Estou quase comentando que não temos muito tempo, quando ele começa a girar o disco, primeiro para a direita, depois para a esquerda, direita de novo.

A fechadura estala.

Ash puxa a porta, que fica completamente disfarçada dentro do muro.

– Entrem – sussurra ele.

Eu vou na frente e puxo Raven atrás de mim. Ash fecha a porta escondida depois de passar por ela.

Viro e paro. A casa de acompanhantes não é bem o que eu esperava. Seis prédios baixos de tijolos aparentes ocupam um grande gramado. Alamedas de cascalho serpenteiam entre eles, e tem um lago à minha esquerda começando a congelar, cercado de pequenas árvores mortas. Lâmpadas a gás iluminam o terreno instaladas em intervalos regulares.

É bem bonito.

– A estação fica do outro lado – murmura Ash. – Por aqui.

Nós o seguimos por uma das alamedas com o cascalho rangendo sob nossos pés, o salto do meu sapato procurando apoio. Tudo é quieto e sombrio.

De repente, a porta do fundo de um dos pequenos prédios é aberta, e nós paramos onde estamos quando alguém surge no caminho à nossa frente. Ouvimos o ruído de um fósforo sendo riscado, e em seguida vemos a ponta de um cigarro brilhar como uma pequena brasa. A pessoa nos vê e dá risada.

– Foi passear na Fileira de novo, Till? – diz ele, com voz profunda. – Madame saiu, mas Billing está patrulhando. É melhor entrar com elas depressa.

– Rye? – pergunta Ash, e dá um passo adiante.

O rapaz se aproxima de nós. Deve ter a idade de Ash, mas é mais alto, e sua pele escura me lembra a leoa. Cachos negros emolduram um rosto muito bonito com traços largos. Os olhos, que parecem lascas de pedra, se abrem surpresos.

– Ash? O que... Como... O que está fazendo aqui? A cidade inteira está procurando você! E o que aconteceu com seu cabelo? – Ele olha para mim, depois para Raven. – É uma hora bem estranha para começar a se relacionar com garotas do ofício.

– Não são do ofício – responde Ash. – Temos de entrar no trem.

– O trem partiu – revela o rapaz chamado Rye. – Está na Fumaça.

Meu coração fica apertado. O que fazemos agora?

– Precisamos de ajuda – pede Ash. – Temos de ficar escondidos até o trem voltar.

Rye demora muito para responder. Dá uma longa tragada no cigarro e sopra uma grossa coluna de fumaça. Depois bate as cinzas na escuridão.

– É claro, eu ajudo. Vai ter de me contar como escapou de Landing's Market com pelo menos mil Guardas rastejando pela praça. Venham.

Seguimos Rye para dentro do prédio, por um corredor que cheira a flores secas e fumaça de lenha, depois subimos uma escada e andamos por outro corredor. Meu corpo está tenso, meus nervos parecem molas. Não sei quem é esse rapaz, mas confio nele, se Ash confia. Mas há muitos outros morando ali. Eu me sentia muito mais segura no galpão. Rye abre uma porta, acende uma luz e nos leva para dentro do cômodo.

Entramos em um quarto muito grande e agradável. Há duas camas encostadas em paredes opostas. A decoração é toda branca com toques dourados. Um sofá listrado e uma poltrona na mesma estampa ocupam a área próxima de uma grande janela. Mas as características mais dominantes do quarto são os enormes espelhos com moldura dourada sobre duas penteadeiras, como se uma penteadeira fosse algo comum em um quarto masculino.

Uma cama está arrumada, sua penteadeira ocupada por uma coleção bem organizada de potes, frascos e pentes. A outra cama está desfeita, com várias peças de roupa jogadas sobre as cobertas, e a penteadeira é uma confusão, com potes abertos e respingos de cremes faciais, além de pequenos comprimidos cor de laranja espalhados pela superfície.

– Lar, doce lar – murmura Ash quando olha em volta.

– É seu quarto? – pergunto.

Raven está parada na porta, como se tivesse alguma incerteza com relação ao lugar.

– Rye e eu éramos... companheiros de quarto – diz Ash. Sua expressão muda de repente, e sigo a direção de seu olhar para a penteadeira mais organizada. Ele se aproxima dela como se estivesse sonhando e pega uma fotografia em uma moldura de prata. Segurando-a com as duas mãos, ele senta na cama.

– É sua... – Sento ao lado dele e olho para a fotografia.

– É sua família?

Ash responde que sim com a cabeça. A foto é em preto e branco, e foi tirada na frente de uma casa muito simples. Um homem encorpado e imponente com o nariz idêntico ao de Ash tem os braços sobre os ombros de dois garotos fortes, ambos sorrindo para a câmera com uma expressão travessa que lembra Garnet. Tem uma mulher em pé ao lado deles, e ela é tão parecida com Ash que chega a ser assustador. Ela tem as mãos sobre os ombros de uma menina pequena. A menina tem cabelos encaracolados e o maior sorriso que já vi. Não há nenhuma semelhança física, mas ela me lembra Hazel.

– Essa é Cinder? – pergunto. Ash assente de novo. – Ela é linda. Cadê você?

Ele pigarreia.

– Eu tirei a foto. Um dos nossos vizinhos havia comprado uma câmera fotográfica. Ele me ensinou a usá-la.

Ash vira a moldura e remove o fundo. Com muito cuidado, ele pega a foto, a dobra ao meio e guarda no bolso, deixando a moldura vazia sobre a penteadeira.

– Então – diz Rye, encerrando o momento de privacidade. – Dá para explicar o que está fazendo aqui, em nome do Executor? E quem são essas garotas?

Raven olha para ele com ar sério. Ele se jogou sobre a cama e está tirando a tampa de um frasco pequeno. O líquido dentro dele é azul.

Ash suspira.

– Desde quando começou a usar isso aí?

Rye dá de ombros e tira do frasco um tubinho de vidro. Ele inclina a cabeça para trás e pinga uma gota do líquido em cada olho.

– Não vai nem querer saber o que tive de fazer para a última cliente – afirma ele, piscando e limpando o excesso de líquido que escorre pelo rosto. – Preciso disso. – A risada soa pesada, relaxada. – Torça para nunca ser designado para atender a Casa dos Baixos. Aquela mulher tem preferências *bem* estranhas.

Lembro de ter visto Lady dos Baixos na festa de noivado de Garnet. Ela parecia com todas as outras mulheres da realeza. Não quero pensar no que ela faz atrás de uma porta fechada.

– Ela trocou de acompanhante seis vezes até a filha finalmente ficar noiva – continua Rye. – Bale foi o último. Acho que ele ainda está se recuperando... Não atende a nenhuma cliente desde que voltou. Nem eu, na verdade. Não que eu esteja reclamando. – Ele ri de novo. – Acho que você não tem mais esse problema, tem? Não tem mais clientes. – Ele se recosta nos travesseiros e suspira. – Lembra da Lady do Riacho? Nós dois passamos por ela, não é? Era bem diferente.

– Ele não faz mais isso – falo.

Rye dá risada.

– E quem é você, a namorada dele?

– Temos de entrar naquele trem – diz Ash. – E não podemos ficar escondidos neste quarto até ele voltar.

– Não podem ir a lugar nenhum agora, irmão, todos os prédios estão trancados – responde Rye. – Melhor passar a noite aqui.

– Esse lugar é podre – diz Raven. – Não gosto daqui.

– Vamos sair logo – garanto.

Ela se coloca na frente de um dos espelhos e olha para o próprio reflexo.

– Deixei que eles tirassem seus olhos – diz para mim. – Que os arrancassem como pedras preciosas e os oferecessem a mim como presentes. Eles me fizeram escolher e escolhi errado, sempre, todas as vezes – Raven dá dois socos nas têmporas antes de eu segurar seu pulso para fazê-la parar.

– Sou Raven Stirling – murmura ela. – Estou olhando para um espelho. Sou real. Sou mais forte que isso.

– Então, Ash, você tem de explicar – insiste Rye, olhando para mim e para Raven com uma mistura de incredulidade e desconfiança. – O que aconteceu? Ficamos sabendo que você estuprou uma substituta e...

– Ele não estuprou ninguém – declaro, irritada.

Rye arregala os olhos.

– Não... – diz ele para Ash. – Não pode ser... Ela é a substituta?

Todo o humor desaparece quando ele pula da cama, o rosto completamente sério.

– Elas precisam sair. Agora. Eu ajudo você, mas não vou arriscar minha vida por uma substituta. Ficou maluco? Tem ideia do que...?

– Eu a amo – diz Ash, e levanta a mão aberta como se as palavras fossem uma rendição. – Eu me apaixonei por ela, Rye.

Rye passa a mão pelos cabelos negros. Depois senta na beirada da cama e apoia o queixo nas mãos. Olha para mim, para Ash, para mim de novo. Eu me sinto ridícula nessa roupa idiota. Queria poder remover minha pele e mostrar a ele o lugar onde Ash mora dentro de mim, emaranhado em sangue, osso e músculo, impossível de separar ou remover. Quero que ele veja que somos um só.

– Prove – exige Rye, como se respondesse ao meu pensamento.

– Fomos pegos juntos – revela Ash. – Foi isso que aconteceu de verdade. Você me conhece. Acredita realmente que eu violentaria uma substituta? Acha que eu olharia para uma substituta? Eu era muito bom no meu trabalho. Ela...

– Ash sorri meu sorriso favorito, secreto. – Ela me pegou de surpresa. Mas quando me permiti amá-la, não pude mais recuar.

– Está dizendo que se expôs ao risco de uma execução por ela?

– Sim.

– Então, também arriscou a vida de Cinder por ela.

A tensão aparece no rosto de Ash.

– Eu sei.

Por algum motivo, eu nunca tinha pensado nisso. A vida de Cinder está associada à profissão de Ash. Estou perplexa. Ele sabia. Sabia e me amou do mesmo jeito. A culpa é insuportável.

Rye morde o lábio inferior enquanto pensa nas palavras de Ash, depois balança a cabeça.

– Durma um pouco. Vamos pensar em alguma coisa de manhã.

Ele olha novamente para mim com uma expressão fascinada, como se eu fosse parte de uma história fantástica, como a água encantada do Poço do Desejo, algo que não existe na vida real. Em seguida ele tira o suéter. Sua pele escura é lisa sobre o peito musculoso, e sinto o calor incendiar meu rosto. Em minha visão periférica, noto Ash revirando os olhos.

– Boa noite, Rye – diz ele.

Rye sorri para mim.

– Não quer que eu arrume um pouco de X? – pergunta a Ash.

– Boa noite, Rye – repete Ash.

– O que é X? – pergunto quando Raven e eu vamos ao banheiro tirar a maquiagem do rosto. – Outra droga?

O rosto de Ash fica vermelho.

– Contraceptivo vendido no mercado negro.

– Quê?

Contracepção é ilegal na Cidade Solitária. Todo mundo sabe disso.

Ash começa a abrir as gavetas da cômoda para pegar roupas de cama, o rosto voltado para o outro lado.

– Tem um soro que pode causar algumas horas de infertilidade no homem. Porém, é bem desagradável de usar, e quem é pego com essa substância é sentenciado à morte.

– Por que é desagradável? – pergunto, quando ele me dá uma camisa de algodão de tamanho grande.

– O soro tem de ser injetado em uma área muito sensível.

– Ah – entendo.

Quando lavamos o rosto e vestimos os pijamas improvisados, Rye está roncando.

– Podem ficar com a cama – diz Ash. – Eu durmo no sofá.

Ajudo Raven a se cobrir e viro para ele.

– Cinder – falo. – Eu nem pensei... O que vai acontecer com ela?

Ele faz uma pausa e olha para o chão.

– Não sei.

– Não tem... nada que a gente possa fazer? Ajudá-la de algum jeito?

Ash deixa escapar uma gargalhada.

– Violet, não conseguimos ajudar nem a nós mesmos! Ele tem razão. Tento pensar em alguma coisa, palavras de conforto ou inspiração, mas não há nada. Dizer que sinto muito não é o bastante. E dizer que gostaria de que nada disso tivesse acontecido seria mentira.

Ash interpreta mal minha expressão.

– Vamos pensar em alguma coisa – diz, afagando meus braços. – Rye vai ajudar a gente.

– E tem certeza de que podemos confiar nele?

– Eu confio em Lucien porque você confia nele. Não pode confiar em Rye por mim?

– É claro – respondo, tentando não demonstrar que a resposta ríspida me magoou.

Ele suspira.

– Vamos tentar dormir um pouco. Estamos precisando.

Eu me ajeito embaixo das cobertas, e Raven apoia o rosto em meu ombro. Minha cabeça afunda no travesseiro, e faz tanto tempo que não durmo em uma cama de verdade que adormeço em poucos instantes.

11

Acordo de madrugada com o som de vozes cochichando.
– ... foi um acidente. – Ash está falando. – Ela nem devia estar naquela ala do palácio.
– E quando você soube? – pergunta Rye.
– Não tenho certeza. É difícil explicar. Mas quando a vi, não consegui... "desver". Se é que isso faz sentido. Não olhamos para elas, sabe? As substitutas. Mas, de repente, ela era uma pessoa, uma garota bonita e inteligente que era muito maltratada. Devia ouvi-la tocando violoncelo, Rye. É como ser transportado para outro mundo. Ela fez eu me sentir humano de novo. E me fez querer coisas que eu pensava que não eram para mim.
– Deve ter sido uma mudança agradável estar com alguém da sua idade que não era uma Garota da Casa – fala Rye, bufando.
– Não seja sarcástico. Não combina com você – censura-o Ash.
– Não me vê há meses. Não sabe o que combina comigo.
– Está se enchendo de azul? Por isso mudou?
Ouço um suspiro profundo e o ranger de um colchão.
– Eu não aguentava mais. Emory morreu. Miles está tão viciado que logo será Marcado e jogado na rua. Jig está

morto. Trac está começando a se cortar em lugares visíveis. Birch logo vai ser excluído por ser velho demais. Você se tornou um fugitivo. Quem sobrou aqui comigo?

Segue-se um longo silêncio.

– Emory morreu?

– Sim.

– Mas ele sempre foi tão...

– Eu sei. – A voz de Rye é dura.

– Não queria deixar você desse jeito.

– Não comece a agir como se fosse responsável pelos problemas de todo mundo. Eu faço minhas escolhas. Você também.

– Nenhum de nós escolheu ser acompanhante, Rye.

– É claro que escolhemos.

– Ser enganado, subornado ou coagido não é fazer uma escolha. Se soubesse o que é realmente ser um acompanhante, teria concordado?

– Eu tinha de aceitar. Você sabe melhor que ninguém. Minha família precisava do dinheiro.

– Exatamente. Não nos deram opção.

– Não vejo propósito nesse argumento.

– Eu também não via. Violet mudou isso em mim. Substitutas também não têm opção. No entanto, eu as tratava como parte da mobília, como acessórios. Não as via como pessoas. Era tão ruim quanto a realeza que eu odiava tanto.

– Ele suspira. – Não quero mais ser como eles. Não vou ser.

– E para onde vai? Acha mesmo que existe algum círculo da Cidade Solitária onde a realeza não vai conseguir encontrar você? E não estamos falando de um membro qualquer da realeza, mas de uma Casa Fundadora. Não devia ter se apaixonado por uma substituta da terceira classe.

Posso praticamente ver Ash revirando os olhos.

– Temos... ajuda. De uma pessoa confiável, embora eu não goste dele.

Rye dá risada.

– Ciúme de outro homem?

– Não.

Mas tem algo no tom de voz de Ash que me faz pensar que ele está mentindo. É estranho. Por que Ash teria ciúme de Lucien?

– Sabe, é estranho que sua fuga esteja em todos os jornais, mas não haja uma única palavra sobre a fuga de uma substituta. Nem fofoca, nem cochichos, nada. Você é o assunto do momento, mas sua namorada... Quero dizer, ela não seria uma grande notícia?

– Já pensei nisso. A Duquesa é uma mulher muito esperta e ambiciosa. Se não revelou que Violet desapareceu da Joia, ela deve ter algum motivo.

Nesse momento, Raven senta na cama de repente e assusta todo mundo.

– Vem vindo alguém – murmura ela.

Ash fica em pé.

– Vão para o banheiro – diz ele.

Raven e eu nos livramos das cobertas e corremos, e Ash arruma a cama o mais depressa que pode. Rye assiste a tudo com uma expressão confusa.

– O que é isso? – pergunta ele.

– Se Raven diz que alguém vem vindo, alguém vem vindo – responde Ash. Ele termina de arrumar a cama e corre para o banheiro também. – Não estamos aqui – diz a Rye, e fecha a porta em seguida.

Raven está encolhida na banheira, abraçando os joelhos. Eu sento na beirada. Ash fica encostado à porta. Ele leva o dedo aos lábios, e eu assinto quando o vejo apagar a luz.

125

Ouvimos a porta do quarto abrir e Rye sair da cama.

– Bom dia, Madame.

– Bom dia, Sr. Whitfield.

A voz é como é uma lâmina coberta de mel, afiada e doce ao mesmo tempo. Ash se encolhe no chão e segura a cabeça entre as mãos. Incapaz de me conter, corro para perto da porta e espio pelo buraco da fechadura.

Por um momento, tudo que vejo é a penteadeira desorganizada de Rye e o sofá listrado perto da janela. Em seguida, uma mulher aparece e se reclina no sofá, bem na minha linha de visão.

É impossível dizer quantos anos ela tem. A mulher usa muita maquiagem e, apesar de saber usá-la, tenho a nítida impressão de que seu rosto foi alterado, a pele esticada para remover rugas. Os olhos são levemente felinos. O corpo está envolto em cetim, e há pérolas em seu pescoço e nas orelhas. Ela é grande, mas não é carnuda como a Condessa da Pedra. Madame Curio tem curvas, seios grandes e quadril largo. E tem o ar de alguém que já viu muita coisa da vida.

– Já se recuperou completamente do serviço com a Lady dos Baixos, Sr. Whitfield? Sei que ela exige muita resistência.

– Foi um prazer, Madame. E estou bem, obrigado.

Não consigo ver Rye, mas, se não conhecesse a história, acreditaria no que acabou de dizer. Madame Curio sorri.

– É bom saber disso. Tenho uma nova cliente para você. Na verdade, foi solicitado nominalmente.

– Estou honrado, Madame. Quem pode ser a jovem dama?

O sorriso de Madame Curio se torna ainda mais largo.

– Carnelian Silver, da Casa do Lago.

Meu coração para por um segundo. Madame Curio passa um dedo pelo rosto e olha para Rye com ar pensativo.

– A Duquesa o solicitou pessoalmente. Uma Casa Fundadora. É muito impressionante. Espero que não desperdice essa oportunidade, como fez seu antigo colega de quarto.

– É claro que não, Madame.

– Não quero que digam que minha casa cria estupradores de substitutas e fugitivos da lei.

– Não, Madame. Estou ansioso para conhecer a Srta. Silver. Tenho certeza de que o tempo que passaremos juntos será muito agradável.

Madame Curio comprime os lábios.

– Venha aqui.

É como se meu olho estivesse colado ao buraco da fechadura. Quero parar de olhar, mas não consigo. Sinto Ash ficar tenso ao meu lado.

Rye aparece ainda sem camisa. Os músculos em suas costas ondulam quando ele se move. Madame Curio desliza a mão por seu peito.

– Muito bom – diz ela. A mão continua descendo. – Hum – murmura depois de alguns segundos. – Esteja em meu quarto hoje à noite, às seis horas. Quero ter certeza de que está preparado para a tarefa.

– Sim, Madame.

– E apresente-se ao Dr. Lane hoje à tarde para os exames habituais.

– É claro, Madame.

Madame Curio se levanta com um movimento tão fluido que me faz lembrar da Duquesa. Ela se move como a realeza.

– Bom menino – diz, e dá tapinhas no rosto dele. Depois, sai do meu campo de visão.

Ouço a porta abrir e fechar. Rye fica quieto por um momento, depois se dirige ao banheiro. Recuo quando ele abre a porta.

– Bom, parece que sou seu substituto – diz ele.

– Ela sabe – deduz Ash com expressão perturbada. – Sabe que você tem alguma ligação comigo. Ela está fazendo isso para me encontrar. Encontrar Violet.

– Não vou poder contar nada – retruca Rye. – Não sei para onde vão.

– Mas você nos viu. Juntos. E viu Raven.

Raven levanta a cabeça.

– Não pode contar – diz ela. – Ela não pode saber que estou viva.

– Dá para todo mundo ficar quieto um segundo? – explode Rye. – Eu não pedi nada disso. Não precisava de vocês invadindo minha vida e trazendo o caos.

Ash fica em pé.

– Tem razão. Conte a ela, não conte a ela, você decide. Mas ela o escolheu por um motivo. Não sei como ou quando, mas, em algum momento, ela vai interrogar você sobre mim.

Um sorriso distende os lábios de Rye.

– Sempre o melhor da turma. O queridinho da Joia. – Ele balança a cabeça. – Venham, vamos achar um lugar mais seguro para vocês do que este quarto. Todo mundo deve ter descido para o café.

Raven sai da banheira e se aproxima de Rye com passos determinados. Ela o segura pelo pulso e encara com um olhar firme, penetrante.

– Está com medo – diz. – Que bom. É para estar, mesmo.

Raven volta ao centro do quarto. Rye levanta uma sobrancelha.

– Não estou com medo – diz ele.

Ash e eu nos entreolhamos, mas não dizemos nada.

Rye se certifica de que não há ninguém por perto, depois nós quatro corremos escada abaixo e saímos pela porta por onde entramos na noite passada.

O lugar é ainda mais bonito durante o dia. Uma camada de gelo faz as alamedas de cascalho brilharem como diamantes. Levamos suéteres, casacos e cachecóis, por isso o frio não é desagradável, mas Raven e eu usamos sapatos de Ash com meias extras enfiadas nas pontas para fazê-los caber nos pés, o que dificulta um pouco o andar.

Andamos perto das paredes dos dormitórios, cujas janelas me seguem como olhos vazios. Um prédio maior surge ao longe, com uma das laterais totalmente coberta de trepadeiras. No alto de uma escada de pedra há uma impressionante porta de carvalho.

E além dela, do outro lado do terreno e perto do muro que o delimita, um trem negro e reluzente espera em uma longa plataforma. É ainda menor que aquele em que viajei para o Leilão, só um vagão preso à locomotiva. Colunas de fumaça brotam da chaminé, como se ele se preparasse para partir.

– O trem está aqui – diz Ash.

– Estranho. Talvez tenha havido alguma mudança repentina dos horários. Parece que a sorte está do seu lado, por enquanto – responde Rye. – Não existe nenhuma chance de o trem ir para a Joia. Meu trem só sai amanhã, depois que eu passar pelo médico e por Madame. Deve estar a caminho dos círculos inferiores. – Ele toca o ombro de Ash. – É melhor embarcarem enquanto todos estão tomando café.

Meu estômago ronca quando penso em comida.

– Obrigado, Rye. – Ash aperta a mão dele. – Sério. Não sei o que teríamos feito sem você.

– Teriam sido executados, provavelmente – diz ele, com um sorriso e um movimento de ombros. – Sendo assim, me deve uma.

– Devo – concorda Ash, sem nenhuma nota de humor na voz. – Tome cuidado no Palácio do Lago. Por favor. Não precisa se preocupar com a cliente. Ela não está interessada em acompanhantes. Mas nunca, em nenhuma circunstância conte a Carnelian que me conhece. Ela vai perguntar, provavelmente. E você vai ter de mentir.

– Grande novidade – comenta Rye.

O sorriso de Ash é tenso.

– Sinto muito.

– Pare com isso. Não é sua culpa. Pare de se comportar como se carregasse o peso de todos os acompanhantes. Não é assim.

– Eu sei.

– E se cuide.

– Vou me cuidar.

– Obrigada – digo a Rye.

Ele assente.

– Sabe, acho que nunca tinha ouvido uma substituta falar – diz.

Não sei o que comentar. Depois de olhar para Ash pela última vez, Rye se afasta.

Nós três corremos para a estação. Quando nos aproximamos, vejo uma placa de madeira que identifica a CASA DE ACOMPANHANTES DE MADAME CURIO. Há um prédio pequeno ao lado da placa, e Raven segura meu braço e puxa para perto dele. Ash nos segue. Aprendemos rapidamente a confiar em nossos instintos. Alguns momentos mais tarde, dois Guardas saem do trem e caminham pela plataforma.

– Tudo certo – diz um para o outro.

– Ele teria de ser muito idiota para voltar para cá – diz o segundo Guarda quando os dois descem os degraus da plataforma para o terreno e se afastam.

Nós três ficamos colados à parede de madeira rústica.

– Não entendo por que temos de trabalhar em turnos dobrados para achar um acompanhante – resmunga o primeiro. – Parece até que ele estuprou a própria Duquesa!

– Não fale essas coisas perto do Major – aconselha o segundo. – Ou vai ser despachado para trabalhar no Pântano antes de conseguir dizer Casa Fundadora.

– Sei, sei. Vamos ver se a cozinha está funcionando, estou morto de fome.

Esperamos um bom tempo depois que eles se afastam e tudo fica em silêncio.

– Vamos – sussurra Ash.

Corremos para a plataforma e subimos a escada. Ash abre a porta do vagão e nós entramos.

Diferente do trem do Portão Sul, o vagão de acompanhantes tem fileiras ordenadas de assentos de madeira voltados na mesma direção. Cortinas cobrem as janelas, e o corredor tem carpete verde.

– Onde vamos nos esconder? – pergunto.

Ash para na terceira fileira.

– Aqui – diz.

Ele se abaixa, e escuto um estalo. Todos os assentos da fileira levantam, revelando um vão retangular.

– Vocês duas entram aqui. Tem outro compartimento embaixo da sexta fileira. Eu vou me esconder lá. Espero que o trem parta logo com seu passageiro, seja quem for.

– E eu espero que ele siga para a Fazenda – acrescento.

Olho para o buraco e me arrepio. Ele é terrivelmente parecido com uma sepultura aberta.

– Acho que prefiro o porta-malas do carro de Garnet – confesso.

– Pelo menos não é o necrotério – diz Ash.

Entro no buraco e descubro que é um pouco mais fundo do que eu esperava. Estendo a mão para Raven. Ela olha para o espaço vazio com o rosto pálido. Até os lábios estão sem cor.

– Violet, prometa que, se eu entrar aí, eu vou sair.

– Prometo.

Ela segura minha mão, e eu a ajudo a entrar. Nós duas deitamos. O espaço é surpreendente.

Ash olha para nós com expressão perturbada.

– Fiquem bem quietas. Eu venho tirar vocês daqui quando a gente chegar... ao destino, seja ele qual for.

Não há mais nada a dizer ou esperar. Só nos resta acreditar que isso vai dar certo. Ele abaixa os assentos sobre nós, e Raven e eu somos envolvidas pela escuridão.

Depois de um tempo, meus olhos começam a se adaptar. Uma luminosidade cinzenta penetra pelas frestas da madeira acima de nós.

– Violet? – sussurra Raven.

– Sim?

– Acha que esse lugar para onde vamos na Fazenda... Será que tem alguém lá para me curar?

O contorno de seu rosto é suave, quase desfocado. Quero dizer que ela não está doente. Quero dizer que deve haver um jeito de desfazer o que a Condessa fez. Mas não posso mentir.

Ela sorri, mas é um sorriso triste.

– Era o que eu pensava – e enrola uma mecha de cabelo no dedo –, Emile me disse que eu era a mais forte de todas as substitutas que ele conheceu. Fui a única que sobrevivi à inseminação. – A outra mão toca seu ventre.

– Emile? Era sua dama de companhia?

Raven confirma com um movimento de cabeça.

– Bom, ele estava certo – declaro. – Você é a pessoa mais forte que conheço. Além do mais, Lucien é um gênio. Talvez ele consiga pensar em um jeito de ajudar.

– Ele deve gostar muito de você.

– Sou parecida com alguém que ele conheceu. A irmã dele. Ela era substituta. Morreu.

Ficamos quietas por um tempo.

– A irmã dele morreu no parto? – pergunta Raven.

– Não sei, na verdade.

Penso no baile da Noite Mais Longa, quando Lucien me encontrou com Ash, quando ele me contou a verdade sobre as substitutas. As palavras dele ecoam em minha cabeça.

"Eu tinha uma irmã. Azalea. Ela era substituta. Tentei ajudá-la, tentei salvar a vida dela, e por um tempo eu consegui. Até que, um dia, eu falhei."

Ele nunca me contou o que aconteceu exatamente.

– Vou morrer se tiver esse bebê, não vou? – indaga Raven em voz baixa.

Um nó de medo fecha minha garganta.

– Sim – confirmo.

– Sim – repete Raven. – Eu sei. Eu sinto.

Não havia parado para pensar nisso, na sentença de morte que Raven carrega dentro dela. Abraço meu próprio corpo como se isso pudesse, de alguma forma, me impedir de desmoronar.

Nesse momento, ouvimos um estalo, e a porta do vagão é aberta.

Raven e eu congelamos. Passos e vozes ecoam lá em cima.

– É cedo demais para isso – diz um homem. As palavras são firmes, a voz tem aquela confiança sutil de alguém bem-educado.

– Trouxe café, senhor – responde uma voz mais jovem.

– Excelente.

– E aqui está o seu jornal.

A madeira range quando alguém senta.

O ruído do jornal é acompanhado pelo cheiro do café sendo servido.

– Que coisa horrível – diz o homem. – Madame Curio ficou devastada quando soube. E eu também fiquei chocado, tenho de admitir. Ash Lockwood, estuprador de uma substituta? Eu mesmo treinei o rapaz! Ele era um acompanhante excepcional. Um dos melhores.

– Talvez seja um mal-entendido, Sr. Billings – argumenta o jovem.

Ouvimos um apito agudo e, com um tranco, o trem começa a andar.

– Bobagem – responde o Sr. Billings. – Não se questiona o depoimento de uma Casa Fundadora.

– Sim, senhor. É claro, senhor. – Uma pausa. – Acha que a família do Sr. Lockwood vai aceitar o acordo? Quero dizer, tem certeza de que ele vai voltar para casa?

Ouço o coração de Raven batendo no ritmo do meu.

– Ah, pelo amor de Deus, Red, para onde mais ele iria? Não sei como ele conseguiu passar despercebido por tanto tempo. Exceto em Landing's Market, é claro, e aquilo foi um desastre total. Não, ele vai ter de voltar para casa logo. E pelo que ouvi dizer sobre o caráter do pai, Lockwood não vai hesitar em entregar o filho encrenqueiro para salvar a filha moribunda.

Cinder.

Penso em Ash sozinho no compartimento. Ele conhece o Sr. Billings, é evidente. Talvez também conheça o rapaz, Red. Pelo pouco que sei sobre o pai de Ash, a avaliação do Sr. Billings é precisa.

134

Mas Ash não vai para casa.

E Cinder está morrendo.

O Sr. Billings deve estar muito entretido com o jornal, porque o silêncio se estende por muito tempo. Meus músculos doem com a tensão constante, ininterrupta. Raven e eu temos medo de nos mexer, e começo a ter cãibras nas costas e nos ombros. O trem segue em velocidade constante, que só é reduzida quando chegamos ao imponente portão de ferro que separa o Banco da Fumaça. Ouço o rangido do portão sendo aberto. Os passos pesados dos Guardas dentro do vagão quase fazem meu coração parar de bater.

– Bom dia, senhor – cumprimenta um deles com voz grave.

– Bom dia – responde o Sr. Billings.

Identifico o ruído baixo de uma caneta no papel.

– Vai à Fumaça?

– Exatamente.

– Só o senhor e esse rapaz, correto?

– Sim. E o trem foi revistado por seus colegas antes de sair da casa de acompanhantes.

Passos percorrem o corredor, vão e voltam, passam pelo local onde Raven e eu continuamos encolhidas. Nenhuma de nós se atreve a respirar.

– Muito bem, senhor – diz o Guarda. A porta do trem é fechada.

Suspiro profundamente quando o trem volta a se mover e ganha velocidade.

Chegamos à Fumaça. Só falta mais um círculo.

12

QUANDO O TREM REDUZ A VELOCIDADE, MEUS NERVOS ESTÃO em frangalhos.

Todos os músculos doem, e sinto um pulsar constante na base do crânio como a dor de cabeça de um Presságio.

– Chegamos, senhor – anuncia Red, e seus passos retumbam na madeira sobre nós quando ele se dirige à frente do vagão.

– Sim, eu notei. Pegue minha pasta, por favor. O cocheiro deve estar esperando por nós. Teria sido melhor usar o terminal principal, é muito mais perto, mas o tráfego é um pesadelo a essa hora do dia. Espero voltar ao Banco antes da hora do almoço, sempre tenho uma tosse horrível na Fumaça. Trouxe as pastilhas?

Não escuto a resposta de Red. Voltar ao Banco? E a Fazenda?

Os dois homens saem do trem. Raven e eu continuamos imóveis.

– O que vamos fazer? – sussurro.

Com um rangido, o teto do nosso esconderijo é erguido. A luz machuca meus olhos, e pisco até eles se ajustarem e eu conseguir enxergar Ash parado ao lado do compartimento.

O rosto dele parece de pedra, os olhos lembram fogo. Ele estende a mão, eu a seguro e ele me puxa do esconderijo sem dizer nada. Minhas pernas fraquejam, e eu caio no chão e começo a massageá-las, sofrendo com as agulhas invisíveis que perfuram meus músculos quando o sangue volta a circular. Raven cai ao meu lado.

– O que vamos fazer? – repito. – O trem não vai para a Fazenda.

– Talvez a gente possa se esconder na estação – sugere Raven. – E esperar outro trem.

– Ele vai matá-la. – A voz de Ash é tão gelada quanto sua expressão. Nunca o vi desse jeito. Ele me assusta. – Sabem quanto dinheiro mandei para minha família? O suficiente para comprar remédio para Cinder por alguns anos.

– Acha que a realeza pegou esse dinheiro? – pergunto.

– Não. – Ash cerra os punhos. – Acho que meu pai fez exatamente o que temia que ele fizesse. Ficou com todo o dinheiro.

Ele nunca falou muito sobre o pai. Durante uma daquelas tardes roubadas que passamos no salão de seus aposentos, ele me disse que não eram muito próximos, mas seu tom de voz sugeria alguma coisa muito mais profunda. Ressentimento. Raiva. Ódio, até. Ele contou que o pai preferia seus irmãos gêmeos, Rip e Panel. Que eles eram barulhentos e grosseiros, enquanto Ash era quieto e reservado.

Mesmo assim, o Sr. Lockwood sacrificaria o filho por mais dinheiro?

– Ash Lockwood?

A voz nos paralisa. Um rosto pequeno, sujo de fuligem espia pela porta aberta do vagão.

– É você! O Chave Negra disse para eu ficar atento a todos os trens que chegassem à Fumaça, mas, puxa, não esperava que você aparecesse de verdade. – Então a sociedade secreta de Lucien também tem membros na Fumaça.

– Mudar o cabelo foi uma boa ideia. Como passou pelos Guardas?

O garoto que entra no vagão deve ter uns 12 anos. Usa calça curta demais para ele e um casaco tão gasto que está quase esgarçando nos cotovelos. Acho que a pele é de um tom mais escuro que a de Raven, mas é difícil ter certeza com toda aquela fuligem. O cabelo preto e desgrenhado é tão comprido que entra nos olhos.

Mas ele falou na Chave Negra.

– Mostre a chave – peço.

O menino arregaça a manga do casaco para mostrar o desenho da chave na parte interna do cotovelo. A pele foi desenhada com carvão.

– Você é a 197, certo?

– Meu nome é Violet. Veio para nos ajudar?

– Sim, é claro. Pode me chamar de Ladrão. – o menino sorri, exibindo os dentes. – O Chave Negra diz que apelidos são mais seguros. Meu nome verdadeiro é bobo, mesmo, não faz diferença. Vai mesmo ajudar a derrubar a realeza? O Chave Negra falou que você tem algum poder. Posso ver?

É impossível não sorrir diante de tanto entusiasmo.

– Agora não – respondo.

– Tudo bem. Acho que temos coisas mais importantes para fazer – o Ladrão afasta o cabelo dos olhos. – Tenho que levar vocês ao terminal principal. Acho que encontramos um trem que pode levá-los até a Fazenda. Mas não podem ir como estão. Esperem aqui.

Antes que eu tenha tempo para perguntar alguma coisa, ele desapareceu.

– Quem é Cinder? – pergunta Raven.

Explico rapidamente sobre a irmã de Ash.

– Entendo – diz ela, olhando para ele. – Você quer seu Dia do Reconhecimento. Quer se despedir.

– Ash... Você não pode... – começo. – Não podemos ir vê-la.

– Eu sei. – Ele se irrita. Depois cai sobre um dos assentos do vagão. – Eu devia salvar minha irmã. Falhei.

– Fez o melhor que podia – opino. – Fez a *única* coisa que podia fazer.

– E se fosse Hazel morrendo? Acreditaria em mim, se eu dissesse que fez o melhor que podia?

Tudo em mim se contorce quando penso em Hazel morrendo.

– Não sei – minto.

– Não se preocupe, Violet. Já entendi. Não posso me despedir de minha irmã ou desmascarar meu pai por ser o filho da mãe egoísta que ele é. Acho que já devia estar acostumado com isso, com todo mundo me dizendo o que fazer.

– Não estou dizendo o que tem de fazer. Mas, mesmo que consiga chegar à sua casa, ver sua irmã... É suicídio! Acha que Cinder quer que você morra também?

– Não faça isso. Não fale comigo sobre o que ela quer ou não quer. Não agora, quando ela está tão perto. – Ash olha pela janela do trem. – A última vez que estive aqui, estavam me levando para o Banco. Lembro de ter pensado que este trem era a coisa mais limpa que já tinha visto. Ele praticamente brilhava. Nada na Fumaça brilha, exceto, talvez, o pó de carvão no inverno.

O rosto de Ash se contorce, e tenho a impressão de que ele vai chorar. Mas o Ladrão volta.

– Muito bem... – Ele para ao olhar para Ash. – Tudo... bem?

– A irmã dele mora aqui – diz Raven. – E está morrendo.

– Ah... – O Ladrão adota um ar solidário. – Pulmão negro?

Ash confirma com um movimento de cabeça.

– Meu melhor amigo morreu de pulmão negro no ano passado. Ele ainda nem trabalhava nas fábricas. Foi só de respirar o ar daqui. E a realeza não ia desperdiçar remédio com um menino órfão. Isso não é justo, sabe? Vivemos aqui cercados como animais. Se você nasce menino de rua na Fumaça, essa vai ser sua vida, e nem adianta questionar.

– Nem sempre – diz Ash.

– Alguém perguntou se você queria ser acompanhante? – indaga o Ladrão.

Ash aperta a boca.

– Não.

– É. Eles simplesmente pegam e levam.

– O que pegaram de você?

O Ladrão dá de ombros.

– Meus pais.

– Sinto muito – lamenta Ash.

– Não lembro deles. Bom, temos de ir. Cubram o rosto com isto. – O Ladrão estende as mãos, que estão cheias de fuligem preta.

A fuligem é macia como pó fino, mas, quando a esfrego no rosto, meu nariz começa a coçar em reação ao cheiro, que lembra creosote e asfalto misturados, e é forte e desagradável.

– Vocês duas têm chapéu? – pergunta ele. Raven e eu mostramos as toucas de lã que pegamos no quarto de Ash, na casa de Madame Curio. – Ótimo. Escondam o cabelo.

– Como o Chave Negra encontrou você? – pergunto, e começo a esconder o coque com a arcana dentro da touca.

– Sou o melhor batedor de carteira deste quadrante da Fumaça – responde o menino, com orgulho. – Roubei uma coisa que ele queria, e ele ficou muito impressionado.

– Você o conhece?

Acho muito arriscado Lucien mostrar o rosto para muitas pessoas.

– Ah, não. Ninguém conhece o Chave Negra. Ele sempre se comunica por carta, códigos ou por intermédio de outras pessoas. A Costureira me recrutou. Ela também me dá comida, de vez em quando. Nunca tem o suficiente no orfanato.

– Ele nos analisa. – Muito bem, vamos embora.

– Gosto dele – cochicha Raven para mim quando saímos do trem.

– Fiquem de cabeça baixa e ombros caídos – diz Ash. – Vamos passar despercebidos.

Ando olhando para as tábuas de madeira gasta sob meus pés. Degraus, um, dois, três, quatro, cinco, seis, sete, oito... O ar é denso, como se fosse possível mastigá-lo. É sempre meio ácido, mas temperado com o mesmo sabor e o mesmo cheiro da fuligem que cobre nosso rosto e as roupas. Entendo o que o Ladrão disse sobre contrair pulmão negro simplesmente respirando esse ar. Chegamos à rua, e não consigo deixar de levantar a cabeça, porque somos cercados por corpos, botas esfoladas, calças esgarçadas e rostos magros. Alguns são cobertos por uma película preta, como o nosso, e têm olhos cansados; outros são mais limpos, mais frescos, sinal de que o dia de trabalho está apenas começando. Penso em meu pai, nas noites que passou trabalhando na Fumaça, quando voltava para casa no começo da manhã.

Lembro deste círculo da viagem de trem para o Leilão, as chaminés cuspindo fumaça em vários tons de verdes-acinzentados, vermelhos foscos, roxos nebulosos, a palidez da luz, as ruas cheias de gente. Mas foi um momento passageiro, uma pequena parte de uma imensa jornada. Estar aqui no meio das pessoas, não no trem sobre trilhos elevados, é completamente diferente. Sinto o cheiro de graxa, ouço as conversas abafadas. Pessoas esbarram em mim constantemente, e é um esforço ficar perto de Ash e Raven, ou não perder o Ladrão de vista. Ele é particularmente habilidoso em se movimentar no meio da multidão, desviando das pessoas com tanta facilidade que, às vezes, perco completamente a noção de onde ele está.

A rua onde estamos é muito larga, calçada com pedras grandes, com um trilho de trem correndo no meio. Ela é cheia de fábricas, prédios altos com janelas gradeadas e chaminés que se erguem para o céu nublado. Tenho a impressão de que seguimos o fluxo do tráfego. De vez em quando, trabalhadores se afastam da multidão e entram naqueles monstros de ferro, não sem muito esforço e vários empurrões.

Um barulho alto faz a multidão parar, inclusive Ash e o Ladrão. Bato nas costas de Ash, e Raven bate nas minhas. Vejo um poste de sinalização com o número 27 pintado em vermelho na madeira. Embaixo do número tem um cartaz com o rosto de Ash.

PROCURADO. FUGITIVO.

Olho em volta, nervosa, mas ninguém está olhando para nós. Estamos cobertos de fuligem.

Clang. Clang. Clang.

O barulho se repete.

Um carrinho se movimenta pelos trilhos, vem em nossa direção.

– Marcenarias e ferrarias do Quadrante Leste! – grita o condutor.

O carrinho é, de longe, a coisa mais limpa na Fumaça. É pintado com um vermelho animado que contrasta com seus ocupantes. O condutor veste um uniforme elegante com boné preto. Sobre a frente do bondinho, uma placa escrita em letras maiúsculas anuncia o BONDE N° 27. Embaixo dela, em caligrafia elegante, SERVIÇO DE TRIAGEM PARA OS OPERÁRIOS DA FUMAÇA.

O Ladrão indica o caminho, e Raven, Ash e eu o seguimos e embarcamos segurando os anéis pendurados no teto. O carro está lotado, com todos os assentos ocupados e muitas pessoas em pé. Acho que nem preciso me segurar no anel para ficar em pé. Uma mulher tosse o tempo todo em um lenço. Vejo as manchas vermelhas no tecido branco molhado de sangue. Ninguém se importa. Ninguém olha para nós. Há um clima de derrota no bonde. Posso sentir seu cheiro denso e azedo.

Foi assim que Ash cresceu? Nesse futuro tão pior que a vida dele como acompanhante? Penso no Pântano, no cheiro horrível quando chovia, nas crianças magras, na imundície das ruas. Se Ash visse aquilo, provavelmente pensaria que o palácio da Duquesa era uma opção melhor. Mas não é o exterior desses círculos que importa. Todos têm corações escondidos.

Exceto a Joia, talvez.

O bonde segue barulhento pela rua de pedras, e de repente as fábricas têm uma aparência diferente. Uma série de prédios quadrados ladeia a rua, com chaminés baixas cuspindo fumaça preta. Quase não vejo a placa pintada sobre a porta do prédio mais próximos de nós: FERRARIA DO PADMORE. E, embaixo dele, um letreiro menor: UMA SUBSIDIÁRIA DA CASA DA CHAMA.

– Padmore, Rankworth, Jetting! – grita o condutor quando reduz a velocidade do carro. Operários começam a desembarcar, e outros esperam do lado de fora para entrar.

Cerca de dez minutos depois, paramos de novo. O ar aqui é um pouco mais limpo, os prédios são feitos de pedras cinzentas e são mais altos que as ferrarias, e tem menos fumaça. Ou a fumaça é mais clara. Uma placa sobre a entrada de um prédio anuncia: FERRARIA DO JOINDER. UMA EMPRESA DA CASA DA PEDRA.

– Chegamos – sussurra o Ladrão.

O condutor grita:

– Joinder, Plane, Shelding!

Ele pula do vagão, e nós descemos com os outros operários, atrás de um grupo que se dirige à Joinder. Mas, em vez de entrar na fábrica, o Ladrão desvia por uma rua estreita que leva a uma avenida mais larga. Dois Guardas andam pela calçada do outro lado, abordando um ou outro trabalhador. Ash levanta a gola do casaco para esconder melhor o rosto.

– Devíamos voltar – diz ele. – Vamos pelas vielas atrás das fábricas. Elas vão até o terminal principal.

O Ladrão bufa.

– Faz tempo que saiu daqui. Aquelas vielas foram alargadas. Temos de ir pelo Bulevar da Pedra até as ruas cinzentas.

Raven fica tensa ao meu lado. Ash abre a boca para protestar, mas o Ladrão o interrompe.

– Este é meu quadrante – diz ele confiante. Conheço cada centímetro dele. Vai ter de confiar em mim.

Ash fecha a boca e assente.

O Bulevar da Pedra faz meu coração bater na garganta. Há cartazes de "procura-se" em todos os lugares. Em cada placa de rua, cada porta e cada poste de luz. A rua ferve com uma mistura de carruagens elétricas, carroças e charretes puxadas por cavalos. Há árvores em intervalos regulares, dando à área um clima mais limpo e afluente que nas outras regiões que vi da Fumaça. Os prédios são afastados uns dos outros. Passamos por uma filial do Banco Real, cuja entrada é guardada por duas estátuas de leões, e por um posto do correio com uma escada de mais ou menos vinte degraus finos levando a uma imensa porta de cobre. O gabinete do magistrado domina uma grande parte da rua, e vejo uma imensa bandeira com o brasão do Executor, uma chama coroada atravessada por duas lanças, na fachada de colunas. O rosto de Ash está estampado em todas as janelas. Tem uma carruagem elétrica parada na frente do prédio. Vejo pintado nas portas um círculo azul atravessado por dois tridentes prateados.

O brasão da Casa do Lago.

O pânico me domina tão completamente que fica difícil respirar.

– Ash – exclamo, mostrando a carruagem. – É ela.

– É uma carruagem da Casa, provavelmente – responde ele. – Toda Casa real tem as suas, para transportar seus capatazes e inspetores de fábrica. Ela nunca vem aqui.

Mas Ash não parece muito seguro, e passamos a andar mais depressa.

Quando o Ladrão entra em uma rua menor, estou suando, apesar do ar frio. Viramos à direita, depois à esquerda, outra vez à direita. As ruas, antes de pedra, agora são de concreto áspero. Quando nos afastamos mais das fábricas, casas começam a surgir à nossa volta. Elas ocupam as ruas enfileiradas, reunidas em grupos ou apoiadas umas às outras, como se temessem ser separadas do bando. O lugar é parecido com a área onde Lily mora no Banco, mas as casas aqui não são pintadas de vermelho, amarelo ou azul. São totalmente uniformizadas, com telhado de zinco cinza, chaminés inclinadas e janelas sujas. Cada uma tem uma varandinha na frente da porta. Muitas são tortas e têm a pintura descascada. Uma mulher jovem pendura roupas em um varal esticado entre duas colunas da varanda, enquanto um bebê brinca com um chocalho de madeira no chão, perto dos pés dela. Algumas casas adiante, um homem grisalho e corcunda fuma um cachimbo sentado em sua cadeira de vime. Sinto que ele olha para mim e abaixo a cabeça.

Viramos em uma esquina, e Ash para de repente. Ele me segura pelo braço e puxa para trás de uma varanda, onde se abaixa. Raven e o Ladrão nos seguem.

– Que foi? – sussurro.

– Não podemos parar aqui – diz o Ladrão.

Ash apoia a cabeça na madeira gasta e fecha os olhos.

– Não acredito nisso – murmura ele.

– Que foi, Ash?

Ele abre os olhos.

– Você viu? A casa?

Espio pela lateral da varanda. A fileira de casas parece igual, para mim. São todas pequenas, pobres, uniformes... Até um determinado ponto da rua. O prédio de três andares contrasta com o céu escuro. Parece ter tido o mesmo tamanho das outras casas um dia, mas depois agregou as vizinhas dos dois lados, o que deu a ela uma aparência inchada, irregular. A casa foi pintada de um verde extravagante com janelas de venezianas azuis, um contraste espantoso no meio de tanto cinza. Há duas carruagens elétricas paradas na frente da casa, e dois Guardas protegem a porta.

– Que cor horrível – comenta Raven.

– Quem mora lá? – pergunto.

– Eu morava – diz Ash.

– Ah. Não parece com a fotografia que eu vi.

– O lugar grita dinheiro – fala ele, por entre os dentes.

Olho de novo pela lateral da esquina onde estamos e vejo dois homens saindo da casa. Um é um jovem com cabelos cor de laranja, o outro é velho com um casaco de lã e um chapéu-coco. Red e o Sr. Billings. Eles entram na carruagem elétrica e se afastam da casa, deixando os Guardas em seus postos.

– Foram embora – digo. – As pessoas da casa de acompanhantes.

Ash olha para mim com ar suplicante.

– Posso... olhar pela janela? Não preciso falar com ela. Só quero vê-la. Antes que ela vá embora para sempre.

Olho para ele e sei que é uma grande bobagem tentar se aproximar da casa.

– Tem Guardas do lado de fora – aviso. – Você seria preso dois quarteirões antes de chegar lá.

– Posso distrai-los – oferece-se o Ladrão.

– Acho que não é uma boa ideia – insisto. – Não precisa arriscar sua vida por isso.

– Arriscar minha vida? – O Ladrão ri. – Não só corro mais que aqueles dois, como sou capaz de desaparecer de um jeito que vocês nem acreditariam. Já disse, estamos no meu quadrante. Conheço todos os esconderijos. E não tenho medo da Guarda. – Ele olha para Ash. – Eu entendo. Você precisa se despedir – deduz, repetindo o que Raven falou mais cedo.

O rosto de Ash empalidece embaixo de toda aquela fuligem.

Eu afago a mão dele. Cinder está tão perto! E ele me pediu tão pouco!

– Eu vou com você – decido.

– Não, Violet, você...

148

– Não estou pedindo permissão.

Todos nós temos coisas que precisamos fazer, por mais que pareçam bobas ou perigosas. Ajudei Raven, em vez de tomar o soro. Sei o que é arriscar a vida por alguém que se ama. Não posso negar a ele essa última chance. Se fosse Hazel morrendo e eu estivesse a poucos metros dela, faria exatamente a mesma coisa. Mas não vou deixá-lo encarar isso sozinho. Chegamos longe demais para isso.

Tem um espaço embaixo da escada da varanda, acho que é um bom esconderijo. Olho para Raven.

– Fique aqui. E você – acrescento, e viro para o Ladrão –, cuide dela. O que quer que aconteça, garanta a segurança dela.

– Não faça isso – diz Raven. – Não fale sobre mim como se eu não estivesse aqui. Minha cabeça pode estar confusa e ter sido embaralhada para funcionar contra mim, mas sou Raven Stirling. Posso tomar minhas próprias decisões.

Aquilo me faz sorrir. Ela está voltando. Minha Raven está voltando. A Condessa não conseguiu destrui-la completamente.

– Eu sei – respondo. – Mas não suporto a ideia de você correr perigo de novo. Por favor, Raven. Por mim. Cuide da sua segurança.

Ela estreita um pouco os olhos.

– Você sempre soube usar a culpa.

Dou risada.

– É bom saber que não perdi o jeito. – Levanto as mãos e, com cuidado, tiro a arcana do coque. – Fique com isso, só por precaução.

Raven segura o delicado diapasão de prata.

– Você vai voltar – diz ela.

Movo a cabeça em uma resposta afirmativa.

– É só precaução – repito.

Assim, Lucien, Garnet ou alguém pode encontrar Raven, se acontecer alguma coisa comigo e com Ash. Não vou deixá-la completamente sozinha.

– Prontos? – pergunta o Ladrão. Vocês terão só alguns minutos.

Ash assente.

– Não deixem que eles peguem vocês – fala o menino, sorrindo. – Esse é meu lema. – Ele corre para a rua.

– Eu o vi! – grita o Ladrão para os Guardas. – Aquele acompanhante. Está lá na ferraria do Joinder. Por aqui!

E corre em direção contrário à do nosso esconderijo. Os Guardas parecem surpresos por um instante, até que um deles diz:

– Atrás dele!

Os dois se afastam correndo e deixam a casa sem vigilância.

– Vamos, não temos muito tempo – digo.

Raven se esconde embaixo da escada, enquanto Ash e eu corremos pela rua. Uma varanda meio inclinada contorna a casa, e o primeiro andar tem três janelas grandes. Subimos os degraus sem fazer barulho e nos abaixamos perto da primeira janela quando alguém abre a porta.

Uma mulher sai da casa usando um casaco pesado e carregando uma bolsa. Fico chocada com o quanto ela é parecida com Ash. É vários anos mais velha que na fotografia que vi, mas não há dúvida de que Ash é seu filho. Ela franze a testa ao nos ver.

– Desculpem, mas o que estão... Oh! – A mulher cobre a boca com a mão.

– Mãe? – Ash levanta.

Eles se encaram por um momento. Lembro do meu Dia do Reconhecimento, o dia em que os cuidadores do Portão

Sul nos deixaram voltar para casa para um último encontro com a família antes de sermos vendidas. Ash não teve nem isso. Ele me contou que não vê a família há quatro anos.

A Sra. Lockwood corre para nós.

– Oh, Ash – diz ela, e abraça o filho. – Ah, meu menino... Olha para você, está... Está crescido. Mas... por que veio? Por que viria? Estão atrás de você, eles...

Ela olha em volta e percebe que os Guardas sumiram. E também me vê.

– Quem...?

– Preciso ver Cinder – diz Ash. – Não tenho muito tempo.

Tenho que reconhecer, a mãe de Ash compreende bem depressa a gravidade da situação.

– É claro – diz ela, e abre a porta para entrarmos na casa.

– Mas falem baixo. Seu pai e seus irmãos estão nos fundos.

O interior da casa é parecido com o exterior, como se houvesse sido um espaço menor ampliado com o passar do tempo. Tem uma escada à minha direita, e uma grande área de estar na minha frente. A mobília é descoordenada, algumas peças aparentemente caras, outras feitas em casa. Uma poltrona foi posta perto de uma parede ao lado de uma banqueta rústica de madeira. Uma mesa de entalhe requintado domina o centro da sala, e sobre ela tem uma bandeja de chá com xícaras lascadas. E em outra poltrona ao lado das janelas, uma menina pequena com uma camisola branca está sentada com um livro aberto nas mãos.

– Cinder? – sussurra Ash.

O livro cai no chão.

– Ash? – chia Cinder, depois é sacudida por um ataque de tosse.

Ela é a sombra da menina que vi na fotografia. Ossos salientes, pele colada aos braços e às faces, grandes sombras escuras embaixo dos olhos. O cabelo, antes encaracolado, agora cai sem vida sobre os ombros. Ela segura um lenço salpicado de sangue em uma das mãos.

Ash cai de joelhos na frente dela.

– Ei, nabinho – diz ele.

– Por que veio para cá? – pergunta Cinder. – Estão atrás de você.

– Queria ver você.

O suspiro de Cinder se transforma em tosse. Ela abaixa o olhar.

– O pai vai matar você.

– Eu não pretendia chegar tão longe. – Ash segura a mão dela com gentileza. – Sinto muito. – Ele abaixa a cabeça, e seus ombros tremem.

Cinder parece precisar de toda energia que tem para se inclinar e beijar os cabelos do irmão. Lágrimas correm pelo rosto da Sra. Lockwood, que assiste a tudo.

– Isso não é sua culpa – diz Cinder.

– Eu tentei.

– Eu sei.

– Não foi o suficiente – sussurra Ash.

Cinder se esforça para levantar a mão e tocar o rosto dele.

– Foi – retruca. – Acha que não sei todas as coisas que fez por mim. Mas eu sei. – A mão dela cai sobre o colo. – Lembra como apostávamos corrida até a escola? E você sempre me deixava ganhar?

– Eu não deixava.

Ela ri com o peito chiando.

– Certo. E naquele ano em que todas meninas ganharam bonecas de porcelana na Noite Mais Longa, nós não tínhamos dinheiro para isso, e você fez uma boneca para mim com palha, pano de saco e um vestido velho da nossa mãe?

O nó de tristeza em minha garganta é tão grande que não consigo engolir. Ash também parece muito emocionado.

– Acho que foi a boneca mais feia da cidade toda – diz ele com uma tentativa desoladora de ser engraçado.

– Foi perfeita. Todo mundo riu de mim, mas eu não me importei. – Cinder se recosta como se a conversa a deixasse exausta. – Sinto muito, Ash. Lamento ter ficado doente e você ter precisado ir embora. Lamento que o pai lhe batesse e fizesse você se sentir mal o tempo todo. Lamento que Rip e Panel e todos os meninos na escola tenham sido cruéis. Desculpa por não ter podido fazer nada para manter você aqui comigo.

– Não tem de se desculpar por nada. – Uma lágrima escorre pelo rosto de Ash. – Não quero deixar você de novo.

O rosto de Cinder passa de relaxado a alerta.

– Precisa sair daqui antes que o pai veja você. Por favor. Por mim.

Ash leva uma eternidade para responder.

– Por favor – repete ela. – Ele vai entregar você. Não suporto pensar que você também pode morrer.

O fato de ela saber, entender exatamente o que está acontecendo com ela e ser capaz de falar com tanta coragem parece rasgar Ash ao meio. Nunca o vi tão derrotado.

– Tudo bem – concorda.

Cinder sorri. Vejo que ela tem um dente torto na frente.

– Fico feliz por ter conseguido ver você – diz.

Ash beija seu rosto.

– Amo você, nabinho.

– ... não devia ter aceitado a porcaria do trabalho. – Uma voz masculina ecoa em algum lugar no fundo da casa, e uma porta bate. – Devia ter ficado na Joinder, com a Casa da Pedra. Aquele garoto desgraçado arruinou todas as nossas chances. Acha que a Duquesa vai me deixar trabalhar em algum lugar, exceto na limpeza das fornalhas, talvez, por meio diamante por mês? Como vamos sobreviver assim? A Sra. Lockwood parece apavorada.

– Vá – sussurra ela para o filho.

– Queria que Ash voltasse para casa como o idiota que é – comenta uma voz mais jovem, também masculina. – Assim, esse problema não seria mais nosso.

Antes que a gente possa sair, três pessoas entram na sala, e eu as reconheço imediatamente.

O pai de Ash é um homem grande com cabelos escuros e encaracolados e braços e ombros musculosos. A boca encurvada para baixo dá a ele uma expressão eternamente cruel. Ele segura uma garrafa de vidro marrom em uma das mãos. Logo atrás do Sr. Lockwood, vejo dois garotos idênticos que seriam réplicas exatas do pai, não fosse pela estatura menor e pelo nariz arrebitado. Rip e Panel. Não sei quem é quem.

Eles param ao ver Ash, que se levantou e está olhando para o pai de cima, os olhos brilhando como chamas verdes.

– Oi, pai.

– Você... Como entrou aqui, rapaz? – O Sr. Lockwood se volta para a esposa. – Foi você, não foi? Sempre mimando o menino, nunca deu a ele uma chance de se tornar um homem de verdade. O lugar desse garoto é na prisão!

– Não fale com ela desse jeito – reage Ash.

– Você não faz mais parte dessa família, Ash – avisa um dos gêmeos. – É idiota o bastante para pensar que o protegeríamos? Quando aquele homem do Banco apareceu aqui, todo certo de que você voltaria para cá, quis dar risada na cara dele. Mas acho que você é tão burro quanto eles pensam que é.

O outro gêmeo ri.

– Não tenho mais 12 anos, Panel – diz Ash. – Suas ameaças não têm importância nenhuma.

– Deviam ter. Se entregarmos você, não vai escapar da morte.

– E ainda ganhamos uma bolada de dinheiro – acrescenta Rip, o outro gêmeo.

– Meninos, parem com isso, por favor – pede a Sra. Lockwood.

– Muito bem, me entreguem – desafia Ash. – Sejam os covardes que sempre soube que eram.

– Ah, nós somos os covardes? – reage Rip. – Quem sempre foi atormentado na escola? Quem sempre vinha correndo para a mãe quando as coisas não aconteciam do seu jeito?

– Isso não tem a ver com a gente, seus idiotas – explode Ash. – Não tem a ver com quem é mais forte, quem corre mais ou quem é o queridinho do pai. – Ele olha para o pai.

– Você devia estar *salvando* Cinder. De que adiantou eu ir embora, pai? Não saí daqui para você comprar toda a vizinhança e viver como um Nobre Pobre. Você não é da realeza, nunca será. Aquele dinheiro era para ela!

– Aquele dinheiro era *meu*! – grita o Sr. Lockwood. – Eu criei você, filho da mãe ingrato. Pus comida na sua barriga e roupas em cima do seu corpo. Tive que aturar todas as suas fraquezas, todos os seus fracassos. Eu sou seu pai, eu ganhei aquele dinheiro, e gastei como achei que devia.

– *EU* GANHEI AQUELE DINHEIRO! – grita Ash. Seu rosto está vermelho e congestionado. – Foi o meu corpo que eles usaram, a minha dignidade que tomaram! Eles me usaram e me fizeram fingir que gostava daquilo, roubaram minha vida, e você acha que tinha direito a alguma coisa?

– Tinha de ir para a cama com as filhas da realeza, e está reclamando? – pergunta o Sr. Lockwood, incrédulo. – Você ganhou um presente, garoto! E jogou fora, estragou tudo como sempre faz, e nós precisamos arcar com as consequências. – Ele olha para os filhos. – Vão buscar os Guardas. Não sei como ele se livrou dos que estavam lá fora, mas deve haver mais alguns por perto.

Nesse momento, a porta é aberta e um Guarda entra na casa.

Eu sufoco um grito. Ash e a mãe viram, e Cinder tem um ataque de tosse.

É o fim. Não vamos sair da Fumaça.

Ash e eu fomos pegos.

13

— Prendam-no! – O Sr. Lockwood aponta para o filho.

– Venha! – grita o Guarda para mim.

Garnet.

Ash e eu não hesitamos nem por um momento. Passamos pela porta e corremos antes que o Sr. Lockwood tenha uma chance de perceber o que está acontecendo. Tem uma carroça puxada por cavalos parada na frente da casa. O Ladrão ocupa o assento do condutor e sorri para nós como se tivesse conquistado o grande prêmio em uma féria local. Um grande pedaço de tecido rústico cobre a parte de trás da carroça.

Garnet levanta o tecido e mostra Raven encolhida em posição fetal, os olhos arregalados.

– Depressa – sussurra ele, e nos encolhemos na carroça ao lado dela. O pano nos cobre e a carroça parte sem Garnet.

– Tudo bem? – pergunto a Raven.

– Sim – responde ela. – A arcana começou a vibrar depois que você se afastou. Acho que Garnet ficou preocupado conosco. Eu contei a ele onde vocês estavam. Ele devia estar perto daqui, porque chegou quando começamos a ouvir os gritos dentro da casa. Em seguida, o menino apareceu com a carroça, que deve ter roubado, eles mostraram aquelas chaves um para o outro e mandaram eu me esconder, e eu me escondi aqui. – Ela olha para Ash. – Você a viu?

Ash contrai a mandíbula com tanta força que tenho a impressão de que ele vai quebrar os dentes.

– Eu devia ter batido nele – resmunga ele.

– Acho que não teria ajudado em nada – opino.

– Ele a está matando e nem se importa! – Ash dá um soco no assoalho da carroça. – É como se tivesse merecido o dinheiro. Como se tivesse algum direito...

– Conseguiu se despedir dela – lembro.

Ele vira o rosto para o outro lado.

– Sim. Mas queria ter tirado Cinder de lá.

Raven e eu nos olhamos, mas não falamos nada.

A estrada é acidentada, e o Ladrão conduz a carroça em alta velocidade, nós três somos jogados de um lado para o outro, e eu começo a ficar tonta. Depois de mais ou menos uma hora, a carroça para e o tecido que nos cobre é removido.

Vejo uma mulher jovem de 20 e poucos anos, calculo. Ela usa um casaco cinza e simples, e os olhos escuros encontram os meus.

– 197?

Não me incomodo em corrigi-la, porque acho que não é hora para isso.

– Mostre a chave – digo.

Ela vira e levanta o coque na base da nuca, e eu vejo a chavinha tatuada em sua pele.

– A Costureira vai cuidar de vocês daqui em diante – avisa o Ladrão. – Mas é melhor se apressarem. O quadrante vai ser inundado de Guardas em pouco tempo.

– Obrigada – digo a ele enquanto desço da carroça.

– Por nada. Talvez um dia possa me mostrar aquele poder de que falou o Chave Negra.

Eu sorrio, e pelo canto do olho vejo uma pequena erva daninha crescendo entre as pedras do calçamento. Eu me abaixo e a arranco do chão.

Um: ver o objeto como é. Dois: ver o objeto em sua mente. Três: submetê-lo à sua vontade.

Sinto a vida dentro da erva daninha, o pulsar das folhas delicadas, e meus dedos esquentam quando um dente-de--leão brota do meio deles. As agulhas invisíveis que perfuram meu cérebro são encobertas pela adrenalina que inunda meu corpo enquanto a flor amarela desabrocha em minha mão. Mostro o dente-de-leão para o Ladrão e sorrio diante de sua expressão surpresa.

Ele pega a planta lentamente.

– Uau – suspira, e a segura como se fosse uma pedra preciosa.

– Vamos – diz a Costureira. – Precisamos correr. – Ela não parece impressionada com o Presságio quando nos leva a outra carroça maior, puxada por dois cavalos e carregada de barris e caixotes de madeira. A Costureira sobe no veículo e começa a remover as tampas dos recipientes. – Entrem – diz, e estende a mão para ajudar Raven a subir. Ash é o segundo a embarcar, e eu subo por último.

Um barril contém rolos de tecido e bolas de fios.

– Raven – digo. – Entre neste aqui. – Acho que é um pouco mais confortável.

Afastamos os tecidos e abrimos um buraco grande o bastante para ela se sentar. A Costureira aponta um caixote que contem lâminas de vidro e palha para embalar.

– Eu fico com esse – diz Ash. – Você fica com aquele.

Ele aponta um barril com contas de cores vibrantes até a metade. Eu assinto.

– É isso. – Seguro a mão dele. – Depois disso, chega de fugir.

Ash responde com um meio sorriso, e sei que ele está pensando na família.

– Entrem – insiste a Costureira.

Ash estremece enquanto entra no caixote e deita sobre o vidro.

A Costureira já devolveu a tampa ao barril de Raven e se prepara fazer a mesma coisa com o caixote de Ash. Ponho um dos pés no barril de contas. Elas se movem naturalmente em torno da minha perna até eu pisar no fundo. A sensação é bizarra quando me abaixo entre as contas, como sentar em um saco de ervilhas. Olho para cima e vejo a Costureira parada ao lado do barril.

– A carroça está identificada para fazer entregas na Fazenda – diz ela. – Vocês devem embarcar em um trem em poucas horas.

Não gosto de como ela diz "devem".

– Não sei quem estará esperando ou para onde vão levar vocês. Fiz o que eu podia fazer.

A jovem parece decepcionada com ela mesma. Queria poder ficar em pé e encará-la, em vez de ficar encolhida dentro de um barril de contas.

– Obrigada – respondo.

– A cidade apodreceu há muito tempo. Não podem mais nos impedir de ser quem somos. Não podem mais comandar nossa vida. Você e o Chave Negra são nossa esperança.

Engulo em seco, mas não consigo falar nada antes de ela devolver a tampa ao barril e a escuridão me engolir.

Não sei quanto tempo ficamos esperando naquela carroça. As contas ferem minha pele, e minha cabeça e minhas costas doem com o medo e a exaustão.

Ah, Lucien, espero que isso valha a pena.

160

É horrível pensar nisso. É claro que vai valer a pena. Eu preferia estar no Palácio do Lago, amarrada a uma maca até dar à luz e morrer? Penso em todas as injustiças que sofri, perder minha família para o Portão Sul, perder minha liberdade para a Duquesa. A morte de Annabelle, seu sangue em minhas mãos. Lily grávida e sentenciada à morte no Banco. Penso no filho do Sapateiro, levado para integrar a Guarda, nos pais do Ladrão, mortos pela realeza. Nem conheço essas pessoas, mas se puder fazer alguma coisa para tornar uma vida um pouco melhor, não vai valer a pena?

Lembro a total falta de esperança dos trabalhadores na Fumaça, como a derrota pairava pesada como as nuvens de fuligem no ar. Penso no intenso contraste com o Baile do Executor, as intermináveis garrafas de champanhe, os vestidos brilhantes, a dança, a música... São dois universos distintos, não apenas partes diferentes da mesma cidade. A realeza toma, toma, e é como se nunca nada fosse suficiente para eles. Roubam garotas que devem ter seus filhos, garotos que devem protegê-las, ou seduzi-las, ou servi-las. Mas não somos objetos. Não somos a última moda, nem o prêmio mais caro. Somos gente.

E vou colaborar para que eles entendam isso.

FINALMENTE, A CARROÇA PARTE. O PISO É ACIDENTADO, E eu entro imediatamente em alerta.

Ouço vozes gritando por todos os lados, grunhidos de homens que carregam volumes pesados, o ranger de cascalho, depois o apito ensurdecedor de um trem.

– Para onde? – pergunta uma voz que tem um tom oficial.

– Fazenda. Quadrante Sul. Estação Bartlett.

Não reconheço a voz de quem está conduzindo a carroça. Será algum membro da Sociedade, ou alguém que nem sabe que está ajudando fugitivos?

– Documentos?

Ruídos de movimentação. Tenho medo de me mexer, medo de que o ruído das contas traia nossa presença.

– Muito bem, a documentação está em ordem. Siga em frente.

A carroça retoma a viagem. Ouço o chiado de motores a vapor e mais gritos, e quase deixo escapar um grito alto quando o barril em que estou é levantado. Cubro a boca com uma das mãos e mantenho a outra apoiada à lateral do barril para me segurar. Felizmente, quem está carregando os barris não os rola. Sou sacudida no ar, uma sensação que desorienta, até que, com um baque, o barril volta à terra firme. Sinto que deslizo para trás até bater em alguma coisa sólida e, finalmente, parar.

Ouço mais baques e barulhos variados enquanto outros barris são levados para o que imagino ser um trem de carga.

Mais um apito agudo, e o trem começa a se mover.

Sou tomada pelo entusiasmo. Estamos a caminho da Fazenda.

É impossível ficar confortável neste barril. Contas me espetam em todos os lugares, e quero muito esticar as pernas. Meu estômago se contorce de fome. Quando foi a última vez que comi? Deve ter sido na casa de Lily. A sensação é de que foi há meses. Começo a sonhar com a comida que tinha na Joia. Ovos quentes servidos em tacinhas com torradas. Salmão defumado e cream cheese em bolachas salgadas. Cordeiro com geleia de hortelã. Pato e figos sobre uma salada de frisée.

O balanço do trem e a vibração do motor embalam meu sono. Acordo com um tranco e o ruído de uma porta de correr sendo aberta.

– Estação Bartlett – anuncia uma voz ao longe.

– Quais, senhor? – pergunta um jovem mais perto de nós.

– Aqueles três. – A voz de Lucien enche meus olhos de lágrimas. – Cuidado – diz ele quando meu barril desliza pelo trem e, mais uma vez, sou levantada e posta no chão com um solavanco desagradável.

– Esse é o único – informa uma voz desconhecida.

– Muito bom. Isto é para você.

– Obrigado, senhor.

Ouço o barulho de metal contra metal, depois o estalo de um chicote, e nosso meio de transporte começa a se mover. Depois de alguns minutos, reconheço a voz de Garnet.

– Eles já podem sair?

– Ainda não – responde Lucien. – Vamos esperar até entrarmos na floresta.

A estrada por onde viajamos é esburacada e difícil, e sou sacudida dentro do barril. As contas esfolam meus cotovelos e se agitam à minha volta. Espero que a tal floresta não esteja muito longe. Todo o medo dos últimos dias está desaparecendo aos poucos, substituído pela vibração do entusiasmo. Estou na Fazenda. Lucien está aqui. E Ash, e Raven.

– Você trabalhou muito bem – diz Lucien depois de um tempo.

– Quero ver esse lugar, seja onde for – responde Garnet.

– Sim, você conquistou esse direito. – Uma breve pausa. – Sil não vai gostar, é claro.

– Não tenho medo dela.

Lucien ri.

– Devia ter.

163

Seguimos por outra estrada, esta mais regular, e por outra pior que a primeira. Estou pensando que agora deve ser mais seguro, que talvez eu possa me arriscar a gritar para Lucien lembrando que estamos presos há nem sei quanto tempo, quando, finalmente, paramos.

Meu coração dispara quando a tampa do meu barril é removida e o rosto de Garnet aparece lá em cima.

– Oi, Violet.

– Oi, me tire daqui – peço, estendendo as mãos para ele me puxar.

Quando piso em solo firme, minhas pernas tremem tanto que não consigo sustentar meu peso e caio em cima dele.

– Vou ajudar você a descer – diz Garnet.

Ele praticamente me carrega até a beirada da carroça e me ajuda a descer. Lucien está lá embaixo protegido por um grosso manto de pele.

Não consigo evitar. Começo a chorar. Soluços altos e constrangedores que rasgam meu peito e fogem pela garganta me deixando sem ar, revirando o estômago.

– Ah, meu bem – diz ele, quando caio em seus braços.

– Estou muito orgulhoso de você.

Quero argumentar, dizer que não fiz nada além de tornar tudo isso ainda mais difícil, talvez, mas não tenho forças. Ouço Garnet abrir o outro barril e o caixote.

Ash desce da carroça e eu o abraço.

– Não foi minha maneira favorita de viajar – murmura ele, e eu dou risada.

Garnet ajuda Raven a descer. Ela olha em volta com ar encantado.

– O ar aqui é limpo – diz.

Não havia notado, mas agora que ela mencionou, respiro profundamente e olho em volta.

Anoiteceu. Há duas lamparinas penduradas no assento do condutor da carroça, espalhando uma luminosidade dourada pelas árvores que nos cercam. Isso é tudo que posso ver. Viro lentamente e de queixo caído. Árvores grandes e pequenas, árvores finíssimas com galhos delicados, troncos grossos como os dos velhos carvalhos que vi na Joia, na floresta que tínhamos de atravessar para chegar ao Palácio Real. Lembro dela bem-cuidada e aparada, antes de dar lugar a um jardim de topiarias. Mas tem algo ainda mais bonito nesta floresta, e levo um instante para entender o que é.

O lugar é natural. Antigo. Cresceu em seu ritmo, sem a interferência do homem.

– Conseguiu chegar até aqui – diz Lucien, colocando um manto grosso sobre meus ombros –, e sei que tem sido difícil, mas vai ter de nos ajudar no resto do caminho.

– Como assim?

Ele aponta uma árvore próxima com um tronco cinza-claro. Um símbolo foi entalhado na casca, um C entrelaçado a um A.

– Não posso passar daqui sozinho.

– O que é isso? – pergunto.

– Um sinal que Azalea deixou para mim. O lugar para onde vamos é quase impossível de achar sem a ajuda de alguém com o poder dos Presságios.

– Não entendi.

Olho para Raven, e ela encolhe os ombros.

– Eu sei, mas vai entender – garante Lucien. – Vamos.

Ele me leva à frente da carroça, em que um cavalo sacode a crina e exala nuvens brancas no ar. Lucien solta uma das lanternas e a coloca em minha mão.

– Você vai na frente – diz. Ash se aproxima de mim, mas Lucien levanta a mão. – Não. Ela tem de fazer isso sozinha.

– Para onde eu vou? – pergunto.

Lucien dá de ombros.

– Siga seus instintos.

Meus instintos? Meus instintos estão dizendo que isso é impossível, e estou pronta para deixar outra pessoa assumir o controle. Achei que seria fácil quando chegássemos à Fazenda. Lucien é o detentor dos planos e esquemas. Eu só quero estar segura. Quero segurança para os meus amigos, e não quero mais fugir. Penso em tudo que aconteceu desde aquela noite horrível em que Ash e eu fomos pegos, as promessas feitas por Lucien, os sustos, Cinder morrendo, e Lily, também, em algum momento, e lágrimas inundam meus olhos. Levanto a lanterna e começo a andar por entre as árvores.

Não quero que ninguém veja o quanto estou apavorada. Não posso desapontá-los. Mas tenho muito medo de que meus instintos não signifiquem nada.

Ouço o barulho dos cascos do cavalo e o ruído cadenciado das rodas da carroça, e sei que eles estão me seguindo. Seguro o manto contra o corpo e mantenho a lanterna erguida com a outra mão. As árvores são como aparições fantasmagóricas, os galhos tentando me tocar.

Quando mais penetro na floresta, mais densas elas vão se tornando. Encurvam-se e alongam-se de um jeito sobrenatural, os troncos flexionados em ângulos inesperados, os galhos baixos mergulhando na terra, em alguns casos. Fico preocupada com a possibilidade de não haver espaço para a carroça passar, se a floresta se tornar ainda mais fechada. E me preocupo com a possibilidade de estar indo na direção errada. Não há caminho a seguir, nada para me guiar.

Mas quando estou quase virando para dizer a Lucien que isso não vai dar certo, eu sinto. Uma pressão leve no peito, como se alguma coisa fisgasse minhas costelas e me puxasse.

– Violet, sentiu isso? – pergunta Raven.

Não quero perder a concentração, por isso ignoro a pergunta de Raven e viro à esquerda de repente. A sensação fica mais forte. Ela me conduz por entre as árvores e, de repente, tenho certeza do caminho a seguir, mesmo sem saber para onde vou, como se já tivesse estado aqui antes.

A neve começa a cair fraca. Flocos delicados e brancos cintilam à luz pálida e passam por entre as árvores retorcidas. Olho para o céu e tenho a impressão de estar dentro de um globo de neve, um mundo em miniatura contido em uma bola de vidro. E quando volto a olhar para as árvores, vejo uma luz. Um brilho pequeno e distante.

Sigo em frente cambaleando, desviando dos troncos e me esquivando dos galhos, até chegar ao limite de uma grande clareira. No centro do espaço aberto há uma grande casa de tijolos com dois andares e uma varanda ampla na frente. Atrás dela, ao longe, consigo distinguir o contorno sombrio de um celeiro.

Tem luz em uma das janelas do primeiro andar da casa.

– Muito bom – fala Lucien quando a carroça se aproxima de mim. Garnet está sentado ao lado dele, os olhos bem abertos. Ash e Raven se debruçam sobre a beirada da carroça para enxergar melhor.

– Como eu disse… É quase impossível de achar. – Lucien está sorrindo para mim. – Pode acreditar, passei horas andando sozinho pela floresta, tentando encontrar esse lugar.

– Mas… o que é isso? – pergunto.

– Sua nova casa. – O sorriso dele se torna mais largo. – Bem-vinda à Rosa Branca.

14

A PORTA DA CASA É ABERTA. UMA PESSOA BAIXA APARECE na varanda, sua silhueta recortada contra a luz.

– Lucien! – chama uma voz feminina. – Pare de se esconder aí como se fosse um ladrão!

– É Sil – diz Lucien quando me ajuda a sentar ao lado dele na carroça e parte em direção à casa. Tem um caminho estreito até lá, e vejo uma placa gasta em um poste cravado na grama. Quando passamos, a lanterna ilumina o letreiro desbotado: A ROSA BRANCA. Olho para trás, para Ash e Raven. Ash parece confuso e um pouco desconfiado, mas o rosto de Raven se alegra quando ela analisa o ambiente.

– Quem é Sil? – pergunto a Lucien.

Ele hesita.

– Vou deixar que ela mesma explique.

Quando nos aproximamos mais da casa, vejo um jardim natural, morto agora no inverno, ocupando toda a área na frente da varanda. Tufos marrons de hera envolvem as balaustradas e sobem pela fachada de tijolos.

Lucien para a carroça. A mulher, Sil, não vem nos receber. Em vez disso, fica parada na porta, os traços obscurecidos pela luz que vem de dentro da casa.

– Quantas pessoas você trouxe? – pergunta ela, impaciente.

– Essa é Violet – anuncia Lucien, apontando para mim.

– Sei quem ela é. E os outros?

– São meus amigos – explico.

– Eles não são bem-vindos aqui.

– Não vou a lugar nenhum sem eles.

Sil bufa.

– Não gosta muito de facilitar as coisas para você, não é?

Não respondo. Não vim até aqui para abandonar Ash e Raven agora. Não vou.

– Sil... – começa Lucien, mas ela o silencia com um gesto.

– Entrem, todos vocês – decide ela. – Antes que morram congelados.

Não sei o que pensar dessa mulher, e pela cara de Raven, Ash e Garnet, eles também não sabem. Mas seguimos Ash pela escada para a varanda e para o interior da casa.

O primeiro andar é completamente aberto, um grande cômodo que abriga uma sala de estar, uma sala de jantar e a cozinha. O piso é coberto por tapetes feitos à mão em uma variedade de cores e estampas. Alguns são de peles de animais, outros, tecidos com lã tingida. Tem um tear perto da parede à minha esquerda, e nele um trabalho em andamento, uma peça azul e roxa. Boa parte da mobília também parece ter sido feita à mão, embora não tenha a mesma qualidade dos móveis que meu pai fazia. Um sofá com estofamento exagerado. Uma cadeira de balanço ao lado de uma lareira onde crepita um fogo já em extinção. A mesa de jantar. Na cozinha, um grande fogão de ferro forjado, uma pia enorme e um rack no teto onde há panelas e potes de tamanhos e formas variados. A escada no canto mais distante leva ao segundo andar.

É muito diferente da opulência do palácio da Duquesa, com seus tapetes espessos, os lustres e as camas de dossel.

Mas gosto mais desta casa. Aqui é confortável. Tem um clima de lugar habitado e bem-cuidado. De lar.

Alguma coisa ferve em um caldeirão no fogão, enchendo todo o espaço com o cheiro de carne e vegetais em cozimento. Meu estômago ronca.

– Bom – a voz de Sil me traz de volta ao momento –, vamos dar uma olhada em você, então.

Viro e me vejo diante de um par de claros olhos azuis, tão claros que parecem quase prateados. Sil é velha, mais velha que minha mãe, com pele cor de café com leite. Há rugas profundas em torno da boca e dos olhos. O cabelo é embaraçado e preto, mas há mechas grisalhas nas têmporas, e os fios frisados formam uma nuvem que parece flutuar em torno do rosto. Ela veste um macacão masculino, uma jardineira, sobre camisa de manga comprida. Percebo que a mão direita tem muitas cicatrizes.

Ela é bem mais baixa que eu, mas me estuda com um olhar atento e crítico. Lembro meu primeiro encontro com a Duquesa, mas agora não sinto o mesmo medo.

– Então, você é a última nota máxima? – diz, referindo-se ao dez que tirei no terceiro Presságio, Crescimento. Depois olha para Lucien. – Ela não parece ser dura como Azalea.

– Ela é exatamente o que você pediu – responde Lucien com tom seco.

Olho para ele chocada.

– Quê? Como assim?

– Não contou a ela, não é? – deduz Sil.

– Contar o quê? – insisto.

– Eu falei que a única chance desse plano idiota dar certo seria encontrarmos uma substituta com nota máxima em Crescimento – explica Sil. – É você, certo?

– Mas... Eu pensei... Lucien?

Não sei o que dizer. Lucien não me contou nada disso. Ele disse que me escolheu porque eu era parecida com a irmã dele.

– Violet – fala ele, e dá um passo em minha direção. Recuo um passo instintivamente. – Eu falei a verdade. Você é muito parecida com ela, com Azalea. E também teve nota máxima em Crescimento.

– Devia ter me contato.

– Teria feito alguma diferença? Teria confiado mais ou menos em mim?

Não quero responder.

Sil ri novamente.

– Não é a figura paterna perfeita que esperava ver, é? Azalea pensava a mesma coisa.

O pânico surge no rosto de Lucien.

– Não diga isso – falo, irritada.

– Ela teve de morrer para que ele visse, realmente, que as coisas têm de mudar – diz Sil.

– E qual é a sua desculpa para viver aqui escondida há quatro décadas? – retruca Lucien. – Foi um movimento estratégico? Ficou tão apavorada quanto eu. Ela mudou você também.

Os olhos claros de Sil se estreitam.

– Não tem ideia do que enfrentei para chegar aqui.

– Não tem ideia do que nós enfrentamos – rebato. – E durante todo o tempo, Lucien ficou me dizendo que tenho um poder misterioso e que você me mostraria que poder é esse. Então, podemos ir direto ao ponto, por favor? Cansei de tantos mistérios e mentiras.

Um esboço de sorriso distende os lábios de Sil.

– Como quiser, Sua Graça Real.

Ranjo os dentes. Ela olha para Garnet, Lucien e Ash.

– Vocês três, levem o cavalo para o celeiro e descarreguem os suprimentos. – Sil olha Raven da cabeça aos pés, e alguma coisa se torna mais suave em sua expressão. – Quantos meses?

Raven olha para mim.

– Não sei – responde, tocando o suéter distendido na barriga. – Três, talvez?

Sil se aproxima e toca o ventre de Raven, que se encolhe.

– O que fizeram com você? – murmura a dona da casa.

– Tudo – responde Raven.

Ela assente, depois vira.

– O que estão esperando? – pergunta irritada aos homens que ainda estão parados na porta. – Fora! Não vão comer enquanto não descarregarem aquela carroça.

Ash levanta uma sobrancelha para mim. Dou de ombros. Foi para isso que viemos. Essa mulher pode ser desagradável, mas não creio que ela vá me fazer mal. Estamos seguros aqui. Os três saem da casa.

– Sentem – orienta Sil, apontando a mesa de jantar.

Raven e eu obedecemos, e ela vai à cozinha e volta com duas tigelas de ensopado, carne, cenouras e cebolas em um molho espesso e escuro. Mal posso esperar pela colher que ela deixa ao lado da tigela. Raven e eu comemos com voracidade. Os únicos sons são dos talheres na cerâmica e um ou outro suspiro de satisfação. As tigelas ficam vazias em minutos. Quando terminamos, Sil olha para Raven.

– Tem quartos lá em cima. Você parece cansada, precisa dormir.

Raven hesita.

– Aqui você está segura, criança. Prometo.

– Eu subo logo – digo.

Não sei o que Sil tem a dizer, mas sinto que precisamos estar a sós para ela falar.

Raven esfrega os olhos.

– Certo – concorda com um suspiro. Seus passos são pesados quando ela sobe a escada.

Fico grata por podermos dormir em camas esta noite.

Sil voltou à cozinha, e agora traz duas xícaras fumegantes de chá.

– Aqui – diz ela, me dando uma xícara antes de ir sentar na cadeira de balanço.

Sento no sofá perto dela e cheiro o líquido, que é escuro e tem uma nota terral.

– Pode beber, não é veneno – comenta Sil antes de tomar um gole generoso.

Levo a xícara aos lábios e bebo. O sabor é de casca de árvore e canela.

– Em que instalação de contenção você esteve?

– Portão Sul – respondo.

– Ah, uma sulista. – Sil bebe mais um pouco de chá e balança na cadeira. – Eu estive no Portão Norte. Aquele lugar era um pesadelo. Uma prisão.

Quase derrubo a xícara.

– Portão Norte? Foi substituta?

Sil dá risada.

– Não sei como aquele homem consegue guardar todos os segredos – comenta ela, com uma nota de respeito relutante. – Ele disse que não falaria nada sobre mim com você, mas, ah, pelo jeito como ele fala de você, imaginei que já tivesse contado algumas coisas.

Ainda estou em choque. Sil não pode ser uma substituta. Ela é muito velha, já devia estar morta. A menos que tenha fugido do Portão Norte. Ou que tivesse um protetor na Joia.

Esfrego os olhos. Tenho tanta coisa na cabeça que falta espaço.

Sil esvazia a xícara e estala os lábios.

– Não pense demais, vai estourar uma veia. Eu conto minha história desde o início. Mas vou precisar de uma bebida mais forte que chá.

Ela volta à cozinha e, quando retorna, tem nas mãos uma caneca com um líquido que cheira a álcool. Sil senta novamente na cadeira de balanço. As chamas na lareira aumentam, como se alguém as houvesse alimentado com lenha ou um fole. Dou um pulo.

– Está frio – comenta Sil como se fosse uma explicação suficiente. Depois bebe um gole generoso do líquido. – Eu nasci no Quadrante Norte do Pântano há mais ou menos sessenta anos. Recebi o diagnóstico aos 11. Minha mãe havia morrido de febre quando eu tinha 6. Meu pai trabalhava na Fumaça, ele morreu quando a fábrica pegou fogo e foi destruída pelo incêndio. Minha avó nos criou, eu e meus três irmãos mais velhos, até que fui mandada para o Portão Norte. – Ela coça o queixo. – Ouvimos dizer que algumas instalações deixavam as substitutas verem as famílias pela última vez. É verdade?

– Sim. Eles chamam de Dia do Reconhecimento. Um dia antes do Leilão.

– Dia do Reconhecimento – resmunga ela. – No meu caso, as coisas foram diferentes no Portão Norte. Nunca mais vi minha família. Eu tinha 16 anos quando a chefe das cuidadoras me avisou que havia chegado a hora de ser vendida. Havia só vinte e dois lotes no meu Leilão. Acho que a Realeza não estava interessada em ter filhos naquele ano. Eu era o Lote 22. Minhas notas eram quase perfeitas, e tive nota máxima no terceiro Presságio. – Ela olha para mim com frieza. – Fui comprada pela Duquesa do Lago.

Paro de respirar por um instante. Não pode ser a mesma Duquesa. Sil é velha demais. Deve ter sido comprada pela mãe da Duquesa. Meus dedos estão entorpecidos. Tenho a sensação de que minha cabeça está cheia de algodão, o mundo perdeu o foco, meus sentidos adormeceram. Sil lança um sorriso cruel.

– Sim, achei que ia se interessar por essa informação. Parece que a Casa do Lago não consegue manter suas substitutas, não é?

Ela bebe mais um gole. Parece estar se divertindo.

– A Duquesa era uma mulher frágil. Sempre doente. O Duque... – Sil faz uma pausa, e seus olhos assumem um tom mais escuro, indo da prata para a ardósia. – Ele comandava aquela casa com mão de ferro. Frio, detestável, cheio de ambição. Normalmente, é a mulher que trata com as substitutas, mas não no Palácio do Lago. Não, ele tinha planos para mim. E me manteve na casa por muito mais tempo do que é hábito manter uma substituta. Garotas engravidavam à minha volta. Ou morriam. Ou os dois. Então, a futura Eleitora morreu.

Lembro-me da informação das minhas aulas de história. Originalmente, a irmã do Executor era nomeada para a sucessão ao trono. Mas ela morreu em decorrência de um tombo do cavalo aos 8 anos. E o Executor, que só tinha 2 anos na época, tornou-se o novo herdeiro.

– Foi quando o médico começou... Bom, não preciso explicar nada disso, não é? – deduz Sil, com tom sombrio.

Comprimo os lábios em uma linha dura.

– Eu engravidei. Só no segundo trimestre eles descobriram que eu esperava gêmeos. Não sei como o médico não notou antes. E o Duque, filho da mãe desgraçado, queria se livrar de um dos bebês. A esposa não deixou. Ele disse que eu teria de escolher, direcionar os Presságios para um bebê só, provavelmente esperando que o outro morresse por isso. E eu fiz exatamente o que mandaram.

Deixo a xícara no chão e seguro a cabeça entre as mãos. A sala está girando. Se o que Sil me diz é verdade, ela foi substituta da minha Duquesa!

– Uma semana antes da data prevista para o parto, eles me tiraram de lá. Tem um lugar onde as substitutas ficam até darem à luz. Tudo estéril, frio e branco, com luzes brilhantes. Foi horrível. Havia três meninas comigo. Uma a uma, elas foram levadas. E nunca mais voltaram.

Sil olha para o fogo. As linhas em torno dos olhos e da boca parecem se aprofundar, como se ela envelhecesse contando a história. Nós duas sabemos o que aconteceu com as outras meninas. Mas isso não explica o que aconteceu com *ela*.

– Quando chegou minha hora, eles me levaram para a sala de parto. O médico estava lá. Ele me mandou fazer força. Uma enfermeira segurava minha mão. Ela era gorda, e as mãos dela suavam. Mas o que eu lembro, acima de tudo, é a dor. Uma dor como nunca senti antes. Pior que aprender os Presságios. O primeiro bebê nasceu. – Os olhos de Sil brilham como cristais, e ela passa a mão cheia de cicatrizes no queixo. – Lembro que achei estranho alguma coisa ser tão linda e tão feia ao mesmo tempo. Ela gritava com toda a força dos pulmões. A irmã dela nasceu um minuto mais tarde. Era menor. Quieta. Eles as levaram embora, me deixaram sozinha. Esperavam que eu morresse. – Ela bebe um gole da bebida e resmunga: – Filhos da mãe.

– Mas como? – pergunto. Sinto que esse é o ponto, o propósito, onde tudo começou. Foi para isso que Lucien me trouxe, para tomar conhecimento dessa história. – Como você sobreviveu?

– Porque sou mais forte que eles! – grita Sil, e dá um soco no braço da cadeira de balanço. – Temos um poder que eles não entendem. Distorceram esse poder, o manipularam para atender aos seus propósitos, mas não podem pervertê-lo completamente. Ah, não. Ele é nosso, nós o entendemos. – Ela balança um pouco, a cadeira range. – O que acha que são os Presságios?

– Não sei. Uma mutação genética, não são?

– Não repita essas besteiras da realeza. Pense. Pense em você mesma. O que eles são?

Penso nas imagens que invadiam minha cabeça quando eu me conectava ao velho carvalho no jardim da Duquesa, durante as consultas com o médico. Como o via em um campo, com os galhos dançando ao vento, e depois no inverno, sem folhas embaixo da neve. A emoção pura que vinha dele.

– Eu... não sei como explicar. Mas, às vezes, é como... se fôssemos a mesma coisa. Quando uso o Crescimento, tenho a sensação de conhecer as plantas ou as árvores. É como entrar na vida delas, em sua história. E elas me conhecem.

– Tudo nesse mundo abriga uma vida. Tudo está conectado. Nós, seres humanos, achamos que somos muito especiais por podermos falar e pensar, como se ter boca fosse o único meio para falar, ou ter cérebro, para pensar. – Ela faz uma pausa. O único som na sala é o crepitar do fogo. – As substitutas são as poucas afortunadas que conseguem sentir essas vidas. O poder que temos não é para ser exibido em truques de salão. Por que acha que nos ensinam Cor e Forma primeiro? Não são naturais. São eles que causam as dores de cabeça e o sangramento. Não são necessários. São usados para controlar e dominar. Só existe um Presságio verdadeiro, e o nome dele não é Crescimento. É Vida. E não o possuímos nem controlamos, mas temos a capacidade de senti-lo, reconhecê-lo. Ele nos invoca como nós o invocamos. Somos treinadas para dominar os Presságios, mas esse poder não pode ser controlado, nunca será. Só pode ser aceito como um igual.

– Não entendo.

– Eu estava deitada na maca, sangrando, ia sangrar até morrer. Sentia a vida e o sangue deixando meu corpo. E pedi ajuda. – Sil esfrega as mãos. – Alguma coisa naquele quarto respondeu ao meu pedido. Ouvi o chamado dentro de mim e reagi. Um calor forte inundou meu corpo, e a hemorragia parou. Minha força voltou. E eu... – Ela vira, e tenho a sensação de que está censurando o que vai dizer. – O ambiente à minha volta ficou mais nítido, e tinha uma estranha sensação de conforto. Foi como se um coro de vozes dissesse: "Aguente aí." E eu aguentei.

– Ouviu vozes?

– Não. Logo você vai entender. Se puder. – Ela funga. – Vamos torcer para ser mais forte do que parece.

– Passei por muita coisa – declaro, cansada do tom condescendente.

– Ah, passou? Já deu à luz dois bebês, e depois descobriu que não estava em um hospital, mas em um necrotério? Já correu até não aguentar mais correr, perdida e sozinha, e se viu trancada em uma sala com um monstro que cuspia fogo? Lucien ficou sabendo sobre o incinerador por mim. – Ela levanta a manga, e vejo as cicatrizes que sobem por seu braço e brilham à luz do fogo. – Quase não consegui escapar. E não tinha ninguém segurando a minha mão. Ninguém cuidava de mim.

– Ainda não entendo o que quer que eu faça. Por que estou aqui? Qual é o meu papel?

– Por muito tempo, a realeza tem abusado do nosso poder. É preciso restaurar o equilíbrio. Precisamos de alguém forte o bastante para invocar a natureza, todos os elementos. Essa ilha foi cortada e costurada pela realeza. Ela quer voltar a ser inteira. A realeza tem um exército, dinheiro, armas. Mas isso tudo não é nada diante da força brutal da natureza. Essa força precisa de ajuda. Precisa de você. Pense nisso. Por que eles construíram tantos muros para separar os círculos? Para nos manter separados e se protegerem do próprio povo. Eles têm medo, todos os tiranos têm, de que um dia os súditos se reúnam e se levantem contra eles. Suas muralhas são grossas, impenetráveis. Mas e se houver alguém com poder para rachá-las, abrir espaço para passar um exército diferente?

– Acha que consigo abrir buracos nas muralhas? – Só vi o muro que cerca o Pântano, e a Grande Muralha de longe. São feitas de pedras pretas e grandes unidas por cimento. Como Sil falou... Impenetráveis.

– Sim – confirma ela, séria. – Acho que vai conseguir.

– A realeza não vai fechar o buraco?

– E quanto acha que vai demorar? Não será da noite para o dia, com certeza. Se eles não puderem mais isolar cada círculo da cidade... Bom, seria uma mudança bem interessante, não?

– Por que não pode fazer isso? Também teve nota máxima em Crescimento. Para que precisa de mim?

– Agora estou muito velha. Achei que Azalea poderia cuidar disso, mas o poder dela era muito... limitado. Vamos torcer para minha teoria estar certa.

Neste momento, Lucien, Garnet e Ash voltam.

– Bom – anuncia Sil antes que um deles tenha chance de falar –, já terminamos por hoje. A comida está no fogão. Os quartos ficam lá em cima. Amanhã vamos trabalhar.

Ela levanta e pega um cachecol e um casaco pendurados nos cabides na parede e se agasalha.

– Espero que ela seja tudo que pensa que ela é – conclui Sil ao passar por Lucien a caminho da porta. – Caso contrário, não seremos mais que um bando de patetas idealistas, e vamos viver como baratas embaixo de uma pedra até o fim de nossas desgraçadas vidas.

15

ASH, LUCIEN E GARNET SE SERVEM DE ENSOPADO.

– O que ela disse? – pergunta Garnet, com a boca cheia de cenoura.

Minha cabeça pesa com a intensidade da conversa que tivemos.

– Ainda não sei se entendi bem – respondo.

– Vai entender – diz Lucien. – Azalea entendeu.

– Não sou Azalea – disparo. – Pare de me comparar a ela.

Lucien parece magoado por um segundo, depois suaviza a expressão.

– Sei que não é. Mas sei que é capaz de fazer o que é necessário.

– Não sei o que querem de mim – grito, e abro os braços. – Não sou tão poderosa, Lucien. O Crescimento não tem tanta força.

Mas lembro de uma tarde no palácio, pouco antes de conhecer Ash, quando a Duquesa me chamou à sala íntima e pediu para eu demonstrar o Crescimento na presença da Lady da Chama. Fiz uma planta crescer tão depressa que ela destruiu prateleiras de porcelana e arrancou a tinta das paredes. Posso fazer a mesma coisa em maior escala?

– Você ainda não entendeu – diz Lucien. – É só isso. Se eu pudesse lhe ensinar, já teria ensinado. Mas tem de ser uma substituta. – Ele deixa a colher na tigela. – Não quer uma chance de entender quem realmente é? Não quer saber como é não ficar presa justamente ao que tirou você da família, que faz seu nariz sangrar e sua cabeça doer?

– Não fale como se isso tivesse a ver comigo. Você quer a revolução e, por algum motivo, acha que eu sou a pessoa que pode ajudar.

– É verdade – confirma Lucien. – Mas você não quer a revolução também?

Aperto os olhos com os nós dos dedos.

– Estou cansada – digo. – Vou para a cama.

Subo a escada para o segundo andar da casa, que consiste de um longo corredor com um tapete verde desbotado. Espio pelas portas entreabertas até encontrar Raven em um quarto com duas camas. Ela dorme profundamente, com a luz entrando pela cortina e iluminando seu rosto. Fico sentada ao lado dela por um momento. Raven já está bem melhor do que quando acordou no necrotério. Mesmo assim... Olho para a barriga dela.

A porta range, e Ash entra no quarto. Ele estende a mão e eu a seguro, deixo que me leve para longe de Raven e para outro quarto. Quando entramos, ele fecha a porta e eu desabo em seu peito, enquanto os braços dele envolvem minha cintura. Pela primeira vez em muito tempo, ficamos sozinhos.

– Conseguimos – murmura ele em meus cabelos.

– Sim – sussurro de volta. Ele tem cheiro de palha e fuligem.

– Acha realmente que aqui é seguro?

– Acho – confirmo, e recuo para encará-lo.

– Aquela floresta... Não sei como encontrou esse lugar.

Dou de ombros.

– Lucien estava certo. Como sempre.

– Lucien não é nenhum ser supremo. Ele é humano. E pode errar como todos nós. Não se esqueça disso.

– Acha que ele errou ao me salvar?

– Não. Mas está pressionando muito você, e não sei se isso é justo.

Olho para a parede e imagino Raven dormindo tranquila do outro lado.

– Raven vai morrer – digo. – E não posso fazer nada para impedir. Depor a realeza vai ajudá-la de que jeito? Esse é o propósito de tudo isso, ajudar. Eu me salvo para poder salvar muitas outras. E mesmo que eu consiga, e daí? Vou conseguir ajudar todos os acompanhantes que sofrem abuso? As Cinders que morrem de pulmão negro, ou as Annabelles mortas por suas senhoras? – Lágrimas correm por meu rosto. – Lucien não devia ter me escolhido, acho. E se eu for a escolha errada?

Ash toca meu queixo e levanta meu rosto.

– Escute o que eu vou dizer. Raven ia morrer naquele palácio, sozinha, com dor, dando à luz um bebê que não é dela. Ou nem teria chegado a esse ponto. Você a tirou de lá. Pode não ser a solução perfeita, mas agora ela está com amigos, em vez de viver trancada no Palácio da Pedra. E você me libertou, quando tudo indicava que eu morreria na masmorra da Duquesa. Já salvou duas vidas da Joia, sem contar a sua, que parece colocar no fim da lista. Não pode salvar todo mundo, Violet. É impossível. Não tente corresponder a um padrão ridículo. E não quero mais ouvir você dizer que foi a escolha errada. Nunca mais.

– Não quero perder Raven.

– Eu sei. – Ash encosta a testa na minha. – Já estou com saudade de Cinder. Sei que ela ainda não morreu, mas... Ela era minha companheira constante naquele lugar. Ela me impediu de desmoronar. – Uma lágrima transborda de seu olho fechado, e eu a enxugo com o polegar. Seu queixo é áspero por causa da barba crescendo.

Faz muito tempo que não tenho uma sensação boa. Há dias vivo cercada de ansiedade, medo e tensão. Tudo isso desaparece quando aproximo sua boca da minha.

O beijo é suave e lento. Não temos mais pressa. Não temos de nos esgueirar, que nos preocupar com as aulas de Carnelian ou com a possibilidade de sermos encontrados pela Duquesa. Estamos em um lugar seguro, e meu coração dói com a força da saudade de estar perto dele assim, desse jeito. Deslizo as mãos por baixo de seu suéter, traço linhas na parte inferior de suas costas com os dedos. Ash desliza os lábios por meu pescoço. Seus lábios são macios e cada beijo acende uma chama que queima intensamente dentro de mim, naquele lugar secreto que só ele conhece.

Com um movimento rápido, tiro seu suéter. Havia quase esquecido o desenho daquele peito, a área mais funda das clavículas, os ombros firmes. Escorrego a mão por seu ventre, e Ash deixa escapar um suspiro involuntário. Ele segura meu suéter, e levanto os braços para me deixar despir.

Sinto um arrepio quando a pele dele encosta na minha. Todos os lugares que ele toca em meu corpo se tornam elétricos. Mergulho os dedos em seus cabelos quando os lábios voltam aos meus.

Nem percebo que estou pensando nisso, mas o mantra surge em minha cabeça.

Um: ver o objeto como é. Dois: ver o objeto em sua mente. Três: submetê-lo à sua vontade.

Não preciso abrir os olhos para saber que os cabelos de Ash estão voltando à cor original. Quero que ele seja como é, exatamente como deve ser.

Ele ri perto do meu rosto.

– Devolveu o castanho ao meu cabelo?

A voz incendeia minha pele.

– Como sabe?

– Sinto calor quando você faz isso. E uma espécie de... formigamento.

– Ah, é? – É bom saber que a sensação é agradável para ele. Quase nem percebo o pulsar na base do meu crânio.

– Aham... – Os dedos dele acompanham o contorno da minha cintura, e eu gemo.

De repente, batidas fortes na porta nos interrompem.

– Violet?

A voz de Lucien me assusta, e visto o suéter correndo.

– Ótimo – resmunga Ash, enquanto também se veste.

Vou abrir a porta.

– Oi – falo ofegante. Meu rosto queima, e sei que não poderia parecer mais culpada, nem se tentasse.

Lucien olha para Ash.

– Se pensar em tocar nela desse jeito, eu arrebento você.

– Sério, Lucien? – reajo, irritada.

– Acho que já deixamos bem claro quem pode arrebentar o outro aqui – responde Ash.

– Ash! – exclamo.

– Não arrisquei tudo por ela para você satisfazer seus... impulsos. Ela está aqui por motivos mais importantes.

– Acha que não sei disso?

– Não. Acho que você tem um objetivo em mente.

– Parem com isso – exijo.

– Você é um gênio, Lucien, todo mundo sabe disso, mas, às vezes... – Ash balança a cabeça. – Consegue ser incrivelmente burro.

– Como é que é? – Lucien dá um passo na direção dele. Eu o seguro pelo braço.

– Odeia os acompanhantes porque temos uma coisa que você não tem – continua Ash. – Mas não vê que também tiraram algo de nós?

Lucien ri, uma gargalhada gelada que me faz sentir um arrepio.

– Está falando sobre uma coisa que não conhece.

– Tudo bem aqui? – A voz de Garnet nos assusta. Ele está apoiado ao batente, sorrindo. Há quanto tempo está assistindo à briga?

– Tudo bem – responde Lucien com tom seco. – Todo mundo precisa dormir. Principalmente você – acrescenta, olhando para mim. – Amanhã seu dia vai ser cheio.

– Vou ficar no quarto de Raven – aviso. – Garnet pode ficar aqui com Ash. Mas, Lucien... – Olho no fundo dos olhos dele. – Não vou mais admitir essa bobagem sobre o que faço ou deixo de fazer com Ash. Não fugi de uma prisão para acabar em outra. Vai ter de confiar na minha capacidade de tomar decisões. Porque sou capaz de decidir por mim mesma, e vou decidir.

Lucien comprime os lábios e assente, mas é um movimento tão curto que é quase nada, só um aceno breve. Em seguida, ele sai sem olhar para Ash.

– Bom... – Garnet entra no quarto e dá um tapa no ombro de Ash – Dia cheio, não? – E cochicha debochado: – Se quiserem privacidade, não vou contar nada.

Reviro os olhos.

– Precisa dormir um pouco – Ash me diz. – Não sei o que ela pretende para você, mas aquela mulher, Sil... é intensa.

Assinto, e um bocejo me pega de surpresa. Ash sorri. Ele me beija com suavidade sobre cada olho antes de aproximar a boca da minha.

– Vá – murmura ele. – Nos vemos pela manhã.

É horrível deixá-lo, mas estou exausta. Raven ainda dorme quando entro no quarto. Tiro os sapatos e me encolho na cama vazia sem tirar a roupa. O cobertor tem cheiro de couro, lembra minha cama em casa, como em uma noite especialmente fria ou durante uma tempestade Hazel vinha deitar comigo, e dormíamos juntas e encolhidas.

– Boa noite, Hazel – digo, como fiz tantas vezes no Portão Sul. – Boa noite, Ochre, boa noite...

Mas, antes de dar boa noite à minha mãe, mergulho em um sono profundo e maravilhoso.

16

Acordo bruscamente com as batidas fortes na porta.

– Levante! – ordena Sil. – Hoje vamos ver de que você é feita.

Sinto que seria capaz de dormir facilmente por mais doze horas. Esfrego os olhos, me espreguiço e vou acordar Raven. Queria deixá-la dormir, mas não quero que ela acorde sozinha.

– Raven – chamo, e sacudo levemente seu ombro. – Hora de acordar.

Ela senta de repente.

– Tudo escuro, tudo escuro – arfa. Depois olha para mim, mas é um olhar desfocado. – Vão tirar seus olhos.

– Tudo bem. – Seguro seu rosto entre as mãos, tento fazê-la prestar atenção em mim. – Você é Raven Stirling. Você é real. É mais forte que isso.

Vejo a mudança. O rosto colorindo novamente, os olhos passando de vidrados a cintilantes.

– Violet? – Ela olha em volta. – Ah, é. Agora estamos seguras, não estamos? Chega de fugir.

– Chega de fugir – repito.

Raven levanta da cama e se dirige à janela. Eu a sigo, e olhamos para fora, para a vasta clareira cercada pela floresta.

O gelo brilha sobre a grama à luz da manhã. Um pássaro passa voando.

– É tranquilo aqui – comenta Raven.

– É – concordo.

– Gosto disso. – Ela olha para mim com um sorriso triste. – É um bom lugar para morrer.

Sinto como se houvesse levado um soco no estômago.

– Não vou deixar isso acontecer.

Raven beija meu rosto.

– Estou com fome – diz.

Tento manter a compostura quando descemos. Não vou ajudar ninguém com uma crise de choro. Muito menos Raven.

Todo mundo já acordou. Lucien está sentado à mesa, com uma xícara de café na mão e um jornal aberto diante dele. É estranho vê-lo sem o traje de dama de companhia. Ele agora usa calça marrom comum e suéter cinza.

– Lucien, você está... – Levanto uma sobrancelha.

Ele sorri acanhado.

– É diferente, eu sei. Pode parecer chocante, mas não gosto de usar vestido.

Sorrio. É bom ver que o humor dele melhorou.

– Coma – orienta-me Sil da cozinha, onde está servindo mingau de aveia para Ash. Ela deixa a tigela na mão dele e começa a preparar outra para mim, salpicando o mingau com uma porção generosa de açúcar mascavo.

– Dormiu bem? – pergunta Ash.

– O sono da morte – respondo. O cabelo dele está molhado e embaraçado. Quero tocá-lo. – Tomou banho?

Ele sorri.

– Fazia tempo. Achei que estava precisando.

– Coma – repete Sil ao deixar a tigela na minha frente. – Depois pode tomar banho. – E torce o nariz. – Estão precisando – conclui, olhando para Raven.

– Onde está Garnet? – pergunto depois da primeira colherada de mingau. O açúcar mascavo derrete na boca.

– Furioso lá fora – responde Lucien. Depois abre o jornal na primeira página e o vira para mim. A manchete do *Gazeta da Cidade Solitária* anuncia: CASAMENTO REAL. E, embaixo, em letras menores: O SOLTEIRO MAIS COBIÇADO DA JOIA VAI SE CASAR.

Com tudo que aconteceu, esqueci completamente de que Garnet ia se casar. Eu até toquei violoncelo na festa de noivado. Sinto um arrepio quando lembro a dor daquela noite, como quase morri por causa de um aborto natural. Não sabia que a data do casamento já havia sido marcada.

– Ah, é verdade – comento.

Eu me acostumei à presença de Garnet. Ele agora é como um amigo. É estranho pensar que ele vai voltar a viver na Joia.

– Ele vai deixar de fazer parte da sua Sociedade? – pergunto. – E a tatuagem...?

Lucien sorri.

– Fico honrado por saber que pensa que a Sociedade é minha.

– Ah, francamente! Você é a Chave Negra.

– Talvez fique surpresa com a informação, mas não sou a primeira pessoa na Cidade Solitária a pensar que a realeza tem de arcar com as consequências de seus atos. Foi há dois séculos, mais ou menos, ninguém lembra agora, e a realeza certamente não quer nem admitir que isso aconteceu, mas havia um homem na Fazenda. Bulgur Key. Ele tentou fomentar uma revolta contra a realeza, criou uma sociedade secreta, causou muitos problemas na Fazenda. Mas não conseguiu ir muito longe, o movimento nem saiu do círculo. No fim, ele e todos os membros da Sociedade da Chave Negra foram executados. E todo o episódio foi discretamente varrido para baixo do tapete. – Lucien bate no queixo com um dedo. – Key é chave em inglês, você sabe. O sobrenome dele. Achei que essa Sociedade merecia continuar viva.

– Como soube disso? Se a realeza tentou esconder...

– A Duquesa do Lago tem a biblioteca mais abrangente de toda a cidade. E, você deve lembrar, ela me deixava desfrutar dela de vez em quando.

Lucien pisca para mim, e eu sorrio. Então, sem saber, a Duquesa colaborou com a revolução.

– Não têm medo de que tudo isso acabe como na primeira vez? – pergunto.

Ash olha para mim de um jeito que me dá a impressão de que ele estava pensando a mesma coisa.

Lucien toca minha mão.

– Não – responde. – Porque, dessa vez, não será um círculo lutando dentro de si mesmo. Temos uma coisa que Bulgur Key não tinha. Temos você.

A aveia vira cimento em minha boca. Engulo o mingau e empurro a tigela para longe.

– E o que vai fazer com Garnet? – pergunta Ash.

Fico aliviada com a mudança de assunto.

– Ele quer que eu o livre do casamento – diz Lucien. – Como se eu fosse mágico.

– É quase isso – opino.

Lucien sorri.

– Obrigado.

– Ele não quer partir – comenta Raven, olhando para a manchete. – Gosta daqui, de nós.

Nesse momento, Garnet entra como um furacão.

– Ah, todos acordados – diz, e percebe o jornal. – Alguém pode convencê-lo a me tirar desse ridículo casamento arranjado? Não posso passar o resto da minha vida com Coral. Ela tem uma coleção de jogos de chá em miniatura. Que tipo de pessoa coleciona essas coisas?

– Imagino que ela seja muito solitária – diz Raven.

Garnet franze a testa.

– É claro, mas eu tenho que fazer companhia para ela? Quero ficar. Quero ajudar.

– Vai ajudar – diz Lucien. – Pense bem. Teremos alguém no palácio da Duquesa, alguém que vai saber tudo que acontece lá e vai nos manter informados. Sabe como é difícil encontrar aliados na Joia? Isso é uma grande vantagem para nós, Garnet. – Ele se reclina na cadeira. – Sabe, nunca imaginei quanto você seria útil. Tudo que queria era que ficasse de olho em Violet.

– Obrigado – responde Garnet, com o tom de voz seco.

– Não tive a intenção de ofender. Você me surpreendeu, e isso não é fácil, como sabe muito bem.

Garnet suspira e senta em uma poltrona.

– Pensei que defendesse a liberdade de escolha – diz.

– Defendo – confirma Lucien. – Mas, às vezes, é preciso fazer algum sacrifício.

– O que você fez, aliás? – pergunto a Garnet. – Imagino que deva a Lucien um favor muito grande.

– É, eu também quero saber – diz Ash.

Até Raven tem um brilho curioso no olhar.

Garnet fica vermelho.

– Nada – resmunga.

– Ele disse coisas extremamente comprometedoras e se colocou em uma posição ainda mais comprometedora com uma jovem dama do Banco. – Lucien conta com um sorriso malicioso. – O pai da jovem dama é dono deste jornal aqui. – Ele segura o *Gazeta da Cidade Solitária*. – Teria sido um escândalo do qual nem a mãe dele teria conseguido livrá-lo. Eu o salvei de perder o título.

– Eu nem quero mais aquele título idiota – reclama Garnet.

– Bom, agora precisamos dele – responde Lucien.

– Podem continuar aí discutindo, se quiserem – diz Sil.

– Mas ela precisa vir comigo. – E aponta para mim.

– Farei o que você quiser, mas, por favor, me deixe tomar um banho antes.

O BANHEIRO FICA NO SEGUNDO ANDAR.

Tem uma enorme banheira com pés, e eu a encho com água quente até o ar ficar pegajoso e o espelho sobre a pia embaçar. Depois, fico na banheira até meus dedos enrugarem. Lavo o que restou de fuligem, sujeira e suor em meu corpo e, quando termino, me sinto uma nova pessoa. Então me enrolo em uma toalha branca e felpuda, limpo o espelho e olho para o meu reflexo. Quase não me reconheço.

A viagem pelo Banco e pela Fumaça deixou marcas, sombras sob meus olhos, faces esvaziadas. Annabelle e Cora teriam disfarçado as imperfeições com cremes e maquiagem. Minhas omoplatas estão mais salientes que antes. Mas há uma nova força em meus olhos, em como mantenho os ombros erguidos e no ângulo do queixo. Olho para o espelho e quase consigo acreditar que sou capaz de alguma coisa incrível.

O closet no quarto que divido com Raven está cheio de roupas de todos os tipos, mas a maioria parece ser para homens. Pego uma calça marrom que é grande para mim, mas uso um cinto grosso de couro para segurá-la, e visto um suéter de lã também grande. Agarro um par de meias e desço.

Garnet e Ash estão sentados à mesa jogando Halma. Lucien está conversando com Sil na cozinha, e Raven se balança em silêncio na cadeira.

– Você é bom, para alguém da realeza – comenta Ash quando Garnet pega três pedras dele.

Garnet dá de ombros.

– Annabelle me ensinou – diz ele. Depois olha para mim, e concordo com um movimento de cabeça. Annabelle era a melhor jogadora de Halma que já conheci.

– Muito bem, hora de ir – diz Sil, e me entrega um par de velhas botas de couro. – Deve servir em você. Vamos.

Amarro o cadarço das botas.

– Boa sorte – deseja Lucien quando saio atrás de Sil pela porta dos fundos.

Tem uma varanda menor na parte de trás da casa. O céu está encoberto por nuvens pesadas e cinzentas. Uma névoa leve envolve a copa das árvores que cercam a enorme clareira. O celeiro se ergue ao longe, a madeira envelhecida e rachada. Tem um laguinho à minha direita. Entre o lago e o celeiro há um grande jardim, fileiras e mais fileiras de caules murchos e folhas secas.

Sil desce a escada da varanda e começa a andar pela clareira. Tenho que correr para acompanhá-la.

O orvalho umedece meu cabelo, faz as mechas grudarem em meu rosto e na nuca. O ar é gelado, mas, quando finalmente alcançamos a fronteira com as árvores, estou vermelha e ofegante. Sil para, olha os galhos lá em cima e sorri. Depois bate em um dos troncos como se tocasse um cachorro ou um cavalo. Ela anda por entre as árvores e vai batendo em cada uma. Eu a sigo. Às vezes, ela para e desliza a mão por um galho em particular, ou se abaixa e pega um punhado de terra, que esfrega entre as mãos. Já estou me perguntando se ela esqueceu de mim, quando Sil finalmente fala.

– A natureza não tem egoísmo. Ela só quer sobreviver. A humanidade a prejudica, cava a terra, envenena a água, colhe rocha, metal e pedras para atender a seus propósitos. Nós somos os protetores. Somos a conexão entre humanidade e natureza. A natureza está sempre buscando o equilíbrio. – Ela olha para os galhos cruzados sobre nós. – Esta ilha está em desequilíbrio há muito tempo.

Tem uma árvore bem esguia entre nós. Sil toca a casca do tronco com os dedos.

– Quais são os quatro elementos? – pergunta ela.

Por um segundo, acho que ela pode estar falando com a árvore.

– Terra? – respondo, hesitante. – Ar. Água. E...

– Fogo. – Sil se irrita. – Não ensinam mais nada naquelas instalações de contenção?

Decido não responder. Nas poucas horas desde que a conheci, já entendi que discutir com Sil não leva a absolutamente nada.

– Não podemos criar nada – continua ela. – Só podemos invocar um elemento. A ilha nos deu esse poder. Ela nos escolheu para ser seus guardiões. Você tem de aprender a ouvi-la. Os Presságios são uma perversão da natureza. Quando você se une a um elemento, não há dor, nem sangue. Só uma profunda compreensão. Você tem de se entregar a isso. – Assim que ela acaba de falar, uma folha verde e brilhante brota do galho na árvore que Sil está tocando.

198

Ele tremula no ar por um segundo. Depois suas extremidades escurecem, e a folha murcha e cai no chão. – Agora é sua vez – ordena.

Não escondo um sorriso. É claro que sou capaz disso. Tenho feito folhas crescerem desde os 12 anos. Sil pega um galho fino do chão e o torce na mão.

– Vá, vamos ver o que consegue fazer – diz.

Toco um galho próximo.

Um: ver o objeto como é. Dois: ver o objeto em sua mente. Três...

– Ai!

Sil bate no meu pulso com o galho.

– Eu falei para usar os Presságios, menina?

– Você disse que era para fazer a folha crescer – respondo, massageando a área onde ela bateu.

– Ah, é? Foi isso que eu disse?

Penso e percebo que ela não disse nada, na verdade. Só fez uma folha crescer.

– Você tem de pedir – explica ela.

– Como?

– Quem ensinou você a respirar? É instintivo.

Afasto a mão da árvore.

Um: ver...

– Ai!

O galho atinge meus dedos.

– Para de usar essa porcaria de mantra.

– Como sabe que estou usando?

– Acho que não conheço essa expressão? Acha que não consigo sentir as ondas fedorentas de dominação e manipulação saindo de você? Você cheira mal! É o cheiro delas.

– Bom, suas instruções não são muito boas – resmungo.

– Não está ouvindo o que digo.

– Estou!

– Prove.

Cerro os dentes e, hesitante, toco a árvore mais uma vez.

"Ah... cresça, por favor", penso.

O galho bate na minha mão de novo.

– Pare com isso! – exijo. – Estou tentando.

– Não, não está – retruca Sil. – Você acha que eu sou uma velha maluca. – Ela inclina a cabeça. – E não faz mal. Você não fez nada que eu não esperasse. Azalea também não entendeu de primeira – suspira ela. – Mas você precisa aprender. Agora vem a parte mais difícil.

– Como assim?

De repente, cordões marrons e grossos brotam do chão, se enrolam em meus pés, nos tornozelos e nas panturrilhas.

– Pare! – grito.

Mas Sil já está voltando para casa.

– Sil! – berro, enquanto tento desesperadamente me libertar. – O que está fazendo?

Olho para baixo vejo e percebo que os cordões são raízes. Ela deve ter feito isso, invocado a árvore, ou sei lá o que estava querendo que eu fizesse. As raízes me mantêm cativa.

– Sil, não pode me deixar aqui! Lucien!

Nenhuma resposta da casa.

– Ash! – grito mais alto. – Garnet! Raven!

Acho que escuto um ruído dentro da casa, mas é muito distante e, honestamente, pode ser só minha imaginação. Puxo as raízes, tento rasgá-las com as unhas e uso toda a força que tenho tentando arrebentá-las. Acho que isso só faz a árvore me prender com mais força.

Finalmente desisto, caio exausta e sinto as lágrimas de frustração queimando meus olhos.

Se essa era minha primeira aula, certamente falhei.

17

O DIA SEGUE LENTAMENTE PARA A NOITE.

Meu estômago dói por falta de comida, o mingau de hoje de manhã é uma memória distante. Minha boca fica dolorosamente seca, a língua parece uma lixa. Escondo as mãos nas mangas do suéter para mantê-las quentes, mas, mesmo assim, meus dedos das mãos e dos pés estão adormecidos de frio.

Não estou mais perto de invocar um elemento do que quando Sil me batia com aquele galho. Isso é uma imensa perda de tempo.

Eu me animo quando vejo uma luz saltitando em minha direção. Lucien vai se aproximando lentamente com uma lanterna, mas não vejo nenhum sinal de comida.

– Como vai indo? – pergunta ele ao me alcançar.

– O que acha? – Minha garganta parece estar cheia de pó. – Quando ela vai me soltar? Não sei qual é a intenção, mas não está funcionando.

– Azalea disse a mesma coisa.

– Sil a amarrou desse jeito?

– Ela a amarrou a uma árvore diferente.

– Por quê? O que ela acha que vai conseguir com isso?

– Sil só conhece um jeito de despertar o verdadeiro Presságio, e ela se baseia na própria experiência – diz Lucien. – Para você compreender o que é isso, ela precisa... recriar essa experiência em você. Ela quer derrubar você. Enfraquecer. De forma que esse poder, seja qual for, seja obrigado a salvar a sua vida.

– E foi assim que ela salvou Azalea? Por que permitiu?

Ele balança a cabeça.

– Eu não sabia. Não estava aqui o tempo todo. Quando vim vê-la, meses mais tarde, Azalea estava amarrada, magra e faminta. Fiquei furioso. Mas foi naquele dia que ela entendeu. Nunca vou esquecer o brilho nos olhos dela. Queria poder ter visto o mundo como ela o via.

Lucien senta e olha para o céu. As primeiras estrelas começam a aparecer.

– Azalea sempre ficou muito frustrada comigo. Ela achava que eu podia fazer mais, ajudar mais gente, não só ela. Mas fui egoísta. Quando morreu, ela disse: "Isso é o começo." Sabia que sua morte me poria em ação. E foi o que aconteceu.

A frase traz alguma coisa de volta à minha memória. Vejo a imagem de uma menina transtornada com brilhantes olhos azuis, a cabeça sobre o cepo na frente do Portão Sul.

– Eu a vi! – exclamo.

Lucien franze a testa.

– Como é que é?

– Você nunca me contou como ela morreu. Azalea foi... executada?

– Sim – confirma ele, em voz baixa.

– Lucien, ela foi executada na minha instalação de contenção. E também foi... forte, corajosa. E quando o magistrado perguntou se ela queria dizer as últimas palavras, ela disse: "Isso é o começo. Não tenho medo." E depois: "Digam a Cobalt que eu o amo." Sabe quem é Cobalt?

Uma lágrima escorre pelo rosto de Lucien e brilha como um diamante.

– Eu – sussurra ele.

– Quê?

Lucien limpa o rosto com as mãos e vira para o outro lado. Com todo cuidado, ele desfaz o coque. Um manto de cabelos castanhos cai sobre seus ombros.

– Nasci Cobalt Rosling. No Quadrante Oeste do Pântano. Meu pai era um homem muito ambicioso, e não precisou de muito tempo para perceber que o filho era diferente. Eu lia o jornal inteiro de trás para a frente aos 5 anos. Era excelente com números. Adorava desmontar o único relógio de casa e montá-lo novamente. O magistrado em nossa área começou a prestar atenção em mim. Ele sugeriu que meu pai tentasse encontrar um emprego para mim no Banco. Mas o Banco não era suficiente para meu pai. O verdadeiro dinheiro estava na Joia, e lá também havia status. Meu pai odiava morar no Pântano. A Joia paga um prêmio para as damas de companhia. Elas são as mais reverenciadas de todas as criadas. Mas, para um homem ser dama de companhia, ele tem de ser castrado. Não existe nenhuma outra possibilidade. – Lucien passa a mão pela frente da cabeça, que é raspada, depois pelo cabelo. – É claro que, na época, eu não sabia disso. Um dia, alguns meses antes do meu aniversário de 10 anos, meu pai chegou em casa mais cedo do trabalho. Havia um pequeno galpão no nosso quintal, um lugar que minha mãe havia limpado anos antes para eu poder fingir que era meu escritório. Eu costumava...

A voz de Lucien treme, e ele balança a cabeça como se tentasse se livrar da lembrança. Eu me sinto estranhamente paralisada. Não imagino Lucien criança. Não sabia que ele era do Pântano, embora, é claro, a irmã substituta tivesse que ser de lá. Ele sempre pareceu muito confiante, muito tranquilo sob pressão, sempre certo do que fazer. Nunca pensei nos eventos que o levaram a ser dama de companhia. Talvez não quisesse saber. Talvez fosse mais fácil fingir que ele havia sido sempre assim.

Lucien olha para o chão enquanto fala.

– Meu pai me chamou. Minha mãe estava chorando. Azalea tinha só 2 anos. A mesa da cozinha havia sido limpa. Meu pai falou que eu ia ajudar a família. Só vi os dois homens que ele havia levado quando já era tarde demais.

Lucien puxa o próprio cabelo três vezes.

– Eles me amarraram à mesa. – começa a falar mais depressa, as palavras transbordam, e fico imaginando se ele já havia contado essa história a alguém antes. – Eles me amarraram enquanto minha mãe gritava. Azalea chorava, embora não soubesse o que estava acontecendo. – Lucien enterra os dedos no chão. – Eu não conseguia me mexer. Senti alguém tirar minha calça. – Os ombros ficam tensos. – E depois vi o fogo. E a faca.

Ele apoia a cabeça nas mãos e chora, o corpo sacudido pelos soluços.

Não sei o que dizer. Acho que não conseguiria falar nada, mesmo que pensasse nas palavras certas. Estou confusa. Toco suas costas com delicadeza.

– Oh, Lucien – sussurro.

Ele passa a mão no rosto outra vez.

– Meu pai conseguiu o que queria. Ele me vendeu para a Joia em troca da mudança da família para a Fazenda. – Lucien finalmente olha para mim. Os olhos dele estão vermelhos, mas há fogo neles. – Eu devia ter morrido. Ele não...

não era cirurgião, nem sabia o que estava fazendo. Eu devia ter morrido, e Azalea devia ter vivido.

– Não é sua culpa se ela morreu. Como não é culpa de Ash se Cinder está morrendo, ou minha culpa se Raven... – Não consigo terminar a frase, por isso pigarreio. – A culpa é deles, Lucien. Da realeza. E olha o que você fez. Você... conseguiu penetrar no sistema deles. Bem embaixo do nariz dos nobres. Só conheci um punhado de simpatizantes no Banco e na Fumaça, mas está dando às pessoas a esperança de alguma coisa melhor, alguma coisa diferente. Está mudando a vida das pessoas. – Afago o ombro dele. – Mudou a minha.

De repente, um grito agudo ecoa na clareira.

– Raven – sussurro.

Lucien levanta e corre, o cabelo voando ao vento atrás dele.

– Raven! – grito, pulando e caindo sobre as mãos e os joelhos.

Ela grita outra vez.

– Não! – Não posso ficar presa aqui. Agora não. Raven está ferida. Raven pode estar morrendo. Ela precisa de mim.

Faço força até meus joelhos doerem, e continuo me esforçando, tentando me libertar das raízes. Não importa o que acontece comigo. Tenho que ajudar minha amiga.

Milagrosamente, sinto uma pequena cisão nas raízes, um leve afrouxamento, e com um puxão muito forte, consigo soltar um pé. Tenho a sensação de deslocar o joelho nesse esforço, mas estou ocupada demais libertando o outro pé para me importar com a dor.

– Solta... Solta... – Mais um esforço doloroso, e o outro pé se solta. Corro pela clareira. Estou suando e ofegante quando abro a porta do fundo da casa. Não tem ninguém no primeiro andar. Subo a escada correndo, os pés batendo no assoalho de madeira enquanto o coração bate na garganta.

Ash e Garnet estão do lado de fora do quarto de Raven. Garnet anda de um lado para o outro. Ash olha para a porta.

Os dois olham para mim quando eu paro perto do quarto.

– O que aconteceu? – pergunto.

Ouço mais um grito do outro lado da porta.

– Raven!

Ash e Garnet me seguram pelos braços.

– Soltem! – berro, me debatendo contra as mãos que me contêm, mas usei toda minha força na luta contra as raízes.

– Lucien está lá – diz Ash. – E Sil. Eles… estão fazendo tudo que podem.

– Ela precisa de mim! – Chuto a porta. – Raven, estou aqui!

– Não pode entrar – avisa Garnet. Tem sangue na camisa dele. – Não vai querer entrar.

Meu rosto está molhado de lágrimas. Caio para frente.

– Por favor – murmuro. – Ela não pode morrer…

Não sei quanto tempo esperamos no corredor. Ash e Garnet me soltam depois de alguns instantes, mas Ash mantém um braço sobre meus ombros, e Garnet fica por perto. Cada som é como uma lâmina me cortando. Lucien murmura, tenta acalmá-la. Os gritos de Raven são cada vez mais fracos. Depois nada, só o silêncio.

A porta é aberta.

Lucien aparece. Não olho para o sangue nas mãos dele. Não olho para a expressão em seu rosto.

Tudo que vejo é o corpo na cama. Raven.

– Violet – começa Lucien, mas eu passo por ele e corro para a cama.

A pele de Raven está úmida de suor. Seus olhos estão fechados, o rosto está em paz. Caio ao lado dela.

– Raven? – sussurro. – Acorda. Vai, acorda! – Eu a sacudo com gentileza, e a cabeça dela balança. Lágrimas turvam minha visão. – Você é Raven Stirling e é mais forte que isso – falo mais alto, porque talvez ela não esteja me ouvindo. Talvez, se ouvir minha voz, ela abra meus olhos. – Você precisa acordar agora, Raven. Não pode... Não pode me deixar. – Escondo o rosto em seu ombro. – Por favor, não me deixe.

– Ela se foi.

Sil está parada perto da janela.

– Perdeu o bebê – continua. – Não conseguimos... – suspira ela. – Não havia nada a ser feito.

– Salve-a! – disparo, erguendo o corpo e limpando o nariz na manga do suéter. – Salve-a como se salvou.

– Não posso. Não sei como. Só ela pode se salvar.

– Não – pronuncio a palavra com toda força que tenho. – Alguém tem de fazer alguma coisa, porque ela não nasceu para isso. Nasceu para viver segura e feliz. Para envelhecer, se apaixonar e ter uma vida.

Muitas pessoas morreram, e eu lidei com as perdas da melhor maneira que pude, mas não ela. Olho para o corpo judiado e ensanguentado de minha amiga e penso... Não, eu sei que daria minha vida para salvá-la. Faria qualquer coisa, se ela abrisse os olhos e olhasse para mim.

Se alguém me ajudasse. Se alguém me dissesse o que fazer.

Ajoelho ao lado da cama, apoio a cabeça em seu braço, seguro sua mão. E então eu sinto.

É como um movimento leve no fundo do estômago, como folhas de outono, um ventinho soprando dentro de mim. A sensação me preenche, percorre meu peito como um tornado, e com ela vez um calor delicioso, um calor natural, como se agora houvesse um sol onde antes estava meu coração. Levanto a cabeça e seguro o rosto de Raven entre as mãos, e sinto alguma coisa ali, alguma coisa delicada e frágil, um tremor, um pulso quase imperceptível, e sei que ela ainda está lá.

A sensação muda. Começa nos meus dedos, sobe pelos braços como gotas de chuva em uma tarde quente de verão. A pele formiga, a de Raven treme, o pulso vai enfraquecendo. Ela está partindo.

Fecho os olhos.

A Rosa Branca desaparece.

Estou em um lugar que é, ao mesmo tempo, estranho e familiar. Sei que nunca estive aqui antes, porque o oceano se estende diante de mim, e nunca vi o mar senão em fotos. Sinto o cheiro salgado no ar. Ouço as ondas quebrando lá embaixo. Estou fascinada com o que vejo, essa vasta beleza de azul acinzentado.

Estou em pé em cima de um penhasco. Não vejo mais nenhum sinal da Grande Muralha que cerca essa ilha. Ruas se estendem atrás de mim. Mas no centro do precipício tem uma estátua. Ela é feita de pedra azul acinzentada, a mesma cor do oceano, e forma uma espiral. É como uma onda tentando tocar o céu. Há sinais entalhados nela, símbolos que não entendo.

Dou um passo à frente e começa a chover. Pingos grandes e gordos caem sobre meu rosto e meus ombros, e o vento fica mais forte. As árvores atrás de mim balançam, se contorcem como dançarinos malucos pegos em um frenesi. Acho que devia sentir medo, mas só quero rir, por isso jogo a cabeça para trás e solto um uivo primitivo, animal, e o vento uiva comigo, e o ar eleva minha voz e a leva para as ondas, e a terra se move embaixo dos meus pés.

Raven está do outro lado da estátua de pedra, mas é como se a visse através de uma vidraça. Sua imagem é meio nebulosa. Mas é minha Raven, a Raven antes de a Condessa roubá-la, torturá-la e abandoná-la à morte. O movimento dentro de mim se intensifica outra vez, saltando e girando. É alegria, minha alegria, e agora entendo o que Sil queria dizer sobre estarmos todos conectados, sobre esse ser um poder que não pode ser controlado ou manipulado, porque é parte de tudo.

Sim, a terra retumba.

Sim, o vento sussurra.

Sim, o oceano grita.

Vejo Raven mover os lábios para dizer meu nome, e daria qualquer coisa para tê-la comigo, tocar sua mão ou ouvir sua risada.

E assim que penso nisso, um enorme raio de luz desce do céu e atinge a estátua. O fogo brilha em suas extremidades antes de desaparecer, deixando só um leve cheiro de queimado. Raven cintila como uma miragem, depois desaparece.

Abro a boca para gritar, mas o movimento invade minha garganta e a chuva cai mais forte, e sei que tenho que me controlar, esperar, ser paciente. E eu espero. E penso em cada lembrança que tenho de Raven, cada risada que compartilhamos no Portão Sul, todas as aventuras que tivemos, como ela nos salvou do esgoto e salvou Ash no mercado. Lembro a sensação da mão dela na minha. Lembro o beijo em meu rosto esta manhã. Projeto todo meu amor por essa menina no espaço aberto. Compartilho esse sentimento com todas as fibras do meu ser.

O mundo à minha volta reage. O vento sopra meu cabelo em torno do rosto, o penhasco treme sob meus pés, a chuva cai sobre minhas costas e, por um segundo, é como se meu corpo tivesse desaparecido. Eu me torno a terra e o vento. Estou em algum outro lugar, o mesmo lugar onde minha música existe, um lugar sem dor, medo ou tristeza, e junto todos esses sentimentos e os injeto em um só pensamento. Raven.

E então ela está lá, bem na minha frente, e sua pele é saudável e brilhante, e ela sorri seu antigo sorriso, cheio de calor e jovialidade, e ela fala sem abrir a boca.

"Você me encontrou", sussurra em minha mente.

"Eu encontrei você", respondo.

De repente sou puxada como se um vácuo gigante me afastasse do precipício, da estátua, e tudo gira, e agarro a mão de Raven e a seguro com mais força do que jamais me agarrei a alguma coisa na vida. Caio para a frente e penso que estou caindo no nada, mas sinto algo macio em contato com meu rosto.

Abro os olhos.

A primeira coisa que vejo é um lampejo de cor. Meu corpo caiu sobre o de Raven, e a colcha da cama é a única coisa que vejo. Por alguns segundos, fico ali parada, consciente do silêncio poderoso no quarto e do silêncio ainda mais poderoso dentro de mim. O que eu sentia desaparece, ou fica suspenso esperando por mim. Respiro fundo, e o ar tem um sabor diferente.

Eu me sento.

A primeira coisa que percebo é meu corpo, a vibração que me percorre, a força que passa por minhas veias e meus músculos, mas não é uma força física, não necessariamente. Eu me sinto... alterada. Elevada.

Olho em volta. O quarto está uma bagunça, como se um furacão tivesse varrido tudo das camas e dos armários. Percebo vagamente a presença de outras pessoas. Lucien atrás de mim, Garnet e Ash perto da parede ao lado da porta, Sil perto da janela.

Sil. Sinto a presença dela. Tem um sabor próprio, um peso específico. Como nunca notei isso antes?

Depois viro e me concentro na única pessoa que importa nesse momento.

O rosto de Raven não é saudável e radiante como vi no penhasco. Ela está abatida e suada, e os lábios estão secos, rachados. O cabelo úmido gruda na pele em alguns pontos.

Mas os olhos dela estão abertos.

As emoções que me invadem são familiares e desconhecidas, porque não sou a única a celebrar. Dentro de mim há algo de novo, uma nova consciência, e sei que nunca mais estarei sem ela enquanto viver.

E de fora, bem fraco, acho que ouço uma música. O lago canta, e o vento, e as árvores, e tem tanta vida à minha volta que, por um momento, fico sem ar, cativada pela vibração. Então Raven fala.

– Você me encontrou – murmura.

O encanto se rompe, eu caio sobre seu peito e choro. Sei que está tudo bem, que devia chorar, mesmo estando tão feliz. Essas lágrimas vão ajudá-la e vão me ajudar.

– Sim – respondo, entre soluços. – Eu encontrei você.

18

SIL DIZ PARA EU DESCER.

Faço Lucien prometer que vai ficar com Raven, que dorme quase imediatamente. Observo o movimento de seu peito até ter certeza de que não vai parar, até poder realmente acreditar que ela está viva.

Ash e Garnet também ficam com ela. Eles agora olham para mim de um jeito diferente, com os olhos muito abertos e confusos. Passo por eles em silêncio, sigo Sil e tento imaginar como havia sido a experiência para eles, tudo que acabou de acontecer.

O que pode ter destruído o quarto?

Sil põe água para ferver em uma chaleira. Sento em uma das cadeiras à mesa de jantar. Minhas mãos tremem.

– Então, agora você sabe – diz ela.

Assinto.

– Como se sente?

Balanço a cabeça. Não tenho uma resposta para isso. É como se sentisse tudo ao mesmo tempo, uma mistura de emoções com alguma coisa estranha e desconhecida que não é humana, não parece ser humana.

– Azalea ficou exatamente como você quando aconteceu com ela. A única diferença é que ela não teve que trazer uma amiga de volta da morte. – Sil coça a orelha. – Nunca vi nada parecido.

Olho para os grãos da madeira da mesa.

– Ficou muda, menina?

Levanto a cabeça ao ouvir a palavra "muda", e o fogo embaixo da chaleira explode. Sil se inclina para trás com a força que emana de mim em ondas. Minha raiva é calor, como o fogo. Minha pele queima.

– Não fale isso para mim – reajo. – Nunca.

– Tudo bem – responde Sil, devagar. – Mas você precisa se acalmar.

Não posso me acalmar. O calor dentro de mim é abrasador, e quanto mais ele queima, maiores ficam as chamas no fogão, até a chaleira ser tragada por elas. Pulo da cadeira e me afasto.

– O que é isso? – pergunto.

Uma planta no parapeito explode do vaso de cerâmica, as raízes se espalhando pelo piso da cozinha, as folhas dobrando de tamanho. A planta é um verme no fundo do meu estômago, fica mais forte na medida em que as raízes rastejam para perto de mim. Eu grito, e a água explode da torneira da pia. O fogo dentro de mim abranda, mas tenho a sensação de que minha pele derreteu, escorrega dos meus ossos como se pudesse formar uma poça no chão.

– Para fora! – ordena Sil. – Agora!

Corro para a porta dos fundos, e as raízes mudam de direção para me seguir. Bato a porta antes que elas passem e desabo na escada da varanda com a cabeça entre as mãos, ofegante. Não quero tocar nada. Tenho medo de levantar o olhar. Tenho a sensação de estar caindo novamente no poço do incinerador, como se tudo dentro de mim se misturasse e meu estômago entalasse na garganta. Agarro meu pescoço com as duas mãos e confirmo que tudo continua como deve ser, pele, osso e músculo. E eu estou inteira.

Pode ser só um minuto, mas sinto que muito mais tempo passou quando Sil vem se juntar a mim. Ela bate nas minhas costas, o que causa mais dor que conforto.

– Não se preocupe – diz. – Não é a primeira vez que um vaso explode ou o fogo escapa ao controle dentro de casa. De jeito nenhum.

– Não posso... Desculpe. Não sei o que está acontecendo comigo.

– Ah, mas isso é claro como o dia.

– Talvez deva me deixar sozinha. Não quero machucar você.

Não sei o que é esse novo poder, mas sinto que é perigoso. Eu sou perigosa.

Sil dá risada.

– Você não me assusta. Sei exatamente o que está passando, e faço isso há mais tempo, e se quer aprender a viver sem ficar maluca, *vai ter de me ouvir*.

Ela põe uma xícara de chá na minha mão. O vapor acaricia meu rosto quando a pego. É bom ter alguma coisa normal a que me apegar.

– Como eu fiz aquilo? Como salvei Raven?

Sil dá risada, uma gargalhada que vem do fundo do peito, e bate a mão na coxa.

– Como eu vou saber? Acha que somos todas iguais? Todas as árvores da floresta são iguais? Cada gota de água no lago? É claro que não. A natureza nos fez diferentes. Mas você... – Ela assobia por entre os dentes. – Não sei. Talvez seja uma espécie de curandeira. Talvez tenha sido um acaso. Ou foi só o amor imenso que tem por aquela garota.

Bebo um pouco do chá. É de crisântemo, do tipo que minha mãe fazia sempre.

– O que aconteceu no quarto? – pergunto. – O que você viu?

– Um vendaval. Como eu disse, não é a primeira vez que coisas quebram por aqui. Quatro elementos, não esqueça. Ar. Terra. Água. Fogo.

Penso nas chamas em volta da chaleira, como me senti incendiar por dentro. E estremeço.

– Não senti que era eu – comento. – Foi como...

– Você doa uma parte de si. Incorpora o elemento. É preciso se acostumar.

– E o que eu faço agora?

Sil levanta.

– Venha comigo.

Deixo a xícara no chão e a sigo pela clareira. Estrelas salpicam o céu da noite. O ar é frio em minha pele, mas não a penetra como eu sentia enquanto estava amarrada à árvore. É como se o fogo ainda ardesse meio adormecido dentro de mim.

Sil para na beira do lago e levanta o olhar. As estrelas cintilam. A luz da lua é refletida na superfície. Minha atenção é totalmente atraída pela água, por sua suavidade. Quero tocá-la.

– Você tem o poder de se conectar a cada folha de grama nesse campo, cada gota de água, cada galho de todas as árvores. Eles vão reagir a você. Mas, lembre, você não tem poder sobre essa força. É só sua igual, sempre. E deve ser digna dela. Você se doa ao elemento, e ele se doa para você.

Abaixo e toco a superfície do lago.

– Você se torna a água – diz Sil.

Sinto a conexão instantaneamente, como se meus dedos fossem fluidos, maleáveis, como se tivessem se tornado a água embaixo deles. O sentimento sobe por meu braço e para o peito, me derrete e molda. É assustador e excitante ao mesmo tempo. Ondas se espalham a partir da palma da minha mão, e eu me sinto ondular também. O vento faz meu cabelo dançar e acaricia minha nuca. É tudo tão sereno, quieto e, ainda assim, tão cheio de vida! Um poder silencioso, pulsante. Estou fascinada. É muito mais que qualquer Presságio.

– Olhe para baixo – diz Sil.

Eu me afasto da superfície do lago, e volto a sentir minha mão sólida. Ergo o corpo e olho, aturdida, para um pequeno canteiro de flores brancas que desabrocha em torno dos meus pés. Enquanto observo, as pétalas acenam para mim, abrem e fecham, depois escurecem de fora para dentro. Em poucos segundos, todas murcham e morrem sem deixar rastro de sua existência.

– As de Azalea foram azuis na primeira vez – conta Sil, olhando para o lugar onde haviam estado minhas flores. – As minhas eram do vermelho mais escuro que já vi. Como sangue.

– O que... O que era isso?

Minha voz é baixa. Não quero interferir no que acabou de acontecer.

Ela toca meu ombro. O gesto é irritante nesse momento, embora ela não use muita força.

– Isso era a vida – responde.

E volta para casa me deixando sozinha. Sento e apoio a mão sobre a grama. Sinto cada folha diferente da outra. Outra florzinha branca brota entre meus dedos, se inclinando e retorcendo, crescendo em minha direção, mas, inevitavelmente, murcha.

"Linda", eu penso. É como um suspiro, um pensamento meio formado, carregado de anseio. De repente, centenas de flores brancas desabrocham em volta da minha mão, envolvem meus dedos e o pulso com seus caules, as pétalas flutuando com a brisa leve.

Fico ali sentada por muito tempo, ouvindo as estrelas, o lago, a grama e o vento. Nunca me senti tão conectada com o mundo à minha volta. Como se eu fosse uma parte bem pequena de algo tão grande que nem pode ser compreendido. Sinto-me insignificante e única ao mesmo tempo.

É estranho, mas, de alguma forma, eu me sinto mais segura aqui do que dentro da casa. No espaço aberto, com água, ar e terra livres e sem limites, estou calma.

Penso nas ruas sujas do Pântano e no ar imundo da Fumaça. Lembro o que Sil falou, como a realeza cortou a ilha e a costurou novamente. Vejo a realeza como uma aranha gigantesca prendendo tudo em sua teia, engordando até seu corpo ficar inchado, e ainda não é o suficiente. Nunca será o bastante, e é hora de eles serem contidos.

Pela primeira vez desde que tudo isso começou, penso que é possível. Talvez eu possa ajudar como Lucien espera que eu ajude. Estou me sentindo muito conectada a tudo, repleta com o poder dos elementos. Talvez eu consiga abrir um buraco nas muralhas, derrubar as barreiras, ajudar a unir os círculos. Passo a mão pela grama e ela incha, cresce tentando encontrar meus dedos. Sinto como se eu também crescesse. As folhas fazem cócegas na pele.

– Violet?

Viro. Ash caminha em minha direção. O vento ganha força.

– Vim ver se está tudo bem – diz ele. Em seguida para e olha para baixo. – Ei!

Uma trilha de flores brancas ilumina o chão. Elas cercam seus pés, crescem sobre os sapatos.

– Foi você?

Confirmo com um movimento de cabeça.

– O que é isso?

– Vida – murmuro. As flores murcham em torno dele. – E a Raven?

– Continua dormindo. – Ash senta ao meu lado. – O que você fez lá... foi incrível. Um pouco aterrorizante, mas incrível.

– Acho que talvez eu possa ajudar. Posso fazer o que Lucien quer. Acho... que consigo quebrar rochas e destruir pedras. Poderia fazer o lago inteiro virar uma onda, se eu quisesse, ou transformar o vento em um tornado. Então, talvez eu possa abrir buracos nas muralhas que separam essa cidade.

Ash sorri meu sorriso favorito e segura minha mão.

– Bom, considerando o que aconteceu naquele quarto, acho que pode. Vai conseguir fazer tudo o que decidir.

– O que aconteceu? Como foi?

– Eu fiquei imóvel. Tentei chamar você, Garnet também, mas seu rosto... era como se você nem estivesse mais ali. Depois começou a ventar, primeiro um vento brando, depois uma ventania que varria as coisas no quarto. Pensei que fosse quebrar as janelas. Sil gritou para que você não fosse tocada por ninguém. Nada afetava você, era como se não sentisse o vento e não nos ouvisse. Mas sua expressão... era tão calma e, ao mesmo tempo, tão forte! Não consigo descrever de outro jeito. – Ash hesita. – Como foi para você?

Fico assustada por saber que provoquei algo tão violento sem nem perceber. E não quero falar sobre o penhasco com Ash, ainda não. É muito particular. Mas quero dar a ele algum tipo de resposta.

– Vi o oceano – sussurro.

A pausa é densa. Posso sentir a incredulidade de Ash. Mantenho os olhos fixos no lago.

– Como era? – pergunta ele, finalmente.

– Infinito.

Ficamos sentados e em silêncio por um minuto. Mas não é silêncio de verdade. Ouço a grama crescendo, a água ondulando e o ar deslocando-se.

– O que você fez por Raven... – começa Ash, hesitante. – Acha que pode fazer por outra pessoa?

Nós dois sabemos de quem ele está falando.

– Acho que não é assim que funciona – respondo.

Não menciono que não poderíamos ir ver Cinder agora, mesmo que quiséssemos.

– Não – concorda Ash. – Imagino que não.

O vento sopra uma mecha de cabelo para dentro de seus olhos. Ele sacode a cabeça para tirá-la dali.

– Queria poder fazer mais – reclama ele. – Queria ser mais útil. Quatro anos em uma casa de acompanhantes, e tudo que aprendi foi como seduzir mulheres. Não é muito valioso.

– Você tem muito valor.

– Tenho? Durante toda minha vida, só vali o que alguém quis pagar por mim.

– Eu nunca paguei por você. E, para mim, você não tem preço.

Ash segura meu pescoço com a mão e me puxa para um beijo. A sensação dos seus lábios nos meus é magnífica. São

macios, quentes e cheios de vida. Eu seria capaz de devorá-
-lo. Quero sentir sua pele na minha outra vez. Quero senti-lo
por inteiro neste novo corpo, com estes novos sentidos. Ash
recua, e outra onda de flores brancas desabrocha e morre à
nossa volta.

– Não está sangrando – constata ele, e desliza o dedo
pelo comprimento do meu nariz. – Não como sangrou no
incinerador.

Massageio a base do crânio.

– Não – reconheço. – E também não tenho mais dor de
cabeça. Era isso que eu tinha de fazer. São os quatro elementos, Sil me explicou. Estou conectada a eles, de alguma
forma. Não os controlo ou domino, nem os transformo em
outra coisa. – Penso na chaleira cercada pelo fogo. – Mas
eles me apavoram. Tem muito poder nisso. E nós nunca
soubemos. Acho que nem a realeza sabe – suspiro. – Eu
devia entrar. Quero ver Raven.

Ash segura minha mão com mais força.

– Sil está cozinhando – conta ele. – Ela sugeriu que você
ficasse aqui. Na verdade, sugeriu que passasse a noite toda
aqui fora. Aparentemente, você pode fazer um grande estrago dormindo. Ou Azalea fez.

– Ah.

– Raven vai ficar bem. Garnet e Lucien estão com ela.

– Certo.

– Violet – Ash toca meu rosto com a ponta dos dedos –,
vou ficar aqui com você.

– Ah, não, Ash, não precisa... Quero dizer, não deve ficar, provavelmente. Não quero machucar você.

– Sei que está sozinha nisso, que não posso entender o
que está passando. Mas posso ficar aqui com você. Para
você. Disso, pelo menos, eu sou capaz. Então, estou aqui.

– Ele me olha de lado. – Por favor, não ateie fogo em mim no meio da noite.

– Não tem graça.

Ele revira os olhos.

– Sil me contou que você não pode criar nada, só modificar o que já existe. Então, a menos que pretenda dormir com fósforos e uma lata de querosene, acho que não corro esse risco. – Ele beija minha têmpora. – Vou buscar cobertores e travesseiros.

Eu o seguro pelo braço.

– Não. Fica aqui comigo mais um pouco.

Ash senta de novo ao meu lado, passa um dos braços sobre meus ombros e me puxa contra o peito. Sinto seu cheiro e as batidas de seu coração, fortes e estáveis embaixo do meu rosto, a vida dele, a minha, todas as vidas entrelaçadas à nossa vida nesse momento.

Ficamos ali cercados pela quietude da noite, com flores brancas desabrochando e sumindo em torno de nós.

19

❧

ACORDO AO AMANHECER E ENCONTRO SIL PARADA AO MEU LADO.

Ela usa a habitual jardineira e uma grossa echarpe de lã. Carrega nas mãos um grosso portfólio de couro em cujos cantos é possível ver a beirada de folhas de papel amarelado.

Sil põe um dedo sobre os lábios e inclina a cabeça para as árvores.

Ash dorme tranquilamente ao meu lado. Eu me solto de seus braços e dos cobertores com toda delicadeza possível, ele suspira e se vira de costas, mas não acorda. Dormimos à sombra do celeiro, perto das árvores. Sil vaga pelo limite da floresta, sempre mantendo a Rosa Branca à vista, até estarmos a uma boa distância de Ash. Do outro lado da clareira, a luminosidade cinzenta beija a copa das árvores, nuances de laranja e dourado espiando por entre os galhos.

– Não quis sobrecarregá-la com tudo que aconteceu ontem à noite. – Sil me mostra o portfólio. – Sei que tinha muita coisa em que pensar.

Assinto. O ar é gelado, e sinto falta do calor do corpo de Ash. Mas, ao mesmo tempo, sinto o mundo todo acordando.

Sil para perto de uma grande árvore. Ela geme ao se abaixar e senta no chão, e apoia as costas no tronco largo.

– Sente-se – fala, enquanto bate na grama a seu lado. Quando sento, tomo consciência da terra embaixo de mim, de sua textura rica, pesada, das raízes que vivem e crescem dentro dela. Lá embaixo, bem lá no fundo, acho que sinto água correndo. Um rio subterrâneo, talvez?

– Sente tudo isso, não é? – pergunta Sil.

– É muita coisa – respondo. – Como não fica... Como consegue... viver normalmente?

Ela dá risada.

– Não consigo.

O sol começa a se erguer e pinta o céu com pinceladas de rosa. Sil deixa o portfólio entre nós.

– Você precisa aprender sua história – diz. – Quando esse poder despertou em mim, eu não tinha nenhuma compreensão de nada. Fiquei aterrorizada. E estava sozinha. Passei anos me perguntando de onde vinha tudo isso, essa magia que se emaranhava nos Presságios. Seria algum experimento real fracassado? Então, Azalea apareceu, e Lucien com ela, e eu tive acesso à mais antiga biblioteca da cidade inteira.

– A biblioteca da Duquesa.

Eu me lembro dela se gabando durante um jantar, contando como seus ancestrais haviam construído a Grande Muralha, como era seu "dever" preservar a literatura do tempo deles.

Sil assente.

– Lucien tirava tudo que conseguia da biblioteca e levava para mim. Peça por peça, montei esse quebra-cabeça. Ou fiz o melhor que pude, pelo menos. Os únicos que realmente poderiam explicar tudo estão mortos há muito tempo.

Ela abre o portfólio. Eu o pego com as mãos trêmulas. As páginas são muito velhas, tenho medo de que se esfarelem e virem pó se forem tocadas. A primeira página parece ser um mapa. É a ilha, mas sem a cidade, e há nele sinalizações que nunca vi. Vários xis vermelhos acompanham o litoral. Outras áreas no interior da ilha são circuladas, marcadas com anotações que mal consigo ler. "Depósito de topázio", diz uma. "Solo rico", marca outro círculo.

Viro outra página. Nela encontro uma caligrafia fina, inclinada. Parece ser uma lista de nomes, mas estranhos e desconhecidos.

Pantha Seagrasse

Jucinde Soare

São vinte nomes. Imagino que sejam todos de mulher, porque os nomes me dão a sensação de serem femininos. E no fim da página tem uma nota que me faz sentir um arrepio.

Data de execução, 5 de março, no ano da Fundação.

O ano da Fundação. O ano em que a Cidade Solitária foi formada.

Olho a página seguinte. Ela é coberta de ilustrações rústicas, uma delas parece ser uma mulher segurando chamas. Outra mostra uma jovem com os braços estendidos, uma grande onda azul quebrando sobre sua cabeça.

Outras páginas estão borradas demais para serem lidas, com apenas algumas palavras e frases escritas claramente.

... pisotear a fonte em sua essência...

... sob nosso comando...

... misericórdia... da morte...

... ricos...

... prometido...

Mas é uma página perto do fim que chama minha atenção. Provavelmente por ser a mais antiga e, no entanto, a mais bem preservada. Tenho a sensação de que, quando Lucien a recuperou para Sil, ela tomou muito cuidado para conservá-la. É quase inteiramente legível. Tem uma data no topo que não reconheço... O documento foi escrito antes da Fundação?

Começo a ler, e a primeira frase faz meu estômago pular como se eu tivesse errado um degrau ao descer uma escada.

A ilha era chamada Excelsior, a Joia da Terra.

Levanto a cabeça. Sil me observa com um olhar firme, os olhos prateados brilhando à luz do início da manhã.

– Sim – diz ela. – A ilha teve um nome no passado. E não era a Cidade Solitária. – E aponta a página. – Continue lendo.

A lenda fala de suas riquezas... Terra escura e grossa em que qualquer semente cresce, árvores verdes e frondosas que cantam quando a brisa do oceano brinca com suas folhas, animais de todos os tipos, gatos listrados, aves de plumagem colorida e lagartos escamosos. Mas, acima de tudo, cavernas e mais cavernas de pedras preciosas. Diamante, topázio, granada, rubi, esmeralda, safira. Tudo isso e mais.

As frases seguintes são difíceis de ler. Vejo uma referência à Casa do Lago, outra à Casa da Pedra. Alguma coisa sobre alianças, e outra menção aos ricos. O parágrafo seguinte é muito mais claro.

Mas a ilha era só um mito. O povo de Bellstar – governada por Lago e Balanças – e o povo de Ellaria, sob o governo de Pedra e Rosa, sabiam que isso era verdade. Muitos tentaram encontrar a ilha. Ninguém conseguiu. Os que voltaram falavam de ventos do mal que afundavam seus barcos, ou ondas gigantes que varriam a tripulação a bordo para um túmulo de água, sem nunca terem vislumbrado o destino.

Mas as famílias reais não se deixavam dissuadir. Centenas de navios foram construídos, e a grande corrida começou. Que país encontraria a Joia da Terra e a tomaria como sua?

Fui contratado pela Casa das Balanças para trabalhar como escriba. Meu pai não queria que eu fizesse essa viagem. Mas eu tinha de ver a ilha com meus próprios olhos. Dias sombrios...

O resto do parágrafo está borrado e apagado. Viro a página.

No fim, as quatro famílias tiveram que trabalhar juntas para conquistar a ilha, tal a profundidade de sua magia, a força da proteção de suas fronteiras. Mas os nativos não tinham como enfrentar o poder do canhão, a força bruta da artilharia real. Fiz um relato do ataque na praia ocidental, porém, como ele não retrata a realeza em suas características mais favoráveis, imagino que o documento não sobreviva além de hoje.

As execuções acontecem ao amanhecer. Nenhuma mulher do vilarejo foi poupada, porque não era possível saber quais delas tinham o poder estranho e fascinante de falar com o mar, o vento e a terra. Elas se autodenominam as Paladinas, guardiãs de Excelsior. Afirmam que é dever delas proteger a ilha.

A realeza está convencida de que vai localizar todas elas, mas não tenho tanta certeza.

O resto da página é borrado. Minhas mãos tremem tão violentamente que tenho que fechar o portfólio para ter certeza de que não vou danificar o conteúdo. Meu cérebro funciona em alta velocidade enquanto tento entender tudo. A realeza sempre disse que essa ilha era desabitada. Era essa a história. Eles a encontraram, povoaram, e construíram a Cidade Solitária.

Nunca disseram que havia outras pessoas ali.

– É – resmunga Sil, olhando para as árvores do outro lado da clareira. – São mesmo um bando de filhos da mãe, não são?

– Quem são elas? – pergunto. – As mulheres?

– Nossas ancestrais. Somos descendentes das Paladinas. As guardiãs desta ilha. – A voz dela é quente, rica e reverente. Ela apoia as mãos na terra dos dois lados do corpo. – Acredito que essa ilha nos dá poder. Em troca, fomos incumbidas de protegê-la. Mas ficamos perdidas por muito tempo. Eles acreditavam que haviam nos matado, mas nosso bom amigo, o escriba, sabia que não.

É estranho pensar que descendo de uma antiga raça de mulheres mágicas.

– Talvez aquele lugar fosse isso – sussurro.

– Que lugar?

Conto a Sil sobre o penhasco e o monumento, o lugar onde encontrei Raven e de onde a trouxe de volta.

– Viu o oceano? – Ela se espanta.

Confirmo com um movimento de cabeça. Sil cobre a boca com a mão e, por um momento, acho que ela vai chorar.

– Sabia que éramos ligadas a ele – murmura ela –, mas nunca...

– Do que está falando?

– Quando eu estava morrendo no necrotério, ouvi um som estranho, um barulho como o das ondas, e senti um cheiro forte e salgado. Nunca havia sentido o cheiro da água do mar, mas tive certeza de que era isso. E aquilo me chamava. E me confortava. – Ela pisca e desvia o olhar. – Queria poder vê-lo. Aquelas muralhas... As malditas muralhas estão de pé há muito tempo. – Sil vira para mim com uma repentina ferocidade. – Não entende? É nossa ilha! Eles a tomaram de nós, assassinaram nossas ancestrais e se declararam donos da ilha. Isso tem a ver com muito mais que o Leilão. Tem a ver com uma raça de pessoas escravizadas e extintas. Mas nós não morremos. Não conseguiram nos matar, e chegou a hora de pagarem pelo que fizeram.

– E acredita que posso derrubar partes de suas muralhas?

– Acho que essa é sua missão na vida.

Ficamos em silêncio por muito tempo. Abro a mão sobre a grama e sinto as raízes na terra gemerem e se alongarem. Acolho sua força. Tenho a sensação de que posso pedir para elas brotarem do chão ou mergulharem mais fundo, e elas me atenderiam. É como se as árvores tivessem sede de alguém como eu. O ar é frio e limpo, cheio de vontade. Desejo de proteger. De ser protegido. De ajudar.

– Você entende bem depressa – diz Sil. – Esse lugar é especial. Elas me chamaram aqui, eu acho... as Paladinas. O espírito delas, se acredita nessas coisas. Tem uma energia aqui. Acho que esse lugar pode ter sido importante para elas no passado.

– Como chegou aqui? – pergunto.

– Essa é uma longa história.

Ela esfrega o dorso da mão coberta de cicatrizes. Espero. Com um suspiro exagerado, Sil se recosta na árvore.

– Sabe como saí da Joia.

– Pelo incinerador.

Ela assente.

– Fiquei vagando pelo esgoto por sei lá quanto tempo. Estava faminta. Apavorada. Quando finalmente consegui sair, fui parar no Banco. Nunca havia estado no Banco antes. Não tinha ideia de onde estava. Eu me escondi em um beco atrás de uma loja. – O olhar dela suaviza. – Foi quando vi minhas flores. Mas não as achei bonitas. Tive medo delas, ou do que acontecia comigo. Não me sentia no controle, mais ou menos como você ontem à noite, mas cem vezes pior, porque eu estava sozinha. Achei que ia enlouquecer. Começou a chover. Choveu durante dias, pancadas fortes de chuva que não paravam. Era eu, acho, embora eu não soubesse, na época. Procurei comida nas latas de lixo. Roubei roupas e curativos para o meu braço. Mas só podia sair à noite. O vento me seguia a todos os lugares. Árvores se tornaram versões torcidas e crispadas de suas antigas versões. – Ela acaricia uma raiz que brota do chão. – Finalmente tive a coragem de me aventurar a mais pelo Banco. Encontrei uma estação ferroviária e me escondi no trem. Não sabia para onde ia, mas não consegui ficar no Banco. O trem me levou à mesma estação para onde levou você.

Florezinhas vermelhas cresciam em torno dos joelhos de Sil. Ela as toca antes de murcharem.

– Foi um pouco mais fácil para mim, porque eu não tinha um acompanhante fugitivo como companheiro de viagem. – Ela me olha de lado. – Ninguém estava me procurando. Todo mundo achava que eu estava morta. Mas eu tinha medo de me aproximar das pessoas. Era perigoso. Não sabia explicar o que estava acontecendo, mas as coisas enlouqueciam à minha volta. Tem uma cidadezinha fora dessa floresta. Eu incendiei uma loja. Um vento horrível arrancou janelas das casas. Um menino ficou ferido. Eu tive que ir embora. Ninguém sabia que era eu, é claro. Ninguém prestava atenção a uma adolescente órfã e suja. Mas eu saí de lá e vim para a floresta. Ela me atraía. Por dois dias, comi castanhas e casca de árvore, e bebi água dos riachos que a cortavam. Mas alguma coisa me chamava. Quanto mais eu penetrava na floresta, mais forte era a atração. Então encontrei esta casa velha apodrecendo, abandonada, e soube que era perfeita para mim.

Sil olha para a casa do outro lado da clareira.

– Por que é chamada de Rosa Branca? – pergunto.

– Eu dei o nome. Era outono quando cheguei. Havia um jardim na varanda, uma área de folhas secas e caules murchos. Nada crescia havia anos. Fiquei ali olhando para aquela imagem de abandono, tentando me convencer de que o lugar se tornaria minha casa, de que eu teria segurança entre aquelas paredes. Então, uma rosa desabrochou em uma roseira morta, bem na minha frente. Era mais branca que a neve e mais macia que o pelo de um coelho. E ela cresceu do nada. Senti que eu era capaz daquilo também, que eu podia construir alguma coisa bonita para mim a partir do nada. – Sil balança a cabeça. – Que idiota idealista eu era.

– Mas construiu alguma coisa – digo, ainda olhando para a Rosa Branca.

– Sim, sim – concorda Sil, como se isso não estivesse em discussão. – Descobri que eu podia plantar minha própria comida, e que tudo crescia depressa e com facilidade. Eu não precisava roubar. Podia vender ou trocar por roupas e suprimentos. Comecei a trabalhar para arrumar esse lugar. – Ela balança a cabeça. – O poder era melhor aqui. Mais fácil. Não me assustava tanto. Mas eu me sentia… isolada.

Tento me imaginar vivendo sozinha na floresta por quarenta anos, tendo apenas um poder estranho e desconhecido por companhia. Acho que enlouqueceria.

– Então, há cerca de três anos, uma garota apareceu na minha porta com uma dama de companhia. Eu soube imediatamente o que ela era, claro. Mas ela nunca havia estado em uma instalação de contenção. Lucien a havia escondido em algum lugar assim que ela se tornou mulher. Ele a escondia em vários lugares na Fazenda. A família podia ter sido transferida do Pântano para a Fazenda, mas a realeza não deixaria uma menina nascida do Pântano escapar do exame para saber se era uma substituta. – Os olhos de Sil se tornam distantes, e eu tento imaginar que lembranças passam por sua cabeça. – Azalea não havia sido atormentada e destruída como todas as substitutas. Achei que eu poderia ensinar a ela. Não queria mais ficar sozinha com aquele poder. Azalea demorou muito para sentir. Não sabíamos que notas ela poderia ter alcançado, mas, provavelmente, teriam sido parecidas com as suas ou as minhas. Ela não conseguia usar todos os elementos, só se conectava com o Ar. E tinha pesadelos que destruíam os móveis. Ela começou a dormir do lado de fora. Disse que gostava mais, de qualquer maneira. – Sil sorri e levanta a cabeça para o céu. – A menina tinha um grande coração. Era otimista a ponto de ser irritante. Pela primeira vez em muito tempo, eu me sentia feliz. Tinha companhia. Então, quando ela começou a falar sobre salvar as outras substitutas e como a realeza precisava ser contida, eu disse que ela devia se sentir satisfeita por estar segura. Lucien concordou comigo. Era praticamente a única coisa sobre a qual concordávamos naquele momento. – Ela ri. – Ah, mas Azalea era jovem e cheia de esperança, e nunca havia vivido na Joia. Aquilo endurece a gente, morar naquele lugar. É como um espelho que mostra as piores partes da humanidade. Muda as pessoas.

Eu me arrepio.

– E ela acreditava que podíamos conseguir – Sil continua –, que podíamos usar os elementos contra eles, como eles usavam os Presságios contra nós. Dizia que era esse nosso propósito. Era a época em que eu estudava o passado, aprendia nossa história. Lucien fazia tudo por Azalea, qualquer coisa, inclusive roubar documentos debaixo do nariz da Duquesa. Mas eu nem queria saber da tal revolução, e nem ela se incomodava em falar. Estava segura, nós repetíamos sempre, e isso era tudo que importava. – Ela massageia a testa. – Tinha esquecido o que era ser jovem. Estar cheia de ideias, acreditar na possibilidade de mudar o mundo. Era egoísta. Eu não... – Sil engole e desvia o olhar do meu. – Acho que ela se deixou capturar para fazer o teste de substituta. Sabia que era o único jeito. Ela não queria ter a minha vida, ficar presa nessa fazenda para sempre tendo só o vento e as árvores como companhia. Queria mais, não só para ela mesma, mas para todo mundo.

– E foi então que você e Lucien formaram uma equipe?

Sil deixa escapar uma gargalhada dura.

– Eu não chamaria isso de equipe. É mais uma aliança improvável. – Ela passa a mão pela casca da árvore. – Esse lugar ficou de luto quando ela morreu. Nós choramos sua morte juntos. – Olha para mim. – E agora você está aqui e temos esperança outra vez. Esperança para nossas irmãs trancafiadas nas instalações de contenção. – Sil ameaça ficar em pé, mas para. – Como ela é?

– Quem?

– A Duquesa. Estou curiosa.

– Ah... – A Duquesa é muitas coisas, mas a última lembrança que tenho dela está gravada em minha cabeça. – Ela matou minha amiga. Na minha frente. – Sinto um nó na garganta.

– Então eu criei uma assassina – Sil resmunga.

– Não acho que seja responsável por tudo que ela é.

– Ah, mas pode apostar que sou. Já disse, o pai dela era o mal em pessoa. – Ela massageia a nuca. – Sei que a outra morreu. A irmã mais nova. Li a notícia no jornal. Ela deu as costas para a realeza.

– Talvez seja sua culpa também.

Sil franze a testa.

– Violet? – A voz de Ash soa do outro lado da clareira.

Levanto e limpo a terra da calça. Sil pega o portfólio e o aperta contra o peito, enquanto comenta:

– O lugar dele não é aqui, sabe? Ele não é um de nós.

Sinto as costas tensas.

– O lugar dele é comigo.

– Ele vai prejudicar sua capacidade de julgamento.

– Como Azalea prejudicou a sua?

– Exatamente.

– Bom, não sou você. – E, sem esperar por uma resposta, viro e volto para perto do celeiro, onde Ash continua me chamando.

20

— ENTÃO... ESTÁ DIZENDO QUE DESCENDE DE UMA RAÇA DE mulheres mágicas que a realeza tentou extinguir? – resume Ash.

Estamos voltando à Rosa Branca. Quero ver Raven. Mas expliquei a ele o que Sil me falou.

– Precisa falar desse jeito?

– De que jeito?

– Como se não acreditasse em mim.

– Eu acredito em você. Acho que isso tudo é bem típico da realeza, eles seriam capazes de aniquilar uma população indígena. Queria ver esses papéis que a Sil lhe mostrou.

Duvido que essa possibilidade exista, mas não digo isso a Ash.

– Estive pensando em outra coisa que Sil falou – comento. – Sobre Azalea. Ela só conseguia se conectar com o ar. Eu pensei... Talvez as notas de Presságios revelem uma informação útil, afinal. Sil e eu tivemos nota máxima em Crescimento, talvez isso indique que possamos ter acesso a todos os elementos.

– É um raciocínio lógico. Mas não sou perito em Presságios.

Mordo o lábio.

– Está preocupada com o quê? – pergunta Ash. – Se pode controlar a terra, por que não pede a ela para fazer cair os muros? Não é isso que Lucien quer?

– Eu sou uma só. Esse poder é incrível, é claro, mas... os muros são grossos. A realeza tem armas. Eles têm um exército. E se eu conseguir passar por uma muralha só, e depois descubro que não tenho a força? A realeza precisa realmente dessas muralhas para se proteger?

Chegamos ao lago. Eu me abaixo na beirada e toco a superfície fria. Quero repetir o que senti na noite passada.

Sil disse que temos de incorporar o elemento para estabelecer a conexão com ele.

Eu me torno a água.

Minha pele fica novamente escorregadia quando me uno ao lago. Ele ondula dentro de mim, espelhado e brilhante. Expando-me dentro dele, e sou a onda que se ergue sobre nossa cabeça. Ash se assusta, e a onda e eu quebramos, molhando-o com uma névoa fina.

Tiro a mão da água e olho para ele contendo o riso.

– Desculpe – peço, e ele sacode o cabelo para remover as gotas de água.

– Sabe – diz Ash, segurando minha mão para me ajudar a subir a margem –, na casa de Madame Curio, eles gostavam de manter todos nós em competição o tempo todo. Atrair a atenção de determinado cliente rendia certo número de pontos. Dominar uma habilidade, mais pontos. Eles mantinham um grande quadro de notas no salão principal, com um registro para cada acompanhante. Quem somava pontos suficientes, ganhava uma recompensa. Eles não queriam que formássemos um grupo unido. Preferiam nos manter separados.

– Ah – respondo, sem saber aonde ele queria chegar.

Ash percebe minha hesitação e sorri.

– É disso que vocês precisam. Um grupo unido.

– Como assim?

Nesse momento, o grupo é formado por três substitutas, uma dama de companhia, um acompanhante, um filho da realeza. Como pensar em união?

– Um grupo unido de substitutas. – Ash dá de ombros. – Não são todas capazes desse mesmo poder? Se todas vocês descendem de antigas guerreiras?

Meu espanto é evidente. Várias coisas parecem se encaixar em minha cabeça ao mesmo tempo. Penso no que Sil disse mais cedo, sobre como Azalea conseguia se conectar com o Ar, mas não com outros elementos. Penso no incinerador, em como Raven e eu apagamos o fogo *juntas*. Somos mais fortes juntas.

A maior concentração de substitutas está no Pântano, nas instalações de contenção. Quatro instalações em quatro áreas-chave: norte, sul, leste e oeste.

Não precisamos derrubar todas as muralhas. Só temos de penetrar uma delas: a Joia.

– Lucien! – grito. Meus pés estão presos no chão. Agarro o braço de Ash. – Você é um gênio!

– Que foi?

Lucien sai correndo da casa. Atrás dele, vejo Garnet e Raven, o que deixa meu coração apertado. Ela está enrolada em um cobertor grosso, e Garnet mantém uma das mãos em suas costas, como se tivesse medo de vê-la cair a qualquer momento. Raven parece cansada, mas saudável. Viva.

– Como você está? – pergunto.

Ela sorri seu antigo sorriso.

– É como se a névoa se dissipasse. Como se um peso fosse removido. Estou me sentindo… nítida. Não como antes, mas melhor. – Ela olha irritada para Garnet. – Pode falar para ele parar de me cercar. É pior que minha mãe.

– Você entrou em colapso ontem à noite – lembra Garnet. – Prefiro estar perto o bastante para segurá-la, se cair de novo.

Só então me dou conta de que Raven não está mais grávida. A ameaça desapareceu.

– Por que me chamou? – questiona Lucien. Ele vestiu outra vez o traje de dama de companhia.

– Vai embora? – pergunto.

– Tenho que voltar à Joia. Garnet vai comigo. Seria péssimo perder o próprio casamento.

Garnet faz uma careta atrás de Lucien.

– Tenho uma ideia – anuncio. – Acho que, sozinha, não sou suficiente. Resumindo, você quer que eu destrua trechos das muralhas que cercam cada círculo, que promova a integração da população do Pântano, da Fazenda e de todo resto, de forma que a cidade inteira possa lutar junta. Mas vai levar tempo para eu chegar a cada muro. E não sabemos se tenho a força suficiente. E se eu só conseguir destruir parte de uma muralha? Ou se me machucar? Se isso acontecer, você não vai ter nenhuma ajuda.

– Violet, eu não...

– Escute. Presumo que haja membros da Sociedade em cada círculo, certo?

Lucien confirma com um movimento de cabeça.

– Então, deixe que eles cuidem dos próprios círculos. Que lutem contra a realeza onde têm seus membros, no Banco, na Fumaça, e em todo o resto. Vamos deixar os círculos lutarem por si mesmos. – Lembro-me do Ladrão, de como ele conhecia bem o Quadrante Leste da Fumaça. – Por que misturar os círculos tão depressa? Reconheço que isso tem de ser feito, mas vamos arrancar as raízes reais primeiro. Depois derrubamos juntos todos os muros.

– E quanto à Joia? – pergunta Lucien. – Quem vai lutar contra a realeza dentro da casa dela?

– As substitutas – afirmo, confiante.

Ele levanta uma sobrancelha.

– Como é que é?

– Ash me fez perceber a necessidade de um grupo unido. É disso que precisamos. Eles têm um exército de Guardas. Acho que temos de enfrentá-los com um exército de substitutas.

– Um *exército* de substitutas?

– Tem muito potencial trancado naquelas instalações de contenção. Temos de nos aproximar delas, mostrar do que são capazes. – "E quem realmente são", acrescento, em silêncio. Penso no que Sil me disse mais cedo, sobre as Paladinas serem as guardiãs dessa ilha. – Acho que é para isso que existimos.

– Como pretende entrar nas instalações de contenção?

Franzo a testa.

– Ainda não sei. Mas conheço cada centímetro do Portão Sul. E conheço muitas meninas que estão lá. Acho que elas vão confiar em mim. Você precisa trazer três garotas da Joia para cá. Uma de cada instalação de contenção. As que tiveram as notas mais altas em Crescimento. Se a nota de Crescimento indica compatibilidade com os elementos, vamos precisar das melhores que encontrarmos, as que puderem se conectar ao maior número de elementos.

– E quando eu resgatar mais três substitutas, e você treinar essas meninas de acordo com seu poder, como pretende levar uma horda de substitutas à Joia?

E a resposta chega como um raio, óbvia, o tempo todo ali. Eu sorrio.

– Vamos usar o Leilão.

– Sim – concorda Raven.

– Não entendi – diz Garnet.

– O Leilão – explico. – Os trens para a Casa de Leilão. Temos de colocar o maior número possível de meninas naqueles trens. Assim, a realeza vai nos levar para dentro da Joia sem nem perceber. Não precisamos derrubar o muro. A realeza vai nos levar para dentro do círculo.

Garnet assobia baixinho.

– Tenho de reconhecer, isso é brilhante.

– O Leilão está marcado para outubro – lembra Lucien. – Falta um bom tempo.

É verdade. Quanto tempo podemos esperar sem correr grandes riscos? Tenho medo de que Hazel seja testada. Temos de acabar com o Leilão antes que o próximo possa acontecer.

– É um começo – diz Ash. – Coordenem os ataques dentro de cada círculo com o Leilão, e a realeza não vai nem saber de onde veio o golpe. Sugiro os alojamentos da Guarda e os gabinetes dos magistrados como pontos de partida. Talvez até os Bancos. Eles não podem lutar contra todo mundo ao mesmo tempo, não se forem atacados dentro das próprias muralhas.

Lucien olha para ele com desdém.

– É uma boa ideia – insisto.

Ele suspira.

– Imagino que você deva ter uma ou outra substituta para sugerir na Joia.

Assinto.

– Outra amiga? – pergunta ele.

– Não – respondo. – Mas acho que ela é exatamente o que precisamos.

E conto a Lucien sobre a leoa.

21

— COMO VAI NOSSA ESTRELA REVOLUCIONÁRIA? — A VOZ DE Garnet soa baixa pela arcana, que agora flutua sobre o ombro de Raven.

Ela está empoleirada no topo de uma pirâmide de fardos de feno. Duas semanas na Rosa Branca, e Raven é uma nova pessoa. Mais saudável, mais feliz.

— Ela se destaca — responde Raven. — Violet nasceu para isso.

Eu me torno o ar.

Aceito o elemento, me dissolvo nas moléculas sem peso que envolvem as fibras do feno espalhado pelo chão do celeiro. Elas ficam ali suspensas. Sinto o pesinho insignificante de cada uma delas. Eu as faço flutuar até Raven, e as partículas se movem em torno de seu corpo como planetas de formas estranhas orbitando um sol.

Ela aplaude. Ash ri de onde está escovando Turnip, o cavalo de Sil, que foi chamado de Cavalo até Ash começar a cuidar dos animais. Turnip é o apelido que ele usava para Cinder quando ela era bebê. Nabinho.

— Ela devia tentar bordar — sugere Garnet. — Ou tricotar. Sabe, se desafiar.

– Ou colecionar jogos de chá em miniatura – diz Raven com uma careta. – Assim, ela e sua esposa vão poder fazer festinhas de artesanato.

– Para sua informação, Coral tem exatamente duzentos e sessenta e cinco exemplares dessas coisas. Acredite. Ela contou. Na minha frente. Tive que ficar lá sentado e sorrindo, enquanto ela fazia uma apresentação completa da coleção. É uma obsessão ridícula, mas não dá para deixar de admirar tanta determinação.

– Estou impressionada.

– Vou fingir que não percebi seu sarcasmo.

Raven conversa mais com Garnet do que eu. Eles adoram debochar um do outro. Acho que isso a mantém atenta, aguçada. Ele a faz lembrar como era antes.

– Algum motivo específico para chamar? – pergunta Raven. – Alguma novidade da Joia?

As fibras de feno caem no chão quando interrompo a conexão com o Ar. Quero participar realmente dessa conversa.

– Não vejo Lucien desde o casamento, não sei o que ele está fazendo. Minha mãe tem planos, mas não consegui arrancar nenhuma informação dela, e não posso fingir que desenvolvi um interesse repentino por substitutas.

– Planos envolvendo uma substituta? – pergunto. – Mas ela não tem nenhuma.

– Sim, mas só eu e Lucien sabemos disso na Joia. Ah, e aquele acompanhante novo de que vocês falaram, ele sabe, porque viu você, Violet.

– O nome dele é Rye – esclarece Raven.

– Como ele está se saindo? – pergunta Ash, e deixa a escova de lado.

– Bem, acho. Não tenho falado com ele, o rapaz não sabe sobre a Sociedade, sobre nada. E Carnelian ainda choraminga por sua causa. Fala sobre você para ele o tempo todo. Deve estar pensando que o coitado vai contar alguma coisa importante sobre Ash Lockwood. É meio triste, na verdade.

– Mas e o plano envolvendo uma substituta? – Não quero perder tempo com notícias de Carnelian. – O que ela pode estar tramando?

– Como eu disse antes, ela não me conta nada. E estou tentando representar o filho perfeito. O casamento me pôs na linha, não passo mais as noites nas tavernas do Banco, esse tipo de coisa. – Ele faz uma pausa. – Mas tenho certeza de que ela está tramando alguma coisa. Ontem à noite minha mãe levou uma carta ao Executor. Foi entregá-la pessoalmente. A última vez que minha mãe entregou a própria correspondência foi... Bom, provavelmente, nunca.

– E a Sociedade? – pergunta Ash, jogando comida para as galinhas que ciscam pelo galinheiro. – O que estão fazendo? Alguma novidade?

– Teria de perguntar isso a Lucien. Tudo que sei é o que li nos jornais. E só porque sabia o que procurar.

A Sociedade tem vandalizado propriedade real, atacado alvos específicos na Fumaça e na Fazenda. Basicamente, gabinetes de magistrados e alojamentos da Guarda, como Ash sugeriu, embora Lucien jamais vá admitir que Ash teve uma boa ideia. Estão descobrindo pontos fracos em lugares onde a realeza tem suas garras nos círculos inferiores. Não assumiram a responsabilidade pelos ataques, mas foi mencionado o desenho de uma chave negra na porta de um posto do correio. Lucien não parecia muito satisfeito quando nos contou isso.

Nem Ash, mas acho que é porque ele preferia estar com os vândalos. Sei que ele fica frustrado com o nosso isolamento, por não ter um papel ativo nessa revolução. Vejo esse sentimento agora em seu rosto, nos ombros tensos.

– Vou correr um pouco – avisa ele, e sai do celeiro depois de afagar a cabeça de um bode.

Ash percorre o perímetro da Rosa Branca duas vezes por dia, pelo menos. Acho que isso o ajuda a canalizar a energia acumulada.

– Foi alguma coisa que eu disse? – pergunta Garnet.

– Não – suspiro. – Ele está frustrado, só isso.

– Nem me fale! Pelo menos ele não tem de ficar sentado ouvindo uma aula sobre as diferenças entre porcelana comum e porcelana chinesa.

– E qual você prefere? – provoca Raven.

– A chinesa, com certeza. Sabia que não existe utensílio de mesa mais branco?

Raven e eu damos risada.

– Tenho de ir – avisa Garnet, de repente, e a arcana fica silenciosa.

Raven a pega antes que ela caia no meio do feno. Depois ela pula de cima da pilha e me entrega a arcana.

– O que acha que a Duquesa está tramando? – pergunta.

– Não sei. É preocupante que ela ainda fale como se tivesse uma substituta.

– Sim. Acha que ela pode ter roubado uma de alguma outra nobre?

– Isso teria sido notícia de primeira página nos jornais.

– Provavelmente. – Raven comprime os lábios. – Vou fazer chá. Quer um pouco?

Aceito, fazendo um gesto positivo com a cabeça.

– Já vou entrar, só um minuto.

Assim que ela sai do celeiro, suspiro e abro os braços.

Eu me torno o ar.

Centenas de fibras de feno se erguem quando me uno ao elemento. É maravilhosa essa sensação que o Ar me confere, como se eu não tivesse peso. Como voar com os pés no chão. Flutuo até o topo do celeiro levando o feno comigo.

Turnip bate as patas no chão.

A arcana vibra em minha mão, e perco a conexão com o elemento.

– Ela está a caminho daí – avisa Lucien.

Fiapos de feno flutuam e pousam em meu cabelo e na crina de Turnip, que balança a cabeça e bufa.

– A leoa?

– Lote 199, sim.

Odeio que nenhum de nós saiba o nome dela.

– O que disse a ela? – pergunto.

– Não disse nada. Não posso me comportar como foi com você. Vou mandar a garota para aí do jeito mais seguro possível.

– Como?

– Meu plano original – explica Lucien, com uma nota de impaciência. – Misturei o soro no vinho da menina. E foi bem na hora. Acho que a Condessa da Rosa estava planejando um "acidente".

Estremeço ao pensar no significado do comentário.

– Então... ela vai chegar aqui sem a menor ideia do que está acontecendo?

– Estou fazendo minha parte, você vai ter de fazer a sua. A menina vai estar no trem das duas da tarde. Chega na Estação Bartlett amanhã à tarde. Procure a chave.

– Eu sempre procuro.

Faz muito frio no dia seguinte. Ajeito a echarpe em torno do pescoço e abaixo os protetores de orelha do meu chapéu.

247

Sil me deu uns óculos ridículos para usar, porque as lentes coloridas escondem meus olhos. Só por segurança, caso alguém esteja me procurando.

– Quero ir – anuncia Ash, enquanto atrela o cavalo à carroça.

– De jeito nenhum – responde Sil, de seu posto de condutora.

Ash olha para ela com frieza antes de virar para mim.

– Quero ir – repete. – Quero fazer alguma coisa.

– Eu sei, mas é muito... perigoso. E se for reconhecido de novo? – pergunto.

– Com esse seu rosto bonito, pode apostar que alguém vai alertar a Guarda antes que você consiga dizer Halma – manifesta-se Sil.

– Violet me disfarçou uma vez – responde ele. – Pode fazer isso de novo.

– Ash... – hesito. – Eu fiz aquilo usando os Presságios. E não... Não quero mais usá-los.

Isso é parcialmente verdade. Ainda posso usar os Presságios, mas o que me detém é mais a preocupação com a segurança de Ash. Não vou pôr a vida dele em risco.

– Certo – fala ele, com tom seco. – Entendi.

– Cuide da Raven por mim enquanto eu estiver fora?

– Raven pode cuidar dela mesma agora.

Toco seu braço.

– Vamos voltar logo. Talvez... Talvez você possa ir na próxima vez.

Ash assente, mas sei que ele não acredita em mim. Depois de dar um tapinha carinhoso no flanco de Turnip, ele se afasta em direção ao celeiro.

Suspiro e me acomodo ao lado de Sil.

– Esse acompanhante está me dando nos nervos – comenta ela.

– Ele não é mais acompanhante – lembro, quando a carroça começa a se mover. – Queria que você e Lucien não se esquecessem disso. E ele está... frustrado. Quer ajudar.

– Como ele pode ajudar? Seduzindo todo mundo até abrir caminho para a Joia?

– Você não sabe nada sobre ele.

Sil dá risada.

A VIAGEM PELA FLORESTA É BEM DIFERENTE DA NOITE EM que Lucien me trouxe para cá. O céu é claro, azul e limpo, o ar é frio e cortante. Minha irritação desaparece, é substituída pela excitação de finalmente ultrapassar as fronteiras da Rosa Branca.

– Temos de fazer uma parada primeiro – anuncia Sil.

– Onde?

Não sei se havia percebido minha agitação até esse momento, mas, agora que voltamos ao mundo, sinto que estou cheia de energia, pronta para explodir.

– Preciso fazer uma coisa para Sua Chave Real.

Saímos da floresta, e eu deixo escapar uma exclamação de espanto. Quando cheguei à Fazenda era noite, e eu passei a maior parte da jornada dentro de um barril. Agora que posso ver tudo... Tem muito espaço. Eu me acostumei à clareira ampla em volta da Rosa Branca, ao conhecido círculo de árvores que cerca todo o meu mundo.

Havia esquecido quanto o mundo real é grande.

Campos se estendem até onde meus olhos podem alcançar. Estamos no alto de uma colina, e ao longe, aninhada em um pequeno vale entre duas elevações, tem uma cidadezinha de tetos inclinados e chaminés. À minha direita, vejo uma casa grande entre fileiras organizadas de grama amarelada. Queria saber o que vai crescer ali quando mudar a estação. Minha lembrança mais nítida daquela malfadada viagem de trem para a Joia é das cores da Fazenda. Os tons de rosa, laranja, verde... Tudo agora é amarelo e cor de ferrugem.

Mas ainda é bonito.

– Em que Quadrante estamos? – pergunto.

– Sul – responde Sil.

– Meu irmão, Ochre, trabalha no Quadrante Sul – comento.

É bom me sentir próxima de alguém da família, mesmo que não seja uma proximidade verdadeira. O Quadrante Sul é enorme, ele pode estar em qualquer lugar.

Pensar em Ochre me faz pensar em Hazel. De novo, me preocupo com o momento em que colocamos o plano em prática. Precisamos impedir o Leilão antes de ela ser testada. Falta tanto tempo! Outubro parece estar a séculos adiante. Estamos em janeiro.

Quando passamos pela cidade, é difícil não me espantar com tudo. As pessoas, mulheres em longos vestidos de lã e mantos grossos, homens de macacão e chapéus de pele; as casas caiadas de vermelho e amarelo; o armazém, o gabinete do magistrado, a loja de ferramentas e sementes. E acabo rindo de mim mesma, porque morei na Joia por três meses, vi coisas incríveis, e agora estou fascinada com um mercado.

Paramos na frente de uma taverna. Uma placa pintada, entalhada no formato de uma árvore, balança ao vento. Letras maiúsculas anunciam o nome da taverna. O POÇO DOS DESEJOS. Sorrio, pensando que o proprietário talvez seja fã de histórias infantis. Tem um quadrado de papel branco colado ao poste na frente do bar. Quase não consigo ler as palavras.

PROCURADO. FUGITIVO.

As tintas estão desbotadas, mas ainda é possível reconhecer o rosto de Ash. Eu me arrepio. Fiz bem quando decidi deixá-lo em casa. Sil amarra Turnip.

– Fique de boca fechada e me deixe falar – resmunga ela.

– Não vamos demorar.

O Poço dos Desejos tem uma varanda larga de madeira e uma sacada sobre a rua. Dá para ouvir a música além das janelas emolduradas por cortinas de renda branca. A fachada é pintada com um simpático tom de amarelo. É muito diferente das tavernas que vi na Fileira, na área pobre do Banco.

O interior é tão grande agradável quanto o exterior. O balcão é feito de madeira escura e brilhante, e atrás dele tem três prateleiras com garrafas de bebida em todas as formas e tamanhos. Um espelho na parede relaciona os pratos do dia em uma caligrafia grande e cheia de voltas. As mesas são espalhadas pelo salão de assoalho de madeira clara, e só algumas estão ocupadas por clientes. Um homem grisalho sentado em uma banqueta junto do balcão bebe uísque em um copo de vidro embaçado e folheia o *Gazeta da Cidade Solitária*. Outro veste camisa xadrez e toca piano no canto mais afastado.

– Sil! – grita o barman ao passar por uma porta de vaivém que leva, imagino, à cozinha. Ele carrega um prato de frango assado com vagens e amêndoas. Meu estômago ronca. – Já falo com você.

Ele vai servir a comida, enquanto Sil e eu nos acomodamos em banquetas na frente do balcão. Percebo que Sil escolhe os lugares mais afastados do homem que está fumando.

– Ele sabe que não deve me chamar por esse nome – resmunga.

– Também tem um apelido? – pergunto.

Ela faz uma careta, e seu rosto fica um pouco mais sombrio. Sil me ignora, pega outra cópia do *Gazeta* e finge estar lendo as manchetes.

– Faz tempo que não vejo você – comenta o barman quando se aproxima de nós. Ele tira uma garrafa de uma das prateleiras e pega dois copos. – O de sempre? E quem é sua jovem amiga?

– Ninguém – responde Sil, deixando de lado o jornal. – E ela não bebe.

O homem deve estar acostumado com o jeito ríspido de Sil, porque assente e serve o uísque em dois copos, pegando um para ele. Sil esvazia o dela de uma vez só.

– Aqui – diz ela, e tira um pacote embrulhado em papel marrom de dentro do casaco. – É para ajudar o menino Pastor.

O barman fica sério.

– Ah, sim. Parece que ele está se recuperando bem, considerando as circunstâncias.

– Que circunstâncias? – pergunto.

Sil olha para mim de cara feia.

– O avô queria vendê-lo para ser dama de companhia – explica o barman em voz baixa.

– Mas ele frustrou a negociação – acrescenta Sil. – E quase matou o pobre garoto.

– Que horrível – murmuro.

– Sim. – O barman olha para mim desconfiado, e abaixo a cabeça. Ele se volta para Sil. – Alguma mensagem do Chave Negra?

– E por acaso eu venho aqui sem nada? – Ela franze a testa e se concentra enquanto recita: – Terceira à direita, quarta à esquerda. Westing's Inn. Parece gim. – E move a

252

cabeça em uma demonstração de aprovação. – É isso. E vê se dessa vez não escreve as coordenadas. O objetivo é justamente o contrário.

O barman assente e resmunga a mensagem cifrada para si mesmo.

– Tenho que ir – diz Sil, e deixa dois diamantes em cima do balcão. As duas moedas prateadas e brilhantes têm o rosto de Diamante, a Grande, a Eleitora que realizou o primeiro Leilão.

– Não vou cobrar – anuncia o barman, empurrando o dinheiro de volta. Mas Sil deixa as moedas onde estão, e voltamos ao frio do lado de fora. Pego um jornal a caminho da saída.

– Do que estava falando? – pergunto quando subo na carroça e nós voltamos à rua movimentada.

– Armas – resmunga Sil. – Lucien tem algumas pessoas que as mandam para a Fumaça e para cá. Mas é difícil. Não dá para fabricar e transportar muitas de cada vez. Uma força revolucionária composta por fazendeiros e operários de fábrica progride lentamente. Sem falar nos barmen de memória fraca.

Penso na Costureira, no Sapateiro e no Ladrão, únicos outros membros da Sociedade que conheci. Sem eles, nunca teríamos conseguido chegar à Fazenda, mas... embora sejam imensamente úteis para a espionagem e as fugas, eles não parecem ser adequados para um exército. Não para um exército capaz de vencer a força unida da Guarda.

Sil parece ler meus pensamentos.

– Não é da sua conta – diz ela, e estala o chicote para ganhar velocidade. – Temos de pegar um trem.

– O que deu a ele para o menino?

Ela dá de ombros.

– Pó de casca de salgueiro vermelho e cravos. Deve ajudar a entorpecer um pouco a dor.

– O que vai acontecer com ele?

– Vai sobreviver.

Sil, no entanto, não parece muito otimista.

Abro o jornal e dou uma olhada nas páginas. Houve uma festa no palácio de Lady do Lago, e as coisas escaparam um pouco ao controle. Alguns filhos da realeza brigaram e trocaram socos. O jornal diz que "foi uma cena digna de Garnet da Casa do Lago, mas o casamento parece ter abrandado o temperamento do mais famoso bad boy da Joia".

Dou uma olhada nas outras páginas. Um anúncio de nascimento me deixa nervosa. "A Casa do Salgueiro agora tem uma menina. O nome ainda será anunciado." Nenhuma menção à substituta. Mais uma garota morta por causa deles.

Viro a página, e paro de respirar por um instante. O rosto da Duquesa olha para mim. Seu cabelo escuro está preso e enfeitado com pérolas, e ela usa um vestido de decote generoso. É como se pudesse sentir seus olhos em mim, e sua crueldade fria me causa um arrepio. A manchete anuncia: DUQUESA DO LAGO CONSEGUE AUDIÊNCIA PRIVADA COM O EXECUTOR.

Deve ter a ver com a carta que Garnet disse que ela foi entregar pessoalmente. Mas o que ela está tramando?

A Estação Bartlett fica trinta minutos além da fronteira da cidade, em uma garganta estreita cercada de colinas. Deve ter muita encomenda a bordo desse trem, porque há umas dez ou quinze carroças esperando na estação. Vários homens olham para mim e para Sil enquanto fumam seus cigarros. Agradeço mentalmente pelos óculos e pelo chapéu.

Ouço o trem antes de vê-lo, dois apitos que ecoam pelas montanhas. O trem, grande e negro, faz uma curva soprando fumaça branca. Ele para na estação com um guincho ensurdecedor, e homens de rosto sujo de fuligem saltam para a plataforma e começam a abrir as portas dos vagões, pegar caixotes, sacos e pacotes feitos com papel pardo.

Procuro alguma coisa marcada com uma chave preta, e a vejo desenhada em um caixote que dois homens estão descarregando. Eu me encolho quando eles o transportam e soltam no chão sem nenhuma cerimônia.

– Aquilo é nosso – diz Sil.

O caixote tem duas alças, mas é muito pesado. É com muito esforço que o arrastamos até a carroça, mas um sopro de ar o tira do chão e acomoda na parte de trás do veículo. Sil pisca para mim.

– Útil – aprovo. Queria poder abrir o caixote agora.

– E pensar que você podia ter chegado para mim desse jeito – comenta ela, dando alguns tapinhas no caixote. – Tudo muito simples, algumas gotas de soro e uma viagem de trem.

Faço um grande esforço para não revirar os olhos.

– Está falando como Lucien – aponto.

Ela bufa.

RAVEN E ASH NOS RECEBEM NA VARANDA DA FRENTE QUANDO voltamos à Rosa Branca. É um alívio perceber que o humor de Ash melhorou.

Ele levanta uma parte da tampa do caixote com um pé de cabra, depois a remove completamente. O cheiro de palha de embalagem e suor invade o ar.

A leoa está encolhida lá dentro. Ela usa um vestido de lã marrom, e deduzo que Lucien teve de vesti-la no necrotério. Está muito magra, quase tanto quanto Raven ficou, a pele esticada sobre os ossos salientes. Há sombras escuras sob seus olhos, círculos pretos na pele cor de chocolate.

Ash a segura com cuidado pelos pulsos e a puxa sobre um ombro.

– Onde a deixo? – pergunta ele.

– No quarto de Raven – respondo. – Vou ficar lá até ela acordar.

A LEOA DORME QUASE O DIA TODO.

Quando o sol começa a se pôr, o efeito do soro se esgota.

O céu hoje é sereno, tingido de tons queimados de laranja e notas pálidas de amarelo. Estou olhando pela janela quando ela desperta sobressaltada. Pego o balde que trouxe para essa finalidade.

– Pronto – digo, segurando o balde e mantendo uma das mãos em suas costas enquanto ela vomita. O soro de Lucien tem um efeito colateral horrível.

A leoa tosse, e dou a ela um pano para limpar a boca. Ela pisca e olha em volta, como se os olhos não pudessem decidir se querem ficar abertos ou fechados.

Encho um copo com água de uma jarra em cima do criado-mudo.

– Beba.

Agora que ela está acordada, eu fico nervosa. Essa garota faz parte de um período da minha vida que parece estar muito longe. Não sei como agir com ela.

A leoa bebe em silêncio e me devolve o copo sem agradecer.

– Você – murmura ela, e senta na cama.

– Meu nome é Violet. E o seu?

– Onde estou? – Os olhos se estreitam. – Como cheguei aqui? O que você quer?

– Você está na Fazenda – respondo. Acho que não devia me surpreender com a atitude dela. – Quero ajudá-la. E... também preciso da sua ajuda.

Queria ter planejado melhor o que dizer.

A expressão da leoa me parece inadequada, muito sarcasmo para um rosto tão abatido.

– Sei. Você me raptou? E como conseguiu vir para cá? Pensei que estivesse presa no Palácio do Lago.

Ignoro as perguntas.

– Uma vez você falou comigo sobre poder – lembro. – No funeral de Dahlia. Você me disse que temos mais poder que a realeza porque geramos seus filhos.

– Bom saber que consegui impressionar.

– Você nem imagina quanto poder nós temos.

A conexão mais fácil de estabelecer é com o ar, porque o elemento está sempre presente. Eu me solto nele, me entrego à inebriante ausência de peso que faz parte da associação com esse elemento. E me deixo expandir, contorno todo o quarto, primeiro devagar, depois mais depressa até ter a sensação de que estou voando. A leoa aperta o lençol contra o peito.

Interrompo a conexão. O quarto se aquieta. Eu me sinto eufórica.

– *O que* você é? – pergunta a leoa.

– Eu... – Não sei bem como responder. – Sou como você. Somos iguais.

– Está dizendo que sou capaz de fazer o que você acabou de fazer?

– É mais ou menos isso. Espero.

Ela bufa.

– *Espera*? Por que me trouxe aqui?

– Preferia ter ficado na Joia?

Ela hesita. Vejo a dor em seus olhos. Tento imaginar que lembrança emerge por trás deles nesse momento.

– Não – reconhece a garota.

– Tudo bem, então.

– Vai me contar por que estou aqui?

– Como eu disse, preciso da sua ajuda. Para depor a realeza.

Ela arregala os olhos.

– Está brincando!

Sinto que esse momento é crucial. Ela tem de acreditar em mim, mas não tenho nada aqui que possa servir para convencê-la, exceto o vento rodando pelo quarto. Como posso explicar a verdade sobre os Presságios, e as Paladinas, e essa ilha, sobre quem realmente somos?

Respiro fundo.

– Tem muita coisa que posso mostrar e contar. Se estiver interessada. Mas, antes, queria saber seu nome.

Tenho a impressão de que ela não vai responder. Depois de meio segundo, a leoa sorri.

– Sienna. Meu nome é Sienna.

22

SIL ESTÁ PREPARANDO O JANTAR QUANDO DESÇO A ESCADA com Sienna.

Raven lê um livro sentada na cadeira de balanço. As duas olham para nós.

– Eu me lembro de você. – Sienna dá um passo para trás. – Casa da Pedra, certo?

– Meu nome é Raven Stirling.

– Ela a raptou também?

– Ela salvou minha vida – responde Raven.

– Eles diziam que você tinha morrido. Fizeram um espetáculo completo, funeral e tudo. – Sienna olha para Raven com mais atenção. – Está grávida, não está?

– Não mais – responde ela, por entre os dentes.

Sienna faz uma careta.

– Eles adoram mentir. – E olha para mim. – Minha senhora dizia adorar sua Duquesa, mas a verdade era que não a suportava. Ciúme. Falava dela o tempo todo pelas costas.

A porta dos fundos se abre e Ash entra. O rosto dele está sujo de terra, e com ele vem o cheiro de feno e esterco.

– O cheiro da sopa está ótimo, Sil – elogia ele, e para de repente ao ver Sienna.

Sienna grita e dá um pulo para trás.

– Você é... o estuprador!

– Eles adoram mentir – digo, repetindo as palavras dela.

– Você mesma disse. Esse é Ash. Ele é... meu amigo.

– É um prazer conhecer você. – Ele a cumprimenta com um gesto educado. Percebo que está se esforçando para não parecer ofendido.

Sienna olha para ele e para mim algumas vezes. De repente, alguma coisa se ilumina em sua expressão.

– Ah, entendi. Pegaram vocês juntos, ou alguma coisa assim?

Sinto o calor invadir meu rosto.

– Sim, foi isso – confirma Ash.

– Eles diziam que você fez coisas horríveis com ela – conta Sienna. – A Duquesa fala que é por isso que ela não pode ser vista em público. Muitas nobres ofereceram suas substitutas para serem interrogadas pela Guarda. Só para ter certeza de que não havia outras como você.

Uma sombra de culpa passa pelo rosto de Ash.

– A Condessa da Rosa não tinha acompanhante – a leoa continua –, mas queria ter um. Pena que ela não tinha uma filha. Ela invejava a Duquesa por ter contratado você. – Os olhos de Sienna percorrem os braços e o peito de Ash. – Aparentemente, você tem uma...

– Com licença – Ash a interrompe, incisivo, depois passa por nós e sobe a escada. Alguns segundos depois, ouço barulho de água no banheiro.

– Ele é muito bonito – Sienna comenta olhando para mim.

– Ele é mais que isso – digo, irritada. – E não é da sua conta. – Aponto para a mesa. – Sente, tenho de explicar algumas coisas.

Sil, que ficou estranhamente quieta durante a conversa, serve uma sopa fumegante de feijão preto e põe as tigelas cheias na mesa sem dizer nada. O aroma de alho e vegetais cozidos é de dar água na boca. Ela passa por Sienna e resmunga para mim:

– Não gosto dela.

A comida atrai Sienna para a mesa, e ela come sentada entre mim e Raven. O olhar de Raven é um eco das palavras de Sil. Enquanto Sienna come, explico da melhor maneira possível como as substitutas morrem no parto, como os Presságios têm sido distorcidos, transformados de uma coisa natural em algo que serve à realeza, e como podemos usar essa força contra eles. Digo que temos uma chance de salvar todas as substitutas da cidade.

– Por que me importaria com as outras? – indaga ela. – Agora estou aqui. Você me salvou. Por que vou me arriscar por gente que nem conheço?

– Esse tipo de atitude não é admitida aqui, menina – avisa Sil de onde está, parada ao lado da pia com os braços cruzados. – E não finja que não tem ninguém naquele círculo de quem você goste.

Penso na substituta loira que era amiga de Sienna, evidentemente, e que foi comprada pela Duquesa das Balanças. Considerando a expressão que vejo em seu rosto, ela está pensando nela também.

– Se o que você diz é verdade – responde Sienna, depois de abaixar a colher –, ela está morta, não faz diferença.

Engulo. Ela deve ter engravidado.

– Não quer tentar ajudá-la, pelo menos? – pergunto. – E quanto a todas as outras meninas na sua instalação de contenção, as que ainda nem foram leiloadas, que ainda têm uma chance?

Sienna muda de posição na cadeira.

– Você não sabe nada sobre a minha instalação de contenção – resmunga.

– Era o Portão do Norte, certo?

Ela me encara surpresa.

– Dahlia me contou – explico.

– Quem?

– Ela viajou com você no trem para o Leilão. Lote 200.

– Ah – Sienna dá de ombros –, não sabia o nome dela. Há muitas substitutas no Portão Norte. E ela era só uma criança.

– Mentira. – Os olhos de Raven perdem o foco. Os "sussurros", como ela os chama, se tornaram mais fracos depois do fim da gravidez, mas Raven ainda ouve coisas. – Você era cruel com ela – diz, e a voz assume algo de onírico. – Ela era muito boa com os Presságios, mas era mais nova que você. Não é justo. Você devia ser a melhor. Você devia ser Lote 200.

Sienna levanta assustada. Raven volta ao presente.

– Não minta perto de mim – avisa ela. – E não perca tempo se preocupando com isso. Foi o que salvou sua vida.

– Do que está falando? – pergunto.

– Ela não pode ter filhos – responde Raven.

– Como...? – Sienna toca o ventre.

Raven dá de ombros.

– Não é menos importante por isso – falo.

– Mas sou menos substituta – dispara ela.

– Sienna, você não é mais uma substituta – lembro.

Ela senta de novo na mesma cadeira e olha para a sopa com ar triste.

– Toda minha vida girou em torno de uma coisa. Por que nunca tive esse poder? Não faz sentido. Não é justo.

Toco seu braço. Sinto os ossos salientes em seu pulso.

– Você é capaz de muito mais. Faz parte de algo muito maior do que poderia ter imaginado.

– Vamos! – Sil abre a porta dos fundos. – Chega de conversa. É hora de mostrar do que estamos falando.

Pego um cobertor do encosto do sofá, caso Sil tenha planos de fazer o que acho que ela vai fazer.

– Já volto – digo para Raven, que parece bem satisfeita por se ver temporariamente livre de Sienna.

Sil e eu andamos em direção à floresta, e a leoa nos segue desconfiada.

– Aonde estão me levando?

Sil a ignora.

– Vai fazer com ela o que fez comigo? – murmuro. – Amarrá-la aqui fora?

– Funcionou com Azalea.

– Sim, mas... levou muito tempo, não? E precisamos dela do nosso lado, não nos enfrentando como se fôssemos o inimigo.

– Bom, a menos que queira tentar matar sua melhor amiga e deixar a novata trazê-la de volta, não vejo alternativa.

Ela tem razão. Minha experiência com esse poder foi carregada de emoção, tão acentuada que criou uma compreensão instantânea, uma conexão repentina.

Mas não sei como encontrá-la de novo.

Quando passamos pelos primeiros galhos das árvores, Sienna para.

– Aonde vamos? – pergunta.

Sil vira com as mãos na cintura.

– Precisa aprender a fazer o que temos de fazer. Vamos ensiná-la.

263

Acho que Sil precisa reconsiderar a maneira como usa a palavra "ensinar".

– Não vamos machucar você – garanto, porque Sil parece bem propensa a atacar Sienna a pauladas antes de amarrá-la. – Não precisa ter medo.

Estabeleço conexão com a Terra, e raízes brotam do chão e envolvem suas pernas, sobem pelos joelhos e até a metade das coxas.

– Tire isso de mim! – grita ela, mas as raízes são fortes. Eu sei. Posso senti-las. E quando encerro a conexão, elas mantêm Sienna no lugar. – Vocês duas são loucas?

– Por que escolheu essa garota? – resmunga Sil, adotando uma expressão implacável enquanto Sienna se debate.

– Ela era Lote 199 – explico. – É forte.

– É teimosa.

– Eu também sou – respondo.

– Não. Você é diferente. Você é... – Sil torce o nariz como se sentisse um cheiro ruim. – Boa – conclui.

Rio.

Sienna se acalma e segura uma das raízes com ar concentrado. Entendo o que Sil quis dizer quando se irritou comigo naquele primeiro dia, quando tentei usar os Presságios. Reconheço a concentração nos olhos de Sienna, e chego a ficar enjoada quando sinto quanto ela está canalizando seu esforço de maneira errada.

– Vai mudar a cor delas? – pergunta Sil, rindo. – Pode torná-las roxas, verdes ou cor de maravilha, não vai adiantar nada. Vai ficar presa aqui até nós decidirmos.

Sienna olha para nós.

– Vocês são doidas.

– Já fui chamada de coisa pior.

– Fique com isso. – Ofereço o cobertor. – Vai precisar dele.

Sienna parece preferir morder minha mão a aceitar caridade, mas faz frio, e o instinto de sobrevivência vence. Ela pega o cobertor e se embrulha com ele.

– Então, o que preciso fazer aqui? – pergunta.

– Tem de ouvir – diz Sil. – Sei que vai ser a primeira vez na sua vida.

– Eu venho ver você mais tarde – aviso.

– Não acredito que vão me deixar aqui.

– Prefere voltar ao conforto do palácio? – pergunta Sil. – Não pode ter filhos. Eles matariam você de qualquer jeito. Prefere passar uma noite ao relento, ou acabar com uma faca nas costas ou veneno no seu vinho? Vamos – conclui, e me puxa pelo braço.

Sienna segura o cobertor contra o corpo e fica olhando a gente se afastar, a expressão furiosa, os olhos brilhando como uma pedra ônix na escuridão.

23

NESSA NOITE NÃO CONSIGO DORMIR.

Sinto a base do crânio latejar, como uma dor de cabeça de Presságio, e sei que é preocupação com Sienna.

Ash e eu passamos a dormir no celeiro. Sil estava certa sobre eu poder destruir coisas enquanto durmo. Naquela primeira noite que passei do lado de fora com Ash, ele contou mais tarde que sentiu coisas se movendo na terra embaixo de nós. Eu disse que ele não precisava mais ficar comigo lá fora, mas Ash deu de ombros, sorriu e garantiu que não se incomodava.

Agora é seguro dormir comigo, mas a casa me deixa claustrofóbica. Gosto do celeiro, é arejado e confortável, e nele não me sinto confinada. Aqui os elementos podem respirar. Além do mais, é um espaço privado para nós dois, Ash e eu.

Olho para as vigas no teto de madeira e não consigo deixar de pensar que meu plano não vai funcionar.

Tem de haver um jeito de Sienna se conectar aos elementos sem essa demora, sem termos que esperar ela se destruir, ou sei lá o que Sil espera que aconteça. Os dedos dos meus pés formigam com a preocupação, empurram o cobertor de lã macia sobre o qual dormimos.

– Tudo bem? – murmura Ash, sonolento. Viro de lado, e ele passa um dos braços em torno da minha cintura e me puxa contra o peito.

– Estou preocupada com Sienna. Tenho medo de não haver tempo suficiente. E se o método de Sil não funcionar? E se ela ficar com ódio de nós antes que isso termine? Precisamos dela como aliada. Além do mais, ainda faltam duas garotas, uma do Portão Leste, outra do Portão Oeste. E vamos ter de mostrar a elas também. – Pego um fiapo de palha no cobertor. – Não sei nem como vamos chegar nas instalações de contenção.

– Violet, há algumas semanas eu estava preso em uma masmorra, esperando pela execução, e você seria forçada a gerar uma criança que ia matá-la. Acho que estamos progredindo, considerando as circunstâncias.

– Quanto otimismo.

O hálito de Ash toca minha orelha.

– Eu tento.

Ouço na voz dele a nota conhecida de frustração.

– Desculpa. Sei que você quer ajudar.

O braço dele fica tenso em minha cintura.

– Quero. – Ele apoia o queixo em meu ombro. – Por favor, não pense que estou ressentido com você ou... É que... todo mundo aqui tem um poder especial. Todo mundo pode fazer coisas incríveis, menos eu. – Ele para, e quando fala novamente parece estar constrangido. – Espero não dar uma impressão errada, mas... tenho servido mulheres minha vida inteira. Quero fazer alguma coisa por mim. Quero assumir o comando do meu destino.

Deito de costas e olho para ele. Ash tem razão. Não é justo ele trocar uma prisão por outra.

– Eu sei coisas sobre a realeza, Violet. Sei como eles pensam. Conheço alguns segredos, sei que lugares seriam mais fáceis de infiltrar, e quem odeia quem, que acompanhantes estariam dispostos a ajudar.

– Devia falar com Lucien – sugiro.

Ash dá uma gargalhada amarga.

– Lucien nunca aceitaria minha ajuda. Nem admitiria que precisa dela.

– Mas se tem informação que pode ajudar a Sociedade, ele vai ter de ouvir.

– Até agora, tudo que consegui foi me tornar um dos fugitivos mais procurados da Cidade Solitária. Não sei como isso pode ajudar.

– Não dá para saber sempre o que vai ser útil e o que não vai. Olhe para a Raven. A Condessa cortou seu cérebro e, sem querer, deu a ela um sentido extra que nos tirou do esgoto. Ela salvou você no Landing's Market. E me ajudou...

– Sento tão depressa que minha cabeça roda. – Ela me ajudou a entender os elementos – concluo.

– Violet?

Estou olhando para a frente sem ver nada, com uma das mãos apertando a boca.

E se eu pudesse voltar àquele lugar onde a salvei? Não sei o que é, mas era algum lugar antigo e cheio de magia nessa ilha, e aquilo criou uma conexão instantânea com os elementos. É o lugar onde as Paladinas viviam? A estátua de pedra foi construída por elas?

E se eu conseguir levar Sienna até lá? Ela não vai precisar ficar amarrada lá fora. Vai entender tudo imediatamente. Tenho certeza disso.

– Preciso falar com Raven – anuncio, afastando o cobertor.

Raven e eu estivemos juntas naquele lugar. Talvez possamos encontrar juntas um jeito de voltar lá.

Desço a escada do palheiro e saio do celeiro.

Atravesso a clareira em direção à Rosa Branca e vejo alguém sentado na varanda dos fundos.

– Está acordada.

Raven constata quando me aproximo. Ela está embrulhada em um cobertor e levanta uma ponta dele. Sento ao lado dela e me deixo cobrir.

– Você também está – respondo.

– A Condessa me manteve na escuridão por muito tempo. Às vezes tenho medo de fechar os olhos. Às vezes tenho pesadelos. – Ela se estremece, e me inclino em sua direção.

– Bom, Sienna... ela é interessante.

– Teve notas bem altas. E parecia ser forte, uma lutadora, exatamente do que precisamos. Mas acho que não a conheço.

– Ela vai entender – diz Raven para mim.

– Espero que sim.

– Quando entender quem é, ela vai ter de ficar do nosso lado.

Raven está fascinada com as Paladinas. Ela olha o portfólio de Sil quase todos os dias.

– Mas você não usa os elementos.

Ela sorri.

– Não sei se consigo. Tenho medo de tentar. Minha mente ainda está... Frágil. Não é como antes. E se eu não conseguir controlar tudo isso? E se machucar alguém? E se isso me consumir, ou me afastar ainda mais de quem sou? É muito arriscado. – Ela fecha os olhos. – Às vezes, porém, volto lá. Àquele lugar onde você me encontrou.

Isso chama minha atenção.

– É mesmo?

– Lá tem um... um pulsar que me chama. – Raven abre os olhos. – São elas, acho. Ou o eco daquelas mulheres. Às vezes ouço os sussurros lá. Mas nunca consigo entender o que dizem. Acho que podem se sentir mal por mim. Talvez saibam que fui machucada. – Ela massageia as têmporas. – Adoro ver o oceano. Sabe aquele mapa da ilha que Sil guarda, o que tem vários xis vermelhos? Acho que são alguns lugares onde as Paladinas viveram. E acho que o monumento é uma das coisas que construíram.

– Eu estava pensando nisso também. Raven, você acha... Pode me levar lá?

Ela sorri e estende a mão com a palma para cima. Ameaço segurá-la, mas paro.

– Pode levar Sienna também?

Seu rosto fica mais sombrio.

– Acho que sim. Posso tentar.

Nossa respiração cria nuvens brancas no ar quando contornamos o lago e andamos em direção à floresta. Quando nos aproximamos, vejo o corpo de Sienna amarrado à árvore. Ainda bem que dei o cobertor a ela.

– Quem está aí? – pergunta Sienna.

– Sou eu. Violet.

Ela esfrega os olhos e olha para nós.

– Vão me soltar? – pergunta. – Estou congelando.

– Vou tentar uma coisa – aviso. Sento ao lado dela, e Raven me acompanha.

– Aquela bruxa velha é maluca – reclama Sienna.

– Aquela bruxa velha não amarrou você aqui – respondo. – Fui eu – estendo a mão para ela.

– Acha mesmo que vou segurar sua mão?

– Quer ficar amarrada a essa árvore pelos próximos meses? Acho que Raven pode lhe mostrar uma coisa – explico. – Mas precisamos estar ligadas. – Olho para Raven. – Não é?

Raven suspira e estende uma das mãos para cada uma de nós. A dela é quente na minha. A de Sienna continua gelada.

Fecho os olhos. Por alguns segundos, nada acontece. Então, Raven aperta minha mão e meu corpo todo se inclina para trás, cai. Sinto o coração na garganta, e estamos lá. No penhasco. O oceano grita as boas-vindas quando quebra nos rochedos lá embaixo.

O cenário é diferente da última vez que estive aqui. As árvores estão sem folhas, os galhos negros parecem querer tocar o céu branco. A neve cai rápida e espessa, cobre o chão com um manto de marfim e deixa uma trilha branca na estátua em espiral. O mar espuma lá embaixo, ondas efervescentes de água cinzenta.

Raven está ao meu lado, e é minha Raven de antes. As diferenças são sutis, agora que ela se recuperou tão bem. Mas ela está mais gorda. E o cabelo é curto como antes. Mas são os olhos que mais se distinguem. São brilhantes, cheios de vida.

Sienna está do outro lado da estátua. Ela também tem uma aparência diferente. O cabelo está solto, em vez de trançado, como sempre o vi, cachos largos que descem até a cintura. Seu rosto é cheio e saudável, e tem um calor em seus olhos que nunca vi antes. Talvez o lugar nos mostre como éramos antes de sermos diagnosticadas substitutas. Antes de os Presságios nos mudarem tanto.

Sienna olha para o mar com encanto. Depois, põe a língua para fora e pega um floco de neve. Sua risada é tão silenciosa quanto os flocos que dançam em volta dela.

Ela contorna a estátua, deixa pegadas na neve. Ri como uma criança. Por trás da aparência dura, tem uma garotinha que quer construir um homem de neve. Eu sinto. Ela sempre gostou da neve.

"Hora de ir", pensa Raven. Escuto tão nitidamente como se ela tivesse falado em voz alta.

O vento uiva, e eu me sinto sugada e levada, tomada por uma tontura dolorosa, até voltarmos ao mundo real.

Sienna cai para a frente. Suas costas tremem, e levo um segundo para perceber que ela está chorando.

As raízes a soltam. Sienna não vai a lugar nenhum.

– Para casa – diz Raven.

– Eu senti... – Ela leva as mãos ao peito. – Senti... tudo.

Lágrimas correm por seu rosto, e ela olha em volta como se nunca tivesse visto nada como aquela floresta.

– Olhe para baixo – falo, sorrindo.

Uma trilha de flores cor de laranja desabrochou aos pés dela. Elas murcham e voltam à terra quando uma neve fraca começa a cair.

Ainda seguro a mão dela, que agora é quente como a de Raven. E a afago para acalmá-la. Sinto o tumulto dentro de Sienna, o esforço para entender a repentina torrente de emoção. Mais flores desabrocham e morrem em torno dela.

– O que é isso? – pergunta Sienna, ofegante.

– É vida – sussuro.

Ficamos ali sentadas em um círculo silencioso, com a neve caindo suavemente à nossa volta.

24

SIENNA SÓ CONSEGUE SE CONECTAR COM FOGO E TERRA. Na noite seguinte, sentamos do lado de fora, perto de uma fogueira que queima em um poço cercado de grandes pedras cinzentas. Sienna adora fazer as chamas subirem e subirem. Sil não a deixa entrar na casa.

– O Fogo é o mais imprevisível – diz ela para nós. Depois acrescenta para mim em particular: – E não gosto da cara dela quando se conecta ao elemento.

Estou observando, e vejo que Sienna inclina o corpo em direção ao fogo. Ela senta mais perto das chamas do que considero seguro, a expressão tranquila, mas os olhos iluminados. Estou tentando desenhar uma planta do Portão Sul em um bloco de desenho, me lembrar de cada parede e porta e qual pode ser o melhor ponto de entrada. O corredor dos fundos perto da cozinha? As janelas da sala de música?

As chamas crepitam, e pedaços de brasas acesas respingam nas pedras.

– Sienna – chamo, com voz firme.

Ela pisca, e o fogo perde intensidade.

– É divertido – diz.

– É perigoso – respondo. – Não esqueça.

– Sinto que sou capaz de queimar todos aqueles palácios. – Há um brilho voraz em seus olhos quando ela faz essa declaração. – Acho que poderia...

Um grito dentro da casa a interrompe.

– Fique aqui – digo a ela, e entro correndo pela porta do fundo.

Sil e Ash se encaram na sala de estar.

– Não pode me impedir – diz Ash.

– Não é da sua conta – grita Sil. – É perigoso, é tolice e pode estragar tudo.

– O que está acontecendo? – pergunto.

– Eu ouvi Sil falando com Lucien – conta Ash. – Vai acontecer uma reunião hoje à noite, para a Sociedade. Quero ir! – Ele olha para mim. – Quero ajudar.

– Uma reunião? – pergunto a Sil. – Onde?

– Também não lhe interessa. Vocês têm de ficar aqui.

– Eu já saí daqui uma vez – lembro.

– Não desse jeito.

– Estou cansado de ficar aqui preso enquanto todo mundo colabora – reclama Ash. – Tenho de fazer mais alguma coisa. Pelo menos me deixe tentar!

– E o que planeja fazer para a Sociedade? Entreter as mulheres do grupo?

O rosto dele fica vermelho.

– Se você achar que isso pode ser útil – responde Ash.

– Ash – censuro.

– Não aguento mais ficar aqui parado, Violet. Todo mundo esquece os acompanhantes. Não temos nenhum poder. Não somos especiais de nenhum jeito. Mas ainda somos pessoas. Ainda temos o direito de lutar por nossa liberdade tanto quanto qualquer substituta ou dama de companhia, fazendeiro ou operário de fábrica.

Penso em quanto ele se esforça para ser paciente, como tem aceitado tudo que acontece aqui. A nova substituta. Os elementos. A verdadeira história dessa ilha. Não tem havido muito espaço para ele.

Ash merece isso.

– Tem razão – digo. – Você deve ir. E eu também vou.

– Ninguém vai, ponto final – anuncia Sil.

Cruzo os braços e olho para ela.

– Deixar a gente no escuro não garante nossa segurança. Temos o direito de participar – hesito, antes de acrescentar.

– Não cometa o mesmo erro que cometeu com Azalea.

Um sopro de ar, tão forte que mais parece uma parede sólida, explode do corpo pequenino de Sil e me atinge no meio do peito. Cambaleio para trás assustada. Ash segura meu braço para me impedir de cair.

– Violet!

– Tudo bem – sussurro quando Sil vira e sai pela porta da frente seguida pelo vento. Endireito as costas. – Nós vamos à reunião.

A NOITE É MUITO FRIA. ASH E EU NOS PROTEGEMOS COM nossas roupas mais quentes.

Sienna foi autorizada a entrar. Está sentada no sofá, e Raven escolheu a cadeira de balanço de Sil perto da lareira. Sienna insiste em fazer as chamas subirem e rugirem, e a expressão de Raven é cada vez mais irritada.

– Tome cuidado – aviso. – Se queimar a casa, Sil é capaz de matar você.

As chamas abrandam.

– É bom contarem tudo para nós – fala Sienna.

– É claro que sim.

Raven estende a mão para mim. Eu a seguro e aperto.

– Tome cuidado – sussurra.

Concordo com um movimento de cabeça.

Sil está se acomodando no assento de condutor da carroça, quando Ash e eu saímos pela porta da frente da casa.

– Vamos – diz ela, relutante. – O caminho é longo. Não quero me atrasar.

Subo na parte de trás da carroça, e Ash me acompanha. Sil estala o chicote e a viagem começa.

– Onde é a reunião? – pergunta Ash.

Ela faz uma pausa, ainda furiosa por ter de nos levar. Finalmente, responde:

– Em uma cidade chamada Fairview, a cerca de uma hora daqui.

Eu me aproximo de Ash para me aquecer. As árvores à nossa volta são altas, e estrelas cintilam por entre os galhos. Quero me conectar com a terra e sentir os ramos que se estendem para o céu.

Quando saímos da floresta, Ash se senta mais ereto. Campos de trigo se estendem diante de nós, caules cortados brotando do chão, adormecidos até a primavera.

– Então, aqui é a Fazenda – comenta ele. – É... grande.

Esqueço que Ash não viu a Fazenda antes. Só a floresta naquela primeira noite, quando chegamos à Rosa Branca.

– Rye é da Fazenda – conta ele. – Mas não deste quadrante.

Não pensei muito em Rye desde que Sienna chegou. Mas, é claro, Ash está preocupado com o amigo.

– Tenho certeza de que Carnelian está se divertindo muito com ele – respondo com tom seco. – Como Garnet contou.

– Carnelian é muito sozinha. Só quer alguém que se importe com ela, que goste dela. Nem a mãe quis ficar viva para ela. Esse tipo de ferida não cicatriza com facilidade.

278

Odeio quando ele fala desse jeito sobre Carnelian. Não quero me sentir mal por ela.

– Ela entregou você – lembro.

– Tecnicamente, acho que ela entregou *você* – responde Ash.

– E isso a torna melhor?

– É claro que não. Mas você não a vê como eu a vejo. Tem uma antipatia muito grande por ela.

– Porque ela é horrível.

– Mas também sofreu nas mãos da realeza. Você viu como a Duquesa a tratava. Eles debochavam dela. Ninguém a queria como esposa. Sangue sujo, era assim que as filhas do nobre a chamavam. Lixo do Banco. Acha que isso não faz dela uma vítima, também?

Não sabia que Carnelian era tratada desse jeito. Porém, não posso dizer que estou surpresa.

– Não podemos escolher quem vamos libertar deles, Violet. Precisa ser tudo ou nada. Acha que Lucien teria escolhido ajudar um acompanhante?

– Tudo bem – concordo. – Eu entendo. Mas não me peça para gostar dela.

Ash sorri e beija minha testa.

– Acha que vamos conseguir? – pergunto.

– Derrotar a realeza?

Assinto.

– Espero que sim. E vale a pena tentar, não é? – Ash olha para os campos iluminados pelo luar. – De um jeito ou de outro, todos vamos acabar morrendo.

– Que jeito horrível de pensar na situação.

Ele dá de ombros.

– Um jeito honesto. Prefiro morrer lutando contra a realeza do que servindo aquela gente.

– Belas palavras – manifesta-se Sil lá na frente.

Ash e eu trocamos um sorriso.

Lentamente, a paisagem começa a mudar. Colinas surgem no horizonte com seus picos irregulares, maiores que as que cercam a Estação Bartlett. Passamos por duas cidadezinhas, por carneiros pastando e campos cercados. Sil segue por uma trilha estreita que leva a um pequeno bosque.

– Daqui continuamos a pé – anuncia ela, quando Ash pula da carroça para ir amarrar Turnip.

A cidade de Fairview é muito maior do que aquela onde fica a Estação Bartlett. Casas vão aparecendo na medida em que caminhamos, primeiro alguns bangalôs, construções térreas com telhados de sapé. Quando chegamos mais perto do centro, as casas se tornam mais uniformes, com janelas de madeira e telhados pontudos. Elas também são mais próximas umas das outras, ladeando a terra batida que forma as ruas, embora não sejam conectadas como as casas na Fumaça. Algumas têm cercas de madeira; outras, varandas com cadeiras de balanço ou gatos dormindo nos degraus. A rua principal é sossegada a esta hora da noite. Passamos por uma barbearia, uma padaria e uma loja de roupas usadas. Não tem lanternas para iluminar o caminho, como no Banco. Sil para na frente de uma loja dilapidada. Uma cortina roxa e empoeirada cobre a porta de painéis de vidro.

Ela bate uma vez, para, bate três vezes, para de novo e bate mais uma vez.

A cortina se mexe e a porta é aberta.

Uma pistola é apontada diretamente para o rosto de Sil.

Pulo para trás, mas ela continua inabalável.

– Abaixa isso, Assobiador, antes que acabe atirando em alguém.

280

– Quem são eles? – pergunta o homem na porta. Está escondido nas sombras, e é difícil ver seu rosto.

– Amigos. Acha que eu traria estranhos até aqui? Na verdade, falei para eles ficarem em casa, mas esses dois são teimosos como... – A voz dela falha, e Sil pigarreia. – O Chave Negra os conhece – conclui.

– Eles foram marcados?

Sil sorri.

– Ainda não. Mas ela é uma das minhas – diz, inclinando a cabeça para mim. – E ele é...

O homem dá um passo à frente, para a luz.

– Você é Ash Lockwood – diz.

É um homem grande, musculoso e coberto de tatuagens desde a cabeça raspada até os dedos das mãos. Um bigode grosso cobre seu lábio superior. Ele veste suéter preto e calça, e abaixa a arma ao olhar admirado para Ash.

– Sou eu – confirma Ash.

Olho para Sil. Esse homem vai delatar Ash? Era esse o plano dela desde o início?

– Escapou da realeza – continua o homem, com tom quase reverente. – Bem embaixo do nariz da Duquesa do Lago. Como... – Ele balança a cabeça e estende a mão. – É um prazer conhecê-lo.

Ash parece tão chocado quanto eu me sinto. Acho que presumi que todo mundo na cidade queria a cabeça dele na ponta de um espeto. Mas esse homem o encara com respeito.

Ash aperta a mão dele.

– Pode me chamar de Assobiador.

Ash sorri.

– Acho que é um pouco tarde para apelidos.

– Vai nos deixar entrar ou ficamos na porta até um Guarda passar? – Sil se irrita.

O Assobiador recua.

– É claro. Entrem, entrem. Ainda falta um.

A loja é iluminada por uma lanterna. Folhas de papel forram as paredes cobertas de desenhos variados. Um papagaio delicadamente detalhado voa em direção ao canto de uma folha. Uma pena de pavão de pinceladas grossas e cores fortes ocupa a folha vizinha. Há um sol e uma lua entrelaçados, e uma gaiola de aparência rústica. Enrubesço ao ver o esboço de uma mulher nua. Há uma mesinha ao lado da porta da frente e, no canto no fundo da loja, uma cadeira que me desperta a desagradável lembrança da mesa de exames médicos no Palácio do Lago.

– O Chave Negra não falou qual é o assunto da reunião, não é? – pergunta Sil.

– Nem uma palavra – responde o Assobiador. – Só disse para eu convocar uma reunião de emergência no lugar de sempre. – E abre um braço para mostrar a loja. – Mas o Impressor chegou primeiro. Diz que tem grandes novidades, mas se recusou a contar qualquer coisa antes de você chegar. Desçam. Tenho que esperar o recruta mais novo. Ele está atrasado. Não é exatamente um bom começo.

– Vamos. – Sil olha para mim e Ash, ainda parados na frente da loja. – Era isso que estavam esperando, não?

Nós a seguimos até o fundo do salão, onde é possível ouvir vozes murmurando atrás de uma porta pintada de verde.

– Quem é ele? – sussurro, olhando para o Assobiador, que ficou esperando perto da porta da frente com a pistola na mão.

– Tatuador local. Era chefe de um bando de arruaceiros; o Chave Negra o ajudou a sair de uma situação delicada. Conhece todos os criminosos e ladrões do Quadrante Sul da

Fazenda. O Chave Negra foi esperto quando o recrutou. Eles podem ser muito úteis, os párias da sociedade. E adoram se rebelar contra qualquer autoridade. – Sil olha para Ash. – Espero que todos gostem de você tanto quanto ele.

Em seguida, ela abre a porta.

25

Olho para a longa escada de madeira que desce até o porão.

As vozes são mais altas, e uma luz amarelada emana de algum lugar na sala no subsolo. Sil nos incentiva a descer. Quando chegamos ao fim da escada, as vozes se calam.

Estamos em uma área de depósito embaixo do estúdio de tatuagem. As paredes são feitas de pedra cinza rachada, e há vários caixotes empilhados em um canto, junto com pedaços de papel e tela. Cinco cadeiras formam um círculo no centro da sala, e todo mundo está reunido em torno delas. Duas cadeiras estão vazias.

Tem muita gente ali. E gente de todas as idades, homens e mulheres. Vejo um menino de uns 14 anos, com cabelos loiros e expressão endiabrada. Vejo uma mulher idosa sentada em uma das cadeiras, tricotando o que parece ser um sapatinho de bebê. E vejo também algumas pessoas que devem ser o que Sil chama de "párias da sociedade". Homens e mulheres de rosto retraído, muitos deles cobertos de tatuagens, com olhos atentos e dedos inquietos.

Um homem careca, de pele escura e olhos ainda mais escuros se levanta da cadeira quando entramos na sala. Ele olha para Sil.

– A Rosa! – exclama. Depois se volta para todos na sala.

– A Rosa chegou!

Sorrio com o apelido.

A tensão na sala se dissipa, as vozes voltam a soar. Várias pessoas se aproximam para cumprimentar Sil, que acena e troca apertos de mão relutantes.

– Quem são seus convidados? – pergunta o careca.

O menino loiro se aproxima de nós.

– Ele é... Ash Lockwood!

– Ah, não seja idiota – retruca uma menina da mesma idade. Seus cabelos loiros estão presos em duas tranças. Parecem irmãos. – Ash Lockwood está escondido. Ou morto.

– Ash Lockwood enfrentou cem Guardas para sair da Joia – insiste o menino. – Pode estar em qualquer lugar, e estou dizendo que é ele.

– Se Ash Lockwood realmente escapou da realeza – responde a menina –, nunca vai estar a menos de dez quilômetros de nós.

– Isso é surreal – cochicha Ash no meu ouvido. Concordo movendo a cabeça.

Uma menina de 20 e poucos anos os silencia. Ela tem cabelos cor de cobre e uma silhueta esguia que me faz lembrar Annabelle. Meu coração pulsa.

– Não precisam espalhar mais fofocas e mentiras da realeza – diz ela. – Por que não perguntamos a ele?

Mais gente para e presta atenção à conversa. O menino olha para Ash por entre as mechas do cabelo despenteado.

– Então? – pergunta. – Você é Ash Lockwood ou não?

– Isso não é educado – diz a menina que parece Annabelle. – E sabe quais são as regras sobre nomes aqui.

O menino faz cara feia. A menina enrosca uma trança em um dedo e pergunta:

– Por favor, senhor. É o acompanhante que foi falsamente acusado e escapou da realeza?

Falsamente acusado? Meus ossos parecem amolecer com o alívio. Eles sabem. Sabem que Ash é inocente. Mas... como podem saber disso? Todos os jornais anunciaram o estupro como um fato.

– Sim, sou eu. Mas não posso dizer que enfrentei cem Guardas. – E estende a mão para a menina. – Ash Lockwood.

Ela fica vermelha e aperta a mão dele. A menina que parece Annabelle também enrubesce.

– Eu falei – anuncia o menino.

– Não podemos usar nomes – comenta a garota, ignorando o menino loiro.

Ash assente.

– Sim. A Sociedade da Chave Negra precisa ser protegida.

– Conhece o Chave Negra? – Ela arregala os olhos.

Uma pequena multidão se reuniu à nossa volta. Uma mulher de seus 40 anos abre caminho entre as pessoas e se aproxima.

– Conheceu um menino chamado Birch? – pergunta, segurando a mão de Ash entre as dela. – Eles o levaram, fizeram dele um acompanhante. Não sei para onde o mandaram. É um menino bonito, alto e loiro, com olhos verdes e... – Lágrimas inundam seus olhos. – Você o conhece?

– Meu filho também foi levado – interrompe um homem de calça xadrez. – Fizeram dele um Guarda. Para a Casa da Luz. Esteve lá?

Uma mulher frágil de cabelos castanhos e finos se aproxima de nós.

– Levaram minha filha – conta. – Um dia a pegaram na rua. Sabe para onde levam as meninas? Ela tinha só 14 anos. O cocheiro que a levou era do Banco. – A mulher chora. – Por que levariam minha Calla?

Ash parece perturbado. Olho para Sil. Isso não é justo. Não podem esperar que ele dê conta de todas as ações da realeza, que saiba tudo que aconteceu com essas crianças.

– Chega – decide Sil. – Deixem o rapaz sossegado. Pelo que entendi, temos assuntos mais importantes para resolver esta noite.

Ela vai se sentar em uma das cadeiras vazias. As pessoas se reúnem formando novamente o círculo. O menino fica perto de Ash, olhando para ele.

– Vamos começar sem o Assobiador – diz Sil. – Depois contamos a ele o que foi discutido. – Ela olha para a velha que tricota o sapatinho. – Como estão os suprimentos?

– Cento e doze pistolas, oitenta e três fuzis. E uma quantidade incontável de espadas improvisadas.

– Ainda não é suficiente. Nem perto disso, agora.

– O que está acontecendo? – pergunta um homem de paletó verde. – Pensei que o plano fosse coordenar os ataques e o Leilão. Temos muito tempo.

– Não temos. – O careca fica de pé. – Por isso convocamos essa reunião. Recebi meu carregamento de jornais de amanhã no fim da tarde.

Um exemplar está dobrado ao meio sobre a cadeira dele. Ele o pega e abre. A manchete anuncia: NOVA DATA DO LEILÃO! E, embaixo dela, em letras um pouco menores: EXECUTOR ADIANTA O LEILÃO PARA ABRIL.

Estou chocada. Temos pouco mais de três meses!

– Como isso é possível? – sussurro para Ash.

– Para eles, nada é impossível – responde ele.

– Você acha...?

– Pode ser coincidência – anuncia o careca. – Ou eles podem desconfiar de alguma coisa. Tem havido uma forte onda de vandalismo recentemente, e parte dos ataques foi desaprovada pelo Chave Negra.

Ele olha para um dos homens magros e tatuados.

– Como podemos nos preparar a tempo? – quer saber um homem de sobrancelhas grossas e touca cinza. – Não sabemos nem nossos números exatos. Não sabemos quem sabe manejar uma arma. Não temos armas suficientes, na verdade. Como vamos lutar contra um exército da Guarda?

– As substitutas – diz Sil. – Vocês já sabem. Elas vão ajudar.

O homem bufa.

– Ainda não entendi como um grupo de menininhas pode ajudar a derrubar um exército.

Eu me irrito, e Sil também.

– É claro que não entende – responde ela. – Para isso seria preciso ter um cérebro. Você é bom com armas, mas não se meta com a estratégia, isso não é para você.

É bom vê-la explodindo com outra pessoa. Sil olha em volta. Alguns ali parecem tão céticos quanto o homem que acabou de ser repreendido. Outros se mostram curiosos, e outros ainda, resignados, como se já ouvissem sobre esse plano há algum tempo e estivessem cansados de tentar entender seus segredos. Conheço o sentimento.

– Vocês todos estão aqui por um motivo – explica Sil. – Não há uma alma nesta sala que não tenha sido afetada pela realeza de um jeito ou de outro. Se queremos fazer isso parar, temos de fazer nós mesmos. Temos de confiar no Chave Negra. E, mais importante, precisamos confiar uns nos outros.

– Ela consegue convencer, parece se importar de verdade – sussuro para Ash.

– Ah, acho que ela se importa mais do que demonstra – responde ele.

– Como eles podiam saber? – pergunto. – Que a acusação contra você era falsa, quero dizer.

O menino interfere do outro lado de Ash:

– O Chave Negra divulgou a informação. Disse que nenhum de nós devia fazer a delação, porque era um de nós.

– Ah, olha só – comento, sorrindo e apertando a cintura de Ash. – Ele não o odeia tanto, afinal.

– Deve estar protegendo você, não eu.

– Já é um começo.

– Quem é você? – pergunta-me o menino.

– Sou Violet.

Ele arregala os olhos.

– Não podemos usar nomes verdadeiros!

– Bom, não vou adotar outro nome que não seja Violet. Nunca mais. O Chave Negra vai ter de aceitar.

Ash quase não consegue disfarçar um sorriso.

– Vamos ter de nos contentar com o que já temos. – É o careca quem diz. – Mas precisamos começar o treinamento.

– Há um campo a cerca de uma hora daqui – comenta Sil. – É tranquilo e afastado, no meio da floresta. O contingente pode treinar lá.

Acho que ela está falando sobre nossa floresta. Mas não pode ser a clareira onde fica a Rosa Branca. Deve haver outro campo perto de lá. E a floresta é tão grande e densa que pode oferecer a proteção perfeita.

– É muito longe – protesta o homem mal-humorado.

– Não importa – responde ela.

– Precisa da minha ajuda com o treinamento – insiste ele. – Quem mais tem experiência em combate?

– Algumas discussões com os Guardas não fazem de você um perito.

– Mas sou o único que você tem.

– Não. – É a vez de Ash. – Não é. – E parece surpreso quando todos olham para ele, como se nem houvesse percebido que falava alto.

As sobrancelhas grossas do sujeito sobem tanto que desaparecem no meio do cabelo claro.

– O que sabe sobre luta, rapaz? Pensei que tivessem mandado você para a Joia para dançar com as filhas da realeza.

Outros homens dão risada. Fico furiosa, mas Ash os ignora.

– Eles nos treinam para tudo – diz. – Sei usar uma arma. Sei manejar uma espada. Posso ajudar.

Meu coração se enche de orgulho. É isso que ele tem de fazer. É assim que ele pode ajudar.

– Prove – insiste o homem.

– É claro. Tem uma espada aí?

O homem resmunga alguma coisa ininteligível.

– Conheço a Joia – continua Ash. – Sei como treinam os Guardas. Se acha que essa informação não é útil, não preciso falar mais nada.

– E a menina? – pergunta uma voz no grupo.

Todo mundo olha para mim.

– O que tem ela? – devolve Sil.

– Quem é?

– De onde é? Nunca a vi aqui antes.

– Ela tem a marca da Chave?

– Como sabemos que podemos confiar nela?

O coro de vozes ganha força. Ash se coloca na minha frente em uma atitude de proteção, mas eu o puxo de volta. Posso encarar isso sozinha. Vou ter de enfrentar coisa pior antes de essa história acabar.

– Meu nome é Violet, e fui uma substituta.

A palavra espalha uma onda de cochichos apavorados. Várias pessoas se afastam de mim. O homem de paletó verde sussurra alguma coisa para mulher ao lado. Ela assente e olha para mim com a testa franzida.

– Vi em primeira mão o que a realeza é capaz de fazer – continuo. – E quero que sejam detidos.

Compreendo que a maioria ali nunca conheceu uma substituta. É evidente que não sabem que Sil também foi uma. Nunca pensei em como os outros círculos veem as substitutas. Até o menino que parecia ter grudado em Ash dá um passo para o lado, se afasta de mim.

– Ouvi dizer que substitutas podem matar com a força do pensamento – comenta ele.

– E que tornam belas as pessoas que tocam – acrescenta a irmã, olhando para mim com admiração.

– Isso tudo é besteira – opina o mal-humorado. – Elas fazem bebês reais. Mais nada.

Estou cansada desse sujeito e de sua atitude.

– Não – protesto. – Não é só isso que fazemos.

Conecto-me com a Terra, me sinto mais forte e maior, enraizada ao chão. Em algum lugar abaixo das minhas raízes, sinto a água.

– Violet – murmura Sil.

O chão começa a tremer, e eu tremo com ele. As pessoas se assustam, e todos se afastam ainda mais de mim. Até as pessoas que estavam sentadas se levantaram. Ash continua ao meu lado, uma presença forte e estável como o pulsar de um coração.

– Não sei se é uma boa ideia – Sil me previne.

Mas eu sou a terra, e essas pessoas precisam me ver.

Sinto uma dor no centro do peito, e o piso de cimento se abre.

Várias pessoas gritam. A menina que parece Annabelle puxa os irmãos para trás.

Agora consigo sentir o cheiro da água.

Eu me torno a água.

Meus dedos ficam fluidos, meu corpo, leve e flexível, e um jato de água brota da fenda no chão. O jato gira como uma fita vitrificada, explode e se reagrupa. E me enche de alegria, um sentimento forte e borbulhante, os cordões escorregadios girando, dançando um em torno do outro até eu interromper minha conexão com a Água e eles voltarem ao rio subterrâneo. As expressões agora passaram de apavoradas a fascinadas.

Eu me conecto com a Terra novamente, e a fenda no chão se fecha.

O silêncio que segue a demonstração é ensurdecedor. Meus tímpanos são pressionados pela força da incredulidade e do medo.

– Violet?

Viro e vejo o Assobiador ao pé da escada, a mão sobre o ombro de um menino de uns 14 anos que mantinha os olhos fixos onde antes havia estado a coluna de água.

Mas é o menino que atrai toda minha atenção.

Estou olhando para os olhos arregalados do meu irmão.

26

– Ochre! – grito antes de abraçá-lo. – O que está fazendo aqui?

– O que você está fazendo aqui?! – devolve ele. – Não devia estar na Joia?

Eu o solto.

– É uma longa história.

Ele olha para trás de mim.

– Aquele é o acompanhante que todo mundo está procurando?

– Ele é parte da história.

– De onde conhece esse garoto? – quer saber o Assobiador.

– Ele é meu irmão. Ochre, e Hazel? Nossa mãe? Estão todos bem?

– Hazel vai ser testada em breve.

Meu coração fica apertado.

– E a mãe não está lidando bem com isso – acrescenta ele.

Estremeço. Minha mãe nem sabe a pior parte disso tudo.

Talvez a nova data seja um presente. Talvez não haja tempo para Hazel ser testada.

Se eu puder impedir o Leilão antes do diagnóstico de Hazel, ela nunca terá de passar pelas coisas que passei.

– Alguém pode explicar o que aconteceu aqui? – pede o homem mal-humorado. – Ela é uma espécie de... bruxa? Esqueci que estava no meio de uma demonstração.

– Não sou uma bruxa. Talvez seja um... condutor. Posso invocar os elementos. A ilha foi dividida pela realeza. Eles querem ajudar. Entendem? Essa coisa toda é maior que nós.

– Não sei como explicar. Devo falar sobre as Paladinas e a conquista da ilha? Muita gente olha para mim como se eu fosse louca, mas alguns parecem intrigados.

– O que mais pode fazer? – pergunta o menino loiro.

– Também quero saber – diz Ochre. – É isso que ensinam no Portão Sul?

– Não – respondo. – Isso é o que deliberadamente não ensinam no Portão Sul. Mas com todas as substitutas trabalhando juntas, podemos derrotar o exército deles. Podemos entrar na Joia e destrui-la.

– Ninguém vai dizer nada sobre o que aconteceu aqui – avisa Sil. – Ou o Chave Negra será informado.

– O Chave Negra sabe disso? – questiona alguém.

– É claro que sim. – Sil se impacienta.

– Por que ele não contou para nós?

– Porque ele só conta o que quer contar. E olhem só para vocês. Não teriam acreditado, se ele contasse. Tinham de ver por si mesmos.

– É tarde – diz o careca segurando o jornal. – E já acertamos o que tinha de ser acertado. O treinamento começa amanhã à noite. – Olha para mim desconfiado. – Se o Chave Negra aceita essa substituta, nós também a aceitamos.

As pessoas começam a sair em duplas e trios, dando um tempo entre um grupo e outro para que não haja um movimento incomum no estúdio de tatuagem tão tarde da noite. Isso levantaria suspeitas.

A menina que parece Annabelle vai embora com o irmão e a irmã. O menino se inclina em minha direção quando passa por mim e cochicha:

– Meu nome é Millet.

Eu sorrio. Lá vai uma pessoa que está do meu lado.

Devagar, o grupo vai reduzindo até restarem somente eu, Ochre, Sil, Ash e o Assobiador.

Não quero que Ochre vá embora, mas sei que é necessário.

– Não pode contar à nossa mãe e a Hazel que me viu – digo. – É muito perigoso.

– Eu sei – responde ele.

– Como se envolveu nisso?

– Sable Tersing – explica ele. – Tem muitos garotos da nossa idade que estão furiosos. Somos tratados como animais de uma fazenda leiteira, pior que isso. Começaram a reter nosso pagamento sem nenhum motivo. E nos chicoteiam se chegamos um minuto atrasados. Queremos fazer alguma coisa, reagir, e Sable falou que tinha ouvido falar nessa Sociedade que está se organizando contra a realeza, mas não sabíamos como encontrá-la. Ele contou que ouviu alguma coisa sobre uma chave negra, e começamos a desenhá-la em todos os lugares. Foi quando o Assobiador foi procurar a gente. Pediu para pararmos com o vandalismo e começarmos a fazer alguma coisa concreta.

– Não pode estar pensando que vou deixar você lutar. Ochre, você só tem 14 anos.

– E você tem 16. E tudo indica que está metida até o pescoço nessa coisa, seja lá o que for.

– É muito perigoso – insisto.

– Você não é minha mãe.

– Mas ela concordaria comigo.

– Bom, que bom que ela não está aqui, então.

Abro a boca para protestar, mas Sil me interrompe.

– Por mais encantadora que seja essa reunião familiar, temos de ir para casa.

– Espere – pede Ash. – Preciso fazer uma coisa antes.

– O quê? – quero saber.

Ele olha para o Assobiador.

– Tenho que tatuar a chave.

– Dói?

Ash toca o ombro onde o Assobiador pôs um curativo, depois de ter queimado sua pele com o símbolo de Lucien. A carroça passa sobre um buraco, e Ash geme.

– Só um pouco – responde.

Estou morrendo de frio e exausta quando chegamos à Rosa Branca. E sinto uma saudade desesperada do meu irmão. O pouco tempo com ele só me fez sentir ainda mais falta de casa. Devem ser quase três horas da manhã, mas há uma luz acesa na sala.

Raven está acordada na cadeira de balanço. Sienna deve ter ido para a cama.

– Como foi? – pergunta ela, ao deixar de lado o livro que lia.

– Eu vi Ochre.

Ela senta mais ereta na cadeira.

– O quê? O que ele fazia lá?

– Faz parte das forças do Chave Negra.

– E como ele está? Sua mãe, Hazel...?

A arcana vibra. Eu a tiro do coque na base da nuca.

– Aconteceu alguma coisa. – A voz de Lucien soa exausta, mas tensa.

– Está falando do Leilão? – pergunto. – Fui a uma reunião com Sil hoje à noite, dizem que a data foi alterada. Sabe por quê?

– Alguém me traiu.

– Quê? Quem?

– Vou sofrer as consequências. O informante só sabia uma pequena parte do esquema, que outubro não seria uma data segura. E foi a desculpa de que a Eleitora precisava.

– Desculpa para quê?

– Ela quer a filha no trono. Você e eu sabemos que a Duquesa arruinou todos os planos dela para ter uma filha depois do último Leilão. Agora ela terá outra chance. Infelizmente, isso significa que temos ainda menos tempo.

– Mas ainda não temos as meninas do Portão Leste e do Portão Oeste.

– Elas vão chegar no trem de amanhã. Não tive tempo para examiná-las adequadamente... Espero que sirvam.

– Tenho certeza de que vão servir. – Mordo o lábio. – Lucien, as pessoas na reunião hoje à noite... ficaram com medo de mim.

– Mostrou a elas seu poder?

– Sim.

Uma pausa.

– Elas não entendem você, só isso – responde.

– Aquela gente amou Ash – conto, sorrindo.

Ash faz uma careta, e posso imaginar Lucien revirando os olhos.

– É, imagino que sim.

– Ele vai ajudar a treiná-los. Para lutar.

Raven levanta as sobrancelhas para Ash, que encolhe os ombros.

– Isso é... fantástico.

O sarcasmo de Lucien é palpável.

– Queria ir a mais reuniões – digo. – Quero conhecer as pessoas com quem vou lutar.

– Discuta isso com Sil. Mas, por enquanto, não perca de vista seu objetivo. Treinar as outras substitutas.

A arcana cai na minha mão.

– Quer dizer que você é o novo general do exército do Chave Negra? – pergunta Raven a Ash.

Ele dá risada.

– Fico feliz por poder fazer alguma coisa, finalmente.

– Você sabe lutar.

– Sim.

– Pode me ensinar?

– Eu... – Ash franze a testa e olha para mim.

– Raven, tem certeza de que é uma boa ideia? – pergunto.

Ela me encara.

– Quero ser forte. Quero que meu corpo se fortaleça novamente.

A decisão é dela. Depois de tudo que enfrentou, ela tem esse direito.

– Tudo bem – digo, depois bocejo.

– É melhor irmos dormir – decide Ash. – Especialmente porque, pelo que parece, amanhã receberemos novos integrantes do grupo.

Raven sobe a escada para o quarto, e Ash e eu saímos para o celeiro. Espero que as meninas que vão chegar amanhã sejam ousadas como Sienna, bondosas como Lily e espertas como Raven.

Vamos mostrar a todas as pessoas dessa cidade.

Substitutas não são meninas bobas que podem ser compradas e vendidas, tratadas como animais de estimação ou peças da mobília.

Somos uma força a ser reconhecida e respeitada.

27

Sil e eu pegamos os caixotes na Estação Bartlett no dia seguinte, ao meio-dia.

As duas meninas não poderiam ser mais diferentes uma da outra. Olho para elas quando Ash remove as tampas dos caixotes.

Uma é muito alta, com pele clara e longos cabelos loiros. As pernas estão encolhidas no espaço reduzido. A outra é pequenina e morena, e tem cabelos castanhos e encaracolados.

Nós as levamos para o quarto de Raven e as deixamos cada uma em uma cama.

– Eu me lembro dela – diz Sienna, apontando para a garota menor. – Eu a vi no baile da Noite Mais Longa.

– Ela foi simpática? – pergunto.

– Não falei com ela.

Trinco os dentes, mas não falo nada.

Sienna e Raven esperam lá embaixo. Acho que vai ser melhor se as recém-chegadas puderem ver um rosto de cada vez. Além do mais, Sienna nunca vai fazer parte do comitê de boas-vindas.

303

A loira acorda primeiro. Depois do desagradável efeito do soro de Lucien, dou a ela um copo de água. Ela bebe tudo e olha para mim.

– Você! – exclama. – Eu me lembro de você! Tocou violoncelo no Baile do Executor. – E olha em volta. – Não estou mais na Joia, estou?

– Não.

Ela começa a chorar.

– Ah, obrigada – diz, agarrada ao meu suéter. – Obrigada, obrigada...

Seu nome é Indi. Eu a levo lá embaixo para conhecer Raven, Sienna e Sil. Fica claro logo no início que Indi tem o temperamento mais alegre que já vi, é até mais simpática que Lily. Elas são parecidas, têm os mesmos cabelos loiros e os grandes olhos azuis, mas Indi é muito mais alta que Raven. E está muito magra, com olheiras enormes.

– Aquilo é horrível – conta Indi, quando Sil serve a ela uma xícara de chá. – Às vezes, quando tinha companhia, minha senhora me trancava no closet. Ah, delicioso – elogia, depois de beber o chá. – Esquecia de mim, e eu ficava lá o dia inteiro. Ela era jovem, recém-casada, e estava mais interessada em agradar o marido. Ouvi quando ela disse a alguém que só havia comprado uma substituta para saber como era o Leilão. Comecei a me preocupar... porque... bom, a substituta da Eleitora havia morrido, e outra menina com quem estive no Portão Oeste e vi algumas vezes, uma no baile da Noite Mais Longa, outras em festas menores... ela também desapareceu. – Indi olha em volta, analisa os tapetes tecidos à mão, a mobília artesanal, o fogão de ferro. – Gosto dessa casa. É muito confortável, não é?

– Sim – confirmo. – Vou subir antes que a outra menina acorde. – Olho para Raven. – Você explica tudo a ela?

– É claro – responde ela.

Indi ainda está falando sem parar quando começo a subir a escada.

A moreninha ainda demora meia hora para acordar. A reação é a mesma de Indi, uma resposta violenta ao soro, uma sede voraz e lágrimas, muitas lágrimas.

Mas, ao contrário de Indi, ela não chora de alegria.

Consigo saber seu nome, Olive, antes dos gritos.

– Onde estou? Onde está minha senhora? Leve-me de volta! Quero voltar à Joia! – Os olhos verdes são vidrados por trás dos caracóis castanhos. – Como pode fazer isso comigo?

Antes que eu tenha a chance de dizer alguma coisa, ela sai correndo e desce a escada. Eu vou atrás, e ela para de repente ao ver as quatro mulheres sentadas em torno da mesa.

– Eu me lembro de você – fala Olive para Sienna. – Quebrou as regras. Bebeu champanhe quando não devia. Vi você no Baile do Executor. – E olha para mim como se de repente reconhecesse uma aliada. – Contei à minha senhora e ela ficou satisfeita. Ah, sim, sabia que eu nunca faria aquilo com ela. Seja obediente e será recompensada, era o que ela sempre dizia. – Olive leva as mãos ao peito. – Oh, minha pobre senhora, o que ela fará sem mim?

– Ela vai sobreviver. – Sienna se irrita. – E você também.

Indi a encara com ar reprovador. Depois levanta e passa um braço sobre os ombros de Olive.

– Vai ficar tudo bem – diz. – Acho que elas estão tentando nos ajudar.

– Quero ajudar minha senhora – responde Olive, choramingando.

– Você não tem mais uma senhora – digo, calmamente.

– Sim, eu tenho, ela é a Lady do Riacho e precisa de mim!

E a menina começa a soluçar nos braços de Indi.

– Temos de mostrar a ela. Vamos acabar logo com isso – opina Sienna. – Quando for ao penhasco, talvez ela entenda.

– Nunca estive em um penhasco antes – comenta Indi, afagando os cabelos de Olive, olhando em volta como se pudesse encontrá-lo escondido embaixo do sofá ou atrás do tear.

– Quero voltar à Joia – geme Olive.

Estou surpresa com sua reação, e as queixas me incomodam. Nunca imaginei que uma substituta que havia passado um tempo na Joia pudesse defender a realeza.

– Tem razão, é melhor mostrarmos logo a elas – decido, olhando para Sienna. – Raven?

Ela está inclinada, segurando a cabeça entre as mãos.

– Que foi? – pergunto, e corro para perto dela.

– Ela foi modificada – fala Raven para os próprios pés. – Não como eu, mas... ela acredita nas mentiras. Ama essas mentiras. Isso dói.

Toco seu joelho.

– Podemos esperar. Não precisa nos levar lá agora. Tudo bem.

Raven levanta a cabeça de repente.

– É claro que posso levar vocês lá. Lá é melhor, mesmo. – Ela massageia a têmpora. – Queria que ela parasse de chorar.

Levamos Olive e Indi para fora, para perto do lago. O frio é menos intenso que na noite passada; o sol brilha forte em um céu azul e sem nuvens. A temperatura é quase agradável.

Ash está correndo em volta do campo. Ele não usa uma camisa, e vejo os músculos de suas costas se movendo com o esforço.

– Quem é aquele? – pergunta Olive, e pela primeira vez seus soluços cessam.

– Alguém que você vai conhecer mais tarde – respondo.

Os olhos de Indi estão colados no corpo de Ash.

– Vamos ficar perto do lago – sugere Sienna.

– Aonde vão me levar? – quer saber Olive.

Seguro a mão dela com força, e é um alívio ver que Indi me imita.

– Que casa encantadora – diz ela, e olha para a Rosa Branca. – E o ar aqui é tão... claro! Limpo. – Indi respira fundo.

Formamos um círculo à beira do lado. Raven segura a outra mão de Indi quando pego a de Sienna. Olive tenta se soltar.

– O que ela vai fazer? – pergunta.

– Vamos mostrar quem você é de verdade – explico.

– É, e pare de resistir – acrescenta Raven. – Porque é inútil.

Ela fecha os olhos. Sienna e eu fazemos a mesma coisa.

Ouço o grito fraco de Olive quando o penhasco nos puxa para ele.

Dessa vez, as árvores são castigadas por um vendaval, os galhos balançando e estalando com a força das rajadas. Folhas marrons e secas voam à nossa volta. Nunca senti esse espaço tão carregado. Vejo Olive e Indi do outro lado da estátua em espiral, e elas têm no rosto a mesma expressão que Sienna tinha quando viu o oceano pela primeira vez, uma mistura de fascínio e reverência.

Ficamos aqui por mais alguns minutos, absorvendo o poder do lugar. Quando voltamos, Olive e Indi olham para o chão e veem as flores, umas verdes, outras amarelas, em torno delas.

– Que lugar era aquele? – pergunta Indi, se abaixando para tocar as flores. Enquanto umas murcham sob seus dedos, outras desabrocham.

– O que fizeram comigo? – pergunta Olive, recuando um passo. – Eu me sinto... – Ela aperta o peito com as mãos. A trilha de flores verdes a acompanha. – Eu não...

A arcana vibra no meu coque.

– Já volto – aviso Raven e Sienna. – Fiquem com elas.

Corro de volta para casa enquanto pego a arcana.

– Lucien?

– Sou eu – diz Garnet. – Preciso falar com você. – Seu tom é urgente, como era na primeira noite em que o ouvi pela arcana. – Acho que precisa saber de uma coisa. Minha mãe recebeu uma encomenda ontem à noite, já era tarde.

– Que encomenda?

– Uma substituta.

– O que... Como é possível? O Leilão ainda nem aconteceu.

– Não sei. Vi a menina chegar. Estava algemada e com os olhos vendados. E o Dr. Blythe esteve no palácio hoje de manhã. – Ele suspira.

– Lucien sabe disso?

– Tentei falar com ele, mas acho que está ocupado demais, agora que a data do Leilão foi mudada.

– Então sabe disso também.

– Sim. Isso aqui virou um banho de sangue. Quase nenhuma substituta do último Leilão sobreviveu. Todo mundo sabe que a Eleitora quer a filha no trono. O Leilão foi antecipado, aumentando a probabilidade de ela ter uma filha. Portanto, qualquer substituta que esteja grávida de uma menina se torna inútil.

– Elas estão matando as próprias substitutas?

– Sim – confirma Garnet com tom sombrio. – E as substitutas que geram meninos também não estão seguras, porque alguma Casa rival vai tentar eliminá-la.

Estremeço.

– É pior do que eu pensava.

– Sempre foi horrível... Eu nunca... É como... – Garnet deixa escapar um grunhido frustrado. – Agora eu as vejo. As substitutas. Antes eu nem notava as meninas. Mas agora eu a vejo em cada uma delas. – Sei que ele está falando de Raven. – E vejo você também – acrescenta Garnet, depressa.

– Agora elas são pessoas, meninas assustadas que são exibidas por aí em coleiras e trancadas em salas de exames médicos. É repugnante.

Cubro a boca com a mão, mas um sorriso surge sob meus dedos. É incrível como ele mudou desde a primeira vez que o vi bêbado no salão de jantar da Duquesa.

– Como estão as coisas na Rosa Branca? – pergunta ele.

– Na última vez que falei com Lucien, ele disse que mandaria novas recrutas.

– Acho que uma delas vai ser... difícil.

– Preciso ir – fala Garnet de repente. – Eu aviso se descobrir mais alguma coisa sobre essa nova substituta. Minha mãe a está mantendo trancada. E mande um oi para a Raven. Pena eu não poder falar com ela hoje.

– Eu falo para ela – respondo. – E se cuide!

– Eu sempre me cuido.

A arcana cai na minha mão.

28

Ash sai para a primeira sessão de treinamento. Raven vai com ele. Gosto da ideia de Raven lutando ainda menos que a de Ochre lutando, mas Ash tem um bom argumento.

– Ela quer ser capaz de se defender. Depois de tudo que enfrentou, acho que ela merece essa chance. – Ele me beija levemente. – Acha que vou deixar alguma coisa acontecer com ela?

Depois do jantar, Indi, Olive e eu vamos andar pela propriedade. Espero que Olive sinta sua conexão com os elementos mais forte. Ela consegue se conectar com Ar e Água, mas não parece ter nenhum interesse neles.

– Quero sentar na margem do lago – anuncia Indi quando passamos perto da água. Ela só se conecta com a Água.

Movo a cabeça em uma resposta afirmativa e continuo em direção à floresta. Lembro daquela primeira noite, quando cheguei aqui. Como Lucien me disse para confiar nos meus instintos e como me senti boba. Não me sinto mais boba.

Andamos em silêncio até Olive dizer:

– Quero voltar à Joia.

– Não pode – respondo. Penso depressa. Tem de haver um jeito de trazer Olive para o nosso lado. – Eu nasci no Quadrante Sul do Pântano. Você é do Quadrante Leste, não é?

– Sim – confirma ela.

– Tenho um irmão e uma irmã mais novos. E você?

– Seis irmãos mais velhos e uma irmã mais nova.

– Quer que sua irmã seja diagnosticada? Levada de sua casa e vendida?

Ela dá de ombros.

– Minha família ganharia algum dinheiro com isso.

– Eles param de pagar quando você morre.

– Minha senhora não me mataria. Ela precisa de mim. E agora acha que estou morta.

– Ela vai comprar outra substituta. Acha isso certo?

Olive hesita, e identifico uma brecha. Ela não quer ser substituída.

– O Leilão foi antecipado. Ela pode ter uma nova substituta em poucos meses.

Vejo a ruga na testa de Olive, os lábios formando um biquinho contrariado.

– Não, minha senhora...

– Sua senhora quer um filho, e vai fazer o que for preciso para tê-lo. Temos de impedir o Leilão.

Ela processa a informação e a ruga em sua testa se aprofunda.

– Impedir o leilão – repete.

Não é exatamente assim que eu gostaria de convencê-la, mas minhas opções são limitadas no momento. Não temos tempo.

– E depois posso voltar para minha senhora – diz Olive.

Não respondo. Meu coração pesa no peito. Não gosto de manipular Olive desse jeito, mas que outra opção eu tenho?

Continuamos nossa caminhada de volta para casa e passamos por Indi, que continua sentada na margem do lago com uma expressão calma. Ondas de crista branca nascem sob a sua mão.

Estou pensando em sentar ao lado dela, quando a arcana vibra.

– Com licença, é só um segundo – resmungo, e corro para casa.

Sienna está na cozinha lavando louça. Sil está sentada na cadeira de balanço ao lado da lareira, bebendo uísque. Puxo a arcana do coque.

– Oi?

– Aconteceu uma coisa – diz Lucien.

Sil endireita o corpo na cadeira e deixa o copo de lado.

– Houve um... acordo. Um noivado será anunciado.

– E daí? – estranho. – Quem se importa com um noivado na realeza?

– É entre a filha da Duquesa do Lago e o filho do Executor.

Olho para a arcana.

– A Duquesa não tem uma filha.

– Não sei como ela conseguiu. – Lucien parece estar falando sozinho. – Como o convenceu, ameaçou ou... ninguém sabe o que causou o fim do noivado entre a Duquesa e o Executor... E acredite, a Eleitora já se esforçou muito para descobrir. Mas, seja qual for a causa, a Duquesa deve ter alguma coisa contra ele. Alguma coisa muito grave. A Eleitora está furiosa, é claro.

– Lucien, eu não entendo. A Duquesa não tem uma filha.

– Garnet não contou sobre a substituta?

– A que ela roubou? Sim.

– Ninguém sabia que você havia desaparecido. A Duquesa disse que a mantinha presa depois do suposto estupro. E ela substituiu você depressa e em sigilo. Não consigo encontrar registros de nenhuma substituta que tenha desaparecido de alguma instalação de contenção. E todas as substitutas reais... Bom, as que ainda estão vivas... Estão em seus lugares.

– Então, de onde veio essa substituta?

– Não sei. Mas a Duquesa fez uma coisa que nunca aconteceu desde o início do Leilão. Conseguiu garantir um noivado antes do nascimento da criança.

– Então... a substituta está grávida?

– Parece que sim.

– Mas ela chegou ontem!

– A Joia está fervendo. Muitos nobres consideram tudo isso injusto. Muitos estão furiosos com a Duquesa. E agora que o Leilão foi antecipado, as Casas atacam as substitutas de suas rivais com uma violência nunca vista. Velhas alianças são rompidas. Damas de companhia sentem as consequências de tudo isso, e é pior ainda para os criados menos importantes, os lacaios e as camareiras.

– Bom, isso é bom para nós, não é? São essas pessoas que precisamos ter do nosso lado.

– Mas não precisamos deles mortos. – Lucien se inquieta.

– É claro que não. Não foi isso que eu quis dizer.

De repente, Ash abre a porta e entra seguido por Raven.

– Violet – diz ele, ofegante.

Deixo a arcana pairando no ar, e meu primeiro pensamento é que Raven se machucou. Mas ela dá um passo para o lado, revelando alguém que eu não tinha visto.

– Ochre? – Eu praticamente o sufoco com meu abraço.

– O que faz aqui? – Olho para Ash. – Não devia ter trazido meu irmão. Ele não devia saber sobre este lugar.

– Violet... – Ochre está muito pálido. Seus olhos castanhos são poços escuros. – Eles a levaram. Ela... sumiu. Tentei falar com alguém da Sociedade, mas eles me transferiram para outra fazenda, e lá não conheço ninguém. Quase não consegui vir para o treinamento esta noite. Pensei que você estaria lá. Eles a levaram, Violet!

– Devagar – peço, levando-o para se sentar em uma cadeira perto da mesa de jantar. – Quem desapareceu?

Ele cai cansado sobre a cadeira e responde, com muita tristeza:

– Hazel.

Meu coração vira uma pedra. O ar à minha volta congela.

– Quê? – sussurro.

– Guardas estiveram em casa. Nossa mãe disse que havia um médico com eles. E havia um brasão na jaqueta militar dos homens, um círculo azul atravessado por duas coisas prateadas, acho que lanças, não sei. Eles simplesmente... Levaram-na.

Ochre apoia a cabeça nas mãos, e meu coração de pedra parece despencar do peito.

Um círculo azul atravessado por dois tridentes prateados.

O brasão da Casa do Lago.

É minha vez de sentar.

– Lucien – falo para a arcana que ainda paira no ar. – Ouviu isso?

O tom de voz dele é grave.

– Sim.

315

Acho que outras pessoas estão falando, mas as vozes soam distantes. Não consigo me concentrar no que dizem. Minha cabeça lateja, e um pensamento se repete infinitamente.

Eles levaram Hazel.

Hazel é a substituta roubada.

A Duquesa do Lago pegou minha irmã.

QUER SABER MAIS SOBRE A LEYA?

Fique por dentro de nossos títulos, autores e lançamentos.

Curta a página da LeYa no Facebook, faça seu cadastro na aba *mailing* e tenha acesso a conteúdo exclusivo de nossos livros, capítulos antecipados, promoções e sorteios.

A LeYa também está presente em:

www.leya.com.br

 facebook.com/leyabrasil

 @leyabrasil

 instagram.com/editoraleya

 google.com/+LeYaBrasilSãoPaulo

 skoob.com.br/leya

1ª edição	Junho de 2016
papel de miolo	Offset 75 g/m^2
papel de capa	Cartão Supremo 250 g/m^2
tipografia	ITC Slimbach Std, Baskerville Old Face
gráfica	Leograf